Regina

Schwarze
SERIE

BASTEI
LÜBBE

Fredric Brown
HUNTERS ERSTE JAGD

Mit einem Nachwort von
Martin Compart

Schwarze
SERIE

BASTEI
LÜBBE

BASTEI-LÜBBE-TASCHENBUCH
Schwarze Serie
Band 19 101

Deutsche Lizenzausgabe 1987
Bastei-Verlag Gustav H. Lübbe GmbH & Co., Bergisch Gladbach
Originaltitel: The Fabulous Clipjoint
Lektorat: Martin Compart
Ins Deutsche übertragen von Gisela Kirst-Tinnefeld
Titelillustration und Umschlaggestaltung:
Quadro-Grafik, Bensberg
Druck und Verarbeitung:
Clausen & Bosse, Leck
Printed in Western Germany
ISBN 3-404-19101-3

Der Preis dieses Bandes versteht sich einschließlich
der gesetzlichen Mehrwertsteuer.

1

Im Traum war ich gerade dabei, durch die Schaufensterscheibe einer Pfandleihe zu greifen. Es war das Pfandhaus auf der North Clark Street, auf dem westlichen Abschnitt, einen halben Häuserblock von der North Avenue entfernt. Ich streckte gerade die Hand durch das Glas, um eine silberne Posaune zu berühren. Die anderen Sachen im Schaufenster blieben vage und verschwommen.

Aber ehe ich die silberne Posaune berühren konnte, ließ mich ein Singsang herumfahren. Die Stimme gehörte Gardie.

Seilchen springend und singend hüpfte sie den Bürgersteig entlang. Wie sie es zu tun pflegte, ehe sie im letzten Jahr auf die High-School kam und verrückt nach Jungs wurde, so richtig mit Lippenstift und einer dicken Puderschicht im Gesicht. Sie war noch keine fünfzehn; dreieinhalb Jahre jünger als ich. Auch jetzt, in meinem Traum, hatte sie Make-up aufgetragen, so dick wie immer, aber gleichzeitig war sie ein Seilchen springendes, singendes Kind. »Eins, zwei, drei, O'Leary, vier, fünf, sechs, O'Leary, sieben, acht . . .«

Aber durch den Traum wurde ich wach. Es ist ein seltsames Gefühl, so zwischen Tag und Traum. Das Geräusch der vorbeidonnernden Hochbahn ist fast ein Teil des Traums, und dann geht jemand draußen vor der Wohnung über den Korridor, und – nachdem die Bahn vorbei ist – ist da dieses Ticken des Weckers auf dem Boden neben dem Bett mit jenem winzigen Klicken, das er von sich gibt, ehe er losröhrt.

Ich stellte ihn ab und rollte mich wieder zurück, behielt aber die Augen offen, damit ich nicht wieder einschlief. Der Traum verblaßte. Ich dachte, daß ich mir eine Posaune wünschte. Deshalb hatte ich das geträumt. Warum hatte Gardie auftauchen und mich wecken müssen?

Ich dachte, daß ich sofort aufstehen mußte. Pa war gestern abend auf Sauftour unterwegs und noch nicht zu Hause gewesen, als ich schlafen gegangen war. Es würde heute morgen schwer sein, ihn aus dem Bett zu kriegen.

Ich wünschte, ich müßte nicht zur Arbeit gehen. Ich wünschte, ich könnte den Zug nach Janesville nehmen und meinen Onkel Ambrose besuchen. Er arbeitete auf dem Rummelplatz.

Es war zehn Jahre her, daß ich ihn gesehen hatte. Damals war ich noch ein Kind von acht Jahren. Aber ich mußte an ihn denken, weil Pa ihn gestern erwähnt hatte. Er hatte Mom erzählt, daß sein Bruder Ambrose mit der J.-C.-Hobart-Kirmes herumzog, die diese Woche in Janesville gastierte. Näher an Chicago würden sie nicht herankommen, und Pa hätte sich gerne einen Tag freigenommen, um nach Janesville zu fahren.

Und Mom (die nicht meine richtige Mutter, sondern meine Stiefmutter ist) hatte ihr Gleich-gibt's-Ärger-Gesicht aufgesetzt und gefragt: »Wozu willst du diesen Taugenichts besuchen?« Worauf Pa seine Absicht fallen ließ. Mom hatte meinen Onkel nie gemocht. Deshalb hatten wir ihn seit zehn Jahren nicht mehr gesehen.

Ich könnte es mir leisten zu fahren, überlegte ich, aber das würde nur Ärger bringen. Mir ging's genau wie Pa; das war die Sache nicht wert.

Es war Zeit aufzustehen. Ich schwang mich aus dem Bett und ging ins Bad, wo ich mir kaltes Wasser ins Gesicht spritzte, um richtig wach zu werden. Ich ging immer zuerst ins Bad und zog mich dann an, ehe ich Pa weckte und für uns das Frühstück bereitete, während er sich fertig machte. Wir gingen gemeinsam zur Arbeit. Pa war Linotype-Setzer und hatte mir im gleichen Laden, der Elwood Press, einen Job als Druckerlehrling verschafft.

Für sieben Uhr morgens war es bereits verdammt heiß. Die Vorhänge vor den Fenstern hingen steif wie ein Brett herunter. Kein Lüftchen regte sich. Man konnte kaum atmen. Wieder 'ne Bullenhitze, dachte ich, während ich mich fertig anzog.

Ich schlich auf Zehenspitzen zu dem Zimmer, in dem Pa und Mom schliefen. Die Tür zu Gardies Schlafzimmer stand auf, und unbeabsichtigt warf ich einen Blick hinein. Sie schlief auf dem Rücken, die Arme ausgebreitet, und ihr ungeschminktes Gesicht wirkte wie das eines Kindes. Eines dummen Kindes.

So, wie es jetzt aussah, paßte ihr Gesicht nicht zu dem Rest. Ich meine, weil es so eine heiße Nacht gewesen war, hatte sie das Pyjamaoberteil abgelegt und ließ ihre hübschen, runden, festen Brüste sehen. Vielleicht würden sie später ein bißchen zu groß werden, aber jetzt waren sie wundervoll. Das wußte Gardie und war stolz darauf. Das konnte man schon daran erkennen, wie sie ihre engen Pullover trug, unter denen sich alles abzeichnete.

Sie wächst wirklich schnell, dachte ich. Und ich hoffe nur, daß sie schlau genug ist, um nicht eines Tages von irgendwem angebohrt zu werden. Auch wenn sie noch keine fünfzehn ist.

Wahrscheinlich hatte sie die Tür so weit aufgelassen, damit ich sie so sehen könnte. Sie war nicht meine wirkliche Schwester, müssen Sie wissen. Nicht mal meine Halbschwester. Sie war Moms Tochter. Ich war damals acht, und Gardie eine Rotznase von vier, als Pa wieder heiratete. Meine leibliche Mutter ist tot.

Nein, Gardie würde keine Gelegenheit auslassen, um mich zu reizen. Nichts würde ihr mehr Spaß machen, als mich dazu aufzustacheln, mich an sie heranzuschmeißen, – damit sie dann Krach schlagen könnte.

Während ich an ihrer geöffneten Tür vorbeiging, dachte ich nur, verdammt, verdammt.

In der Küche hielt ich mich gerade lang genug auf, um den Kessel fürs Kaffeewasser aufzusetzen. Dann ging ich zurück und pochte sachte an die Tür des Elternschlafzimmers. Ich wartete, um zu hören, ob Pa sich rührte.

Das tat er nicht, was bedeutete, daß ich hineingehen und ihn wecken mußte. Irgendwie haßte ich es, ihr Schlafzimmer zu betreten. Aber ich klopfte noch mal, und wieder geschah nichts. Also mußte ich die Tür öffnen.

Pa war nicht da.

Mom lag alleine im Bett und schlief. Bis auf ihre Schuhe war sie vollständig angezogen. Sie trug ihr bestes Kleid, das aus schwarzem Samt. Jetzt war es fürchterlich zerknittert, und sie mußte ganz schön zu gewesen sein, wenn sie so schlafen gegangen war. Es war ihr bestes Kleid. Ihr Haar war ebenfalls eine Katastrophe. Sie hatte ihr Make-up nicht entfernt, das jetzt völlig verschmiert war, und auf dem Kissen war Lippenstift. Es roch nach Alkohol. Auf der Frisierkommode stand eine fast leere Flasche ohne Korken. Ich blickte mich um, um sicherzugehen, daß Pa wirklich nirgends steckte; und er war nicht da. Moms Schuhe lagen in der Ecke gegenüber dem Bett, als hätte sie sie im Liegen von sich geschleudert.

Pa war nicht da.

Pa war überhaupt nicht nach Hause gekommen.

Ich schloß die Tür noch leiser, als ich sie geöffnet hatte. Etwa eine Minute stand ich nur da und überlegte, was ich jetzt tun sollte. Und dann – so, wie ein Ertrinkender nach einem Strohhalm greift – begann ich nach ihm zu suchen. Vielleicht war er betrunken heimgekommen und hatte sich irgendwo in einen Sessel oder auf dem Boden schlafen gelegt.

Ich durchsuchte die ganze Wohnung. Unter den Betten, in den Schränken, überall. Ich wußte, daß es blödsinnig war, aber ich schaute nach. Ich mußte mich vergewissern, daß er nicht irgendwo steckte. Aber er war nicht da.

Das Kaffeewasser verkochte inzwischen, sprudelnd und dampfend. Ich drehte die Gasflamme ab und legte eine Denkpause ein. Die fieberhafte Suche hatte mich bis jetzt vom Denken abgehalten.

Ich überlegte, daß er vielleicht bei jemand anderem sein könnte, vielleicht bei einem der anderen Setzer. Er konnte die Nacht bei einem Kollegen verbracht haben, weil er zu betrunken war, um nach Hause zu gehen. Ich wußte, daß ich mir selbst etwas vormachte. Pa wußte, wie man mit Alkohol umging. Er wurde niemals derart betrunken.

Aber ich redete mir ein, daß genau das passiert wäre. Vielleicht Bunny Wilson? Gestern abend hatte Bunny frei gehabt; er arbeitete in der Nachtschicht. Pa trank oft mit Bunny.

Schon öfters hatte Bunny bei uns übernachtet; dann hatte ich ihn morgens schlafend auf dem Sofa vorgefunden.

Sollte ich Bunny in seiner Pension anrufen? Auf dem Weg zum Telefon hielt ich inne. Wenn ich erst mal mit dem Herumtelefonieren angefangen hätte, müßte ich weitermachen. Ich müßte die Krankenhäuser, die Polizei und alles mögliche in Betracht ziehen.

Und wenn ich von hier aus telefonierte, konnten Mom und Gardie aufwachen und – nun, ich weiß nicht, warum das überhaupt eine Rolle spielte, aber das tat es.

Oder vielleicht wollte ich einfach raus. Ich schlich mich auf Zehenspitzen aus der Wohnung und die erste Treppe hinunter. Die beiden anderen nahm ich im Laufschritt.

Ich überquerte die Straße und blieb dann stehen. Ich hatte Angst zu telefonieren. Und es war schon fast acht. Ich mußte also rasch handeln, denn sonst käme ich zu spät zur Arbeit.

Dann wurde mir bewußt, daß es darum gar nicht mehr ging; ich würde heute sowieso nicht mehr zur Arbeit gehen. Ich wußte nicht, was ich tun sollte. Ich lehnte mich gegen den Pfosten des Telefons und fühlte mich irgendwie hohl und schwindelig, als ob ich gar nicht ganz da wäre, nicht vollständig.

Ich wollte es hinter mir haben. Ich wollte es *wissen* und hinter mir haben, aber ich wollte nicht zur Polizei gehen und nachfragen. Oder rief man erst die Krankenhäuser an?

Bloß daß ich überhaupt Angst hatte, irgend jemanden anzurufen. Ich wollte es wissen und wieder nicht wissen.

Auf der anderen Straßenseite drosselte ein Autofahrer sein Tempo. In dem Wagen saßen zwei Männer, und der auf dem Beifahrersitz lehnte sich hinaus und sah sich die Hausnummern an. Sie hielten direkt vor unserem Haus und stiegen dann aus, jeder auf seiner Seite. Es waren Bullen; man sah es ihnen von weitem an, auch wenn sie keine Uniform trugen.

Das wär's, dachte ich.

Jetzt werde ich es erfahren.

Ich ging hinüber und folgte ihnen ins Haus. Ich unternahm

keinen Versuch, sie einzuholen; ich wollte nicht mit ihnen reden. Ich wollte bloß zuhören, wenn sie anfingen zu reden.

Mit einer halben Treppe Abstand folgte ich ihnen die Stufen hinauf. Im zweiten Stock blieb der eine stehen, während der andere den Korridor entlangging und sich die Nummern an den Wohnungstüren ansah.

»Muß die nächste Etage sein«, meinte er.

Derjenige am Treppenabsatz drehte sich zu mir um. Ich mußte weitergehen. Er fragte: »He, Kid, auf welcher Etage ist Nummer fünfzehn?«

»Die nächste«, sagte ich. »Dritter Stock.«

Sie marschierten weiter, und jetzt hielt ich mich nur wenige Schritte hinter ihnen. Auf diese Weise stiegen wir von der dritten zur vierten Etage hoch. Der direkt vor mir besaß einen fetten Hintern und eine blankgewetzte Hose. Immer wenn er einen Schritt tat, spannte sich der Hosenboden. Es ist schon komisch, aber das ist alles, was mir von ihrem Äußeren in Erinnerung geblieben ist. Außer daß sie groß waren und Polizisten. Ich habe ihre Gesichter nie gesehen. Ich habe sie angeschaut, aber nie richtig gesehen.

Vor Nummer fünfzehn blieben sie stehen und klopften an. Und ich marschierte direkt hinter ihnen vorbei zur Treppe, die in die oberste, die fünfte Etage führte. Ich ging weiter, bis ich den oberen Absatz erreicht hatte, machte ein paar Schritte, bückte mich und zog die Schuhe aus. Dann schlich ich mich auf halbe Höhe die Treppe wieder hinunter, wobei ich mich außer Sichtweite dicht bei der Wand hielt. Ich konnte sie hören, sie mich aber nicht sehen.

Ich konnte alles hören; hörte das Schlurfen von Moms Pantoffeln, als sie an die Tür kam; hörte die Tür leise knarren, als sie geöffnet wurde; und in der Sekunde des Schweigens, die darauf folgte, konnte ich das Ticken der Küchenuhr durch die offene Tür hören. Ich konnte weiche, barfüßige Schritte hören, die von Gardie stammen mußten. Sie war wohl aus ihrem Zimmer gekommen und lauschte jetzt in jener Kurve des Flurs beim Bad, wo sie nicht gesehen werden konnte.

»Wallace Hunter«, sagte einer der Bullen. Seine Stimme holperte wie ein weit entfernter Wagen der Hochbahn.

»Wohnt hier ein Wallace Hunter?«

Ich konnte hören, wie Mom schneller zu atmen begann. Ich schätze, daß dies als Antwort ausreichte, und ich schätze, daß ihr Gesichtsausdruck als Antwort auf die Frage »Sind Sie Mrs. Hunter?« reichte, denn er fuhr fort: »Fürchte, wir haben schlechte Nachrichten, Ma'am. Er wurde – hm –«

»Ein Unfall. Ist er verletzt – oder –?«

»Er ist tot, Ma'am. Er war bereits tot, als wir ihn fanden. Das heißt –, wir glauben, daß es sich um Ihren Mann handelt. Wir möchten gerne, daß Sie mitkommen und ihn identi – das heißt, sobald Sie dazu imstande sind. Es eilt nicht, Ma'am. Wir könnten warten, bis Sie den Schock über –«

»Wie?« Moms Stimme klang nicht hysterisch. Sie klang ausdruckslos, tot. »Wie?«

»Nun – hm –«

Ich hörte die Stimme des anderen Polizisten. Die Stimme, die mich nach Nummer fünfzehn gefragt hatte.

»Überfallen, Ma'am«, erklärte er. »Erschlagen und ausgeraubt. In einer schmalen Gasse. Etwa um zwei Uhr nachts. Aber da seine Brieftasche weg war, haben wir erst heute morgen herausgefunden, wer – *Fang sie auf, Hank!*«

Hank schien nicht zu den schnellsten zu gehören. Es gab einen fürchterlich lauten Plumps. Ich hörte Gardies Stimme, jetzt aufgeregt, und wie die Bullen in die Wohnung gingen. Ich weiß nicht, warum, aber ich steuerte auf die Tür zu, die Schuhe immer noch in der Hand.

Sie wurde mir vor der Nase zugeschlagen.

Ich kehrte zur Treppe zurück und setzte mich wieder auf eine Stufe. Ich zog die Schuhe an und blieb dann einfach so sitzen. Nach einer Weile kam jemand von oben die Treppe herunter. Es war Mr. Fink, der Dekorateur, der die Wohnung direkt über uns bewohnte. Ich rutschte dicht an die Wand, damit er genug Platz hatte, um an mir vorbeizukommen.

Als er unten war, blieb er stehen, stützte sich mit einer Hand aufs Treppengeländer und blickte sich nach mir um. Es war eine schwammige Hand mit schmutzigen Fingernägeln.

Er fragte: »Stimmt was nicht, Ed?«

»Nein«, erklärte ich.

Er nahm die Hand vom Geländer und legte sie dann wieder darauf. »Warum sitzt du denn da, ha? Haste deinen Job verloren oder was?«

»Nein«, sagte ich. »Alles in Ordnung.«

»Teufel, nichts ist in Ordnung. Sonst würdest du hier nicht rumhocken. Dein Alter hat sich besoffen und dich rausgeworfen oder –«

»Lassen Sie mich in Ruhe«, sagte ich. »Verschwinden Sie. Lassen Sie mich in Ruhe.«

»Okay, wenn du meinst, daß du gleich so patzig werden mußt. Ich habe nur versucht, nett zu dir zu sein. Du wärst ein prima Kerl, Ed. Du solltest dich von diesem besoffenen Penner von Vater absetzen –«

Ich stand auf und stieg die Stufen zu ihm hinunter. Ich glaube, ich hätte ihn umgebracht; ich weiß es nicht. Als er mein Gesicht sah, veränderte sich seine Miene. Ich habe nie gesehen, wie es jemand so schnell mit der Angst bekam. Er drehte sich um und eilte rasch davon.

Ich blieb so stehen, bis ich ihn die nächste Treppe hinuntersteigen hörte.

Dann setzte ich mich wieder hin und verbarg das Gesicht in den Händen.

Nach einiger Zeit hörte ich, wie unsere Wohnungstür geöffnet wurde. Ich rührte mich nicht und lugte auch nicht durch die Stäbe des Treppengeländers, aber den Stimmen und Schritten nach zu urteilen gingen alle vier fort.

Nachdem die Geräusche im Treppenhaus erstarben, schloß ich mit meinem Schlüssel die Tür zur Wohnung auf. Ich setzte wieder Wasser auf. Diesmal gab ich Kaffee in den Filter und machte alles fertig. Dann trat ich ans Fenster und blickte auf den zementierten Innenhof.

Ich mußte an Pa denken und wünschte, ich hätte ihn besser gekannt. Oh, wir waren gut miteinander ausgekommen, wirklich gut, aber jetzt, wo es zu spät war, erkannte ich, wie wenig ich wirklich von ihm wußte.

Es war, als blickte ich aus großer Ferne auf das bißchen, was ich von ihm wußte, und mir schien, daß ich in vielen Dingen unrecht gehabt hatte.

Vor allem mit seinem Trinken. Mir wurde jetzt klar, daß es nichts ausmachte. Ich wußte nicht, warum er trank, aber es mußte dafür einen Grund gegeben haben. Vielleicht begann ich den Grund zu begreifen, während ich dort aus dem Fenster starrte. Und er war ein stiller Trinker und ein stiller Mann gewesen. Nur wenige Male hatte ich ihn wütend erlebt, und jedesmal war er dann nüchtern gewesen.

Ich dachte, da sitzt du den ganzen Tag vor deiner Setzmaschine und setzt Zeile um Zeile für A&P-Handzettel und einen Prospekt über Straßenbeläge und Tabellen für den Finanzbericht des Kirchenrates, und dann kommst du zu einer Ehefrau nach Hause, die eine versoffene Schlampe ist und mit dir herumstreiten will, und zu einer Stieftochter, die im Begriff ist, genauso eine Schlampe zu werden.

Und zu einem Sohn, der sich für was Besseres hält, weil er ein neunmalkluger Scheißer ist, der die Schule mit Auszeichnung bestanden hat und glaubt, daß er mehr weiß als du. Und daß er besser ist.

Und du bist zu anständig, um dich vor dem ganzen Mist zu verdrücken, und was tust du also? Du gehst raus auf ein paar Bier in der Absicht, dich nicht zu besaufen, aber du tust es. Oder vielleicht wolltest du das auch, na und?

Mir fiel ein, daß sich im Schlafzimmer ein Bild von Pa befand. Ich ging hinein und stand lange davor. Es war vor etwa zehn Jahren aufgenommen worden, ungefähr um die Zeit, als sie geheiratet hatten.

Ich stand da und betrachtete es. Ich habe ihn nicht gekannt. Er war für mich ein Fremder. Und jetzt war er tot, und ich würde ihn niemals kennenlernen.

Als es halb elf war und Mom und Gardie immer noch nicht zurück, ging ich. Inzwischen glich die Wohnung einem Backofen, und die Straßen, auf die die Sonne fast senkrecht niederbrannte, glühten ebenfalls. Es herrschte eben eine Bullenhitze.

Ich marschierte auf der Grand Avenue westwärts, unter der Bahn hindurch. Als ich an einem Drugstore vorbeikam, überlegte ich, hineinzugehen und die Elwood Press anzurufen, um ihnen mitzuteilen, daß ich heute nicht käme. Und Pa ebenfalls nicht. Und dann dachte ich, zum Teufel damit. Ich hätte um acht anrufen müssen. Jetzt wußten sie ohnehin, daß wir nicht kamen.

Und außerdem hatte ich noch keine Ahnung, wann ich wieder arbeiten würde. Aber vor allem wollte ich mit niemandem sprechen. Es kam mir immer noch ein bißchen unwirklich vor. Aber es würde endgültig werden, wenn ich den Leuten erklären mußte: »Pa ist tot.«

Mit der Polizei war es das gleiche und ebenso mit den Vorbereitungen für das Begräbnis, das stattfinden würde. Ich hatte darauf gewartet, daß Mom und Gardie zurückkamen, aber jetzt war ich froh, daß sie mich nicht mehr angetroffen hatten. Die beiden wollte ich auch nicht sehen.

Ich hatte Mom eine Nachricht hinterlassen, daß ich zu Onkel Ambrose fahren würde, um ihm Bescheid zu sagen. Jetzt, wo Pa tot war, konnte sie nichts dagegen einwenden, daß ich ihn vom Tod seines einzigen Bruders unterrichtete.

Mir lag nicht so sehr an Onkel Ambrose. Die Fahrt nach Janesville war vor allem ein Vorwand wegzukommen, denke ich.

Von der Orleans Street bog ich in die Kinzie ein und ging über die Brücke runter zur Canal und dann bis zur C&NW Madison Street Station. Der nächste Zug nach St. Paul, der über Janesville fuhr, ging um halb zwölf. Ich kaufte eine Karte, setzte mich im Bahnhof auf eine Bank und wartete.

Ich hatte mir einige Mittagszeitungen gekauft und blätterte sie durch. Von Pa stand nichts drin, nicht mal ein paar Zeilen im Lokalen.

So etwas kam in Chicago wohl täglich ein dutzendmal vor, dachte ich. Die vergeuden keine Druckerschwärze, wenn es sich nicht um einen Gangsterboß oder eine wichtige Persönlichkeit handelt. Ein Betrunkener wurde in einer kleinen Gasse überfallen, und der Kerl, der ihn zusammenschlug, war hysterisch und schlug zu hart zu, oder vielleicht war es ihm auch gleichgültig, wie hart er zuschlug.

Das war nicht die Tinte wert. Kein Mafia-Coup. Keine Lasterhöhle.

Solche landeten zu Hunderten im Leichenschauhaus. Natürlich nicht alles Mordopfer. Penner, die am Bughouse Square auf einer Bank schliefen und nicht wieder aufwachten. Kerle, die Zehn-Cent-Betten im Obdachlosenasyl nahmen, und am nächsten Morgen, wenn sie jemand wach rütteln wollte, steif wie ein Brett waren. Und bei denen der Aufseher noch einmal die Taschen nach Kleingeld durchwühlte, ehe er die Stadt benachrichtigte, damit man ihn abholte. Das ist Chicago.

Und dann war da noch der Blindgänger, der sich in einer Einfahrt bei der South Halsted Street abschlachten ließ, und das Mädchen, das sich in einer Absteige mit Laudanum vollpumpte. Und der Setzer, der zuviel getrunken hatte und wahrscheinlich schon in der Kneipe ausgeguckt und von den Tätern verfolgt worden war. Denn seine Brieftasche steckte voller grüner Scheinchen, weil gestern Zahltag war.

Wenn sie das in der Zeitung brächten, bekämen die Leute einen schlechten Eindruck von Chicago, aber das war nicht der Grund, weshalb man darüber schwieg. Es passierte einfach zu oft. Wenn es sich nicht gerade um einen Prominenten oder einen spektakulären Todesfall oder eine Sexgeschichte handelte, war es eben nicht die Tinte wert.

Wie die kleine Provisionsnutte, die wahrscheinlich irgendwo in der letzten Nacht Laudanum geschluckt hatte – oder vielleicht eine Überdosis Morphium oder, wenn sie verzweifelt genug war, auch Rattengift – ihr würde eine Schlagzeile in den Zeitungen vergönnt sein. Sie könnte auch aus einem hochgele genen Fenster in einer verkehrsreichen Straße gesprungen sein, wo sie so lange auf dem Sims gewartet hatte, bis sich unten eine ausreichende Menschenmenge versammelt hatte und die Polizei gekommen war, um sie wieder ins Haus zu zerren. Und natürlich, bis die Presse ihre Fotografen dorthin geschickt hatte. Dann wäre der Moment gekommen, zu springen und als blutiger Klumpen zu enden, und mit dem bis zur Taille hochgerutschten Rock würde sie, wie sie so tot dalag, ein tolles Objekt für die Fotografen abgeben.

Ich ließ die Zeitungen auf der Bank liegen und trat vor das Hauptportal, wo ich die auf der Madison Avenue vorbeihastenden Menschen beobachtete.

Die Schuld liegt nicht bei der Presse, dachte ich. Die Zeitungen verkaufen den Leuten nur, was sie haben wollen. Es ist diese verdammte Stadt, dachte ich. Ich hasse sie.

Ich beobachtete die Leute, wie sie an mir vorübergingen, und ich haßte sie. Wenn sie selbstzufrieden und fröhlich dreinschauten, haßte ich sie besonders. Sie scheren sich keinen Deut, was irgendeinem anderen zustößt, dachte ich. Und deshalb ist dies eine Stadt, in der ein Mann nicht mit ein paar Drinks unterm Gürtel nach Hause gehen kann, ohne wegen ein paar lausiger Dollar umgebracht zu werden.

Vielleicht liegt es nicht mal an der Stadt, dachte ich. Vielleicht sind die meisten Menschen so, überall. Vielleicht ist es in dieser Stadt nur schlimmer, weil sie größer ist.

Ich blickte auf die Uhr eines Juweliergeschäfts auf der anderen Straßenseite, und als sie sieben nach elf anzeigte, ging ich wieder ins Bahnhofsgebäude zurück. Der Zug nach St. Paul füllte sich, und ich stieg ein und suchte mir einen Platz.

Im Zug herrschte eine fürchterliche Hitze. Der Waggon füllte sich zusehends. Neben mir nahm eine fette Frau Platz, die mich gegen das Fenster drängte. In den Gängen standen Fahrgäste. Es versprach keine angenehme Reise zu werden. Komisch, gleichgültig, wie dreckig es einem seelisch geht, durch solche Unbequemlichkeiten fühlt man sich noch schlechter.

Ich fragte mich, warum ich das eigentlich machte. Ich sollte aussteigen, nach Hause gehen und den Tatsachen ins Gesicht sehen. Ich lief einfach davon. Ich konnte Onkel Ambrose ein Telegramm schicken.

Als ich mich gerade erheben wollte, fuhr der Zug an.

2

Der Rummelplatz war eine einzige Lärmquelle. Das Orchestrion des Karussells kämpfte gegen den Lautsprecher der Monstrositäten-Show und gegen das dröhnende Donnern einer riesigen Baßtrommel, die für die Jig-Show warb. Unter dem Vordach des Bingo-Standes brüllte eine Stimme Zahlen ins Mikrofon, die man über den ganzen Platz hören konnte.

Ich stand mit aufgerissenen Augen mittendrin und fragte mich, ob ich Onkel Ambrose wohl finden konnte, ohne jemanden nach ihm zu fragen. Ich erinnerte mich nur vage an sein Aussehen. Und das einzige, was ich über sein Treiben auf dem Rummelplatz wußte, war, daß er eine Konzession besaß. Pa hatte nie viel von ihm gesprochen.

Ich entschied mich, besser zu fragen. Ich blickte mich nach jemandem um, der nicht herumbrüllte oder sonstwie beschäftigt war, und entdeckte einen Mann der sich gegen den Stand für Zuckerwatte lehnte und blicklos vor sich hinstarrte. Ich marschierte zu ihm hinüber und erkundigte mich, wo ich Ambrose Hunter finden könnte.

Er deutete mit dem Daumen den Mittelgang entlang. »Ballspiel. Das mit den Milchflaschen.«

Ich blickte in die Richtung. Ich konnte einen dicken kleinen Mann mit Schnurrbart erkennen, der sich über eine Theke beugte und den Vorüberziehenden drei Bälle in Baseballgröße entgegen hielt. Das war nicht Onkel Ambrose.

Aber ich schlenderte trotzdem hinüber. Vielleicht war er bei meinem Onkel beschäftigt und konnte mir sagen, wo Ambrose steckte. Ich trat näher.

Mein Gott, dachte ich, es *ist* Onkel Ambrose. Jetzt kam mir sein Gesicht bekannt vor. Aber er war doch viel größer gewesen und – na ja, wahrscheinlich sind für Kinder alle Erwachsenen riesig. Und er hatte zugenommen, obschon ich jetzt beim näheren Hinsehen erkennen konnte, daß er nicht wirklich fett war. Aber immerhin blickten seine Augen noch so wie in meiner Erinnerung. Ich konnte mich gut an sie erinnern. Sie zwinkerten dir irgendwie zu, so als kennte er ein Geheimnis von dir und amüsierte sich königlich darüber.

Er hielt mir die Bälle entgegen und sagte: »Drei Wurf für einen Dime, mein Sohn. Schieß sie ab, und du gewinnst einen –«

Natürlich konnte er mich nicht erkennen. Zwischen acht und achtzehn verändert man sich derart, daß einen wahrscheinlich niemand wiedererkennen könnte. Trotzdem, denke ich, war ich ein wenig enttäuscht darüber.

Ich sagte: »Du – du wirst mich wahrscheinlich nicht wiedererkennen, Onkel Ambrose. Ich bin Ed. Ed Hunter. Ich bin gerade aus Chicago gekommen, um dir zu sagen – Pa ist letzte Nacht umgebracht worden.«

Bei meinen ersten Worten hatte sich sein Gesicht aufgehellt, als wäre er wirklich über das Wiedersehen erfreut. Aber es veränderte sich zusehends, als ich fortfuhr. Für einen Sekundenbruchteil schien es in sich zusammenzufallen, und dann festigten sich die Züge wieder, nahmen aber eine andere Gestalt an. Es blitzte nicht mehr in seinen Augen, und er sah endgültig wie ein Fremder aus.

»Umgebracht? Wie, Ed? Willst du sagen –«

Ich nickte. »Man hat ihn in einer Seitenstraße gefunden. Ausgeraubt. Es war Zahltag, und er ist abends auf ein paar Drinks weggegangen, und . . .« Ich hielt es für überflüssig, weiterzureden. Es war klar, was jetzt folgen mußte.

Onkel Ambrose nickte bedächtig und legte die drei Bälle in einen der viereckigen Rahmen, die sich auf der niedrigen Theke befanden. Er sagte: »Komm, schwing dich über den Tresen. Ich mach' den Laden dicht.«

Nachdem er das getan hatte, sagte er: »Komm, meine Bude ist gleich hier hinten.«

Er führte mich zwischen den beiden Kisten, auf denen die nachgeahmten Milchflaschen, nach denen man die Bälle werfen sollte, standen, und lüftete die Plane an der Rückseite.

Ich folgte ihm zu einem etwa zehn Meter entfernt aufgeschlagenen Zelt. Er öffnete die Klappe, und ich schlüpfte vor ihm hinein.

Das Zelt besaß eine Grundfläche von rund sechs mal zehn Fuß und Wände, die drei Fuß steil senkrecht verliefen und zur Mitte hin Schrägen bildeten. Man konnte mittendrin sogar aufrecht stehen. An einem Ende befanden sich ein Feldbett, ein großer Schrankkoffer und ein paar Klappstühle aus Segeltuch.

Was mir aber als erstes auffiel, war die schlafende junge Frau auf dem Feldbett. Sie war schlank und zierlich und sehr blond. Ich schätzte sie auf zwanzig bis fünfundzwanzig, und selbst im Schlaf wirkte sie sehr hübsch. Bis auf ihre Schuhe, die sie abgestreift hatte, war sie angezogen, aber sie schien nicht gerade viel unter ihrem bedruckten Baumwollkleid zu tragen.

Mein Onkel legte ihr die Hand auf die Schulter und rüttelte sie wach. Als sie die Augen aufschlug, sagte er: »Wird Zeit, daß du dich verdrückst, Toots. Das hier ist Ed, mein Neffe. Wir haben hier was zu besprechen, und ich muß packen. Du siehst zu, daß du Hoagy auftreibst. Sag ihm, daß ich ihn gleich sprechen muß und daß es wichtig is', ha?«

Sie zog sich bereits die Schuhe an, hellwach. Binnen einer Sekunde war sie voll da gewesen, und sie sah nicht mal verschlafen aus. Sie stand auf, strich ihr Kleid glatt und blickte zu mir.

»Hallo, Ed. Heißt du auch Hunter?«

Ich nickte.

»Nun troll dich«, sagte mein Onkel. »Hol Hoagy.«

Sie schnitt ihm eine Grimasse und ging hinaus.

»Ein Girl von der Modell-Show«, erklärte mein Onkel. »Die treten erst am Abend auf, deshalb macht sie hier schon mal ein Nickerchen. Letzte Woche hab' ich ein Känguruh in meinem Bett gefunden. Ja, kein Flachs, John L., das boxende Känguruh – aus der Pit-Show. Wenn du beim Jahrmarkt bist, kannst du so ziemlich alles in deinem Bett finden.«

Ich hatte mich in einen der Segeltuchsessel gesetzt. Er öffnete den Schrankkoffer und stopfte Sachen in einen zerbeulten Koffer, den er unter dem Feldbett hervorgezogen hatte.

»Biste hier drin, Am?« brüllte eine tiefe Stimme draußen.

»Komm rein, Hoagy«, sagte mein Onkel.

Die Zeltklappe wurde angehoben, und ein großer Mann trat ein. Wie er so dastand, schien er die gesamte Vorderseite des Zeltes auszufüllen. Sein Kopf stieß fast an die Zeltstange. Er hatte ein schwammiges, völlig ausdrucksloses Gesicht.

Er grunzte: »Yeah?«

»Sieh mal, Hoagy«, begann mein Onkel. Er unterbrach seine Tätigkeit und setzte sich neben den Koffer. »Ich muß nach Chicago. Keine Ahnung, wann ich wieder zurück bin. Übernimmst du das Wurfspiel, während ich weg bin?«

»Himmel, klar doch. Ich werd' jetzt hier die Zelte abbrechen. Und wenn Hobart noch was von mir will, soll er sich's doch wohin schieben. Ich geh' erst mal mit nach Springfield. Wie hoch ist dein Anteil?«

»Kein Anteil«, sagte mein Onkel. »Du wirst Maury den üblichen Satz zahlen, der Rest gehört dir. Alles, was ich will, ist, daß du meinen Kram zusammenhältst, bis ich wieder da bin. Achte auf meinen Schrank. Wenn ich vor Saisonende nicht zurück bin, lagere ihn ein.«

»Klar, natürlich. Wie bleib' ich mit dir in Verbindung?«

»Postlagernd, Chicago. Aber das wird nicht nötig sein. Es kennt sowieso keiner die Route nach Springfield. Aber ich werde euren Weg im *Billboard* verfolgen. Und wenn ich eines Tages wieder da bin, bin ich eben da. Okay?«

»Himmel, ja. Laß uns darauf noch einen trinken.«

Der Hüne zog einen Flachmann aus seiner Hüfttasche und reichte sie meinem Onkel. Er fragte: »Ist das dein Neffe Ed? Toots wird enttäuscht sein. Sie wollte wissen, ob er bei uns bleibt. Vielleicht verpaßt er da was, hm?«

»Das kann man nicht wissen«, meinte Onkel Ambrose.

Der Hüne lachte dröhnend.

Mein Onkel sagte: »Hoagy, was hältst du davon, wenn du jetzt verduftest? Ich hab' mit Ed zu reden. Sein Vater – mein Bruder Wally – ist diese Nacht gestorben.«

»Oje«, sagte der große Mann. »Tut mir leid, Am.«

»Schon gut. Laß mir die Pulle hier, ja? Was meinst du, du könntest den Laden jetzt gleich übernehmen, wenn du willst. Die Leute sind gut drauf heute. Ich war gerade dabei, ein Spielchen zu verkaufen.«

»In Ordnung, Am. Mensch, das tut mir verdammt leid – Oh, zum Teufel, du weißt schon, was ich meine.«

Der Hüne ließ uns allein. Mein Onkel saß da und sah mich an. Ich schwieg eine gute Minute, und auch er sagte kein Wort. Dann fragte er: »Was ist los, Junge? Was nagt so an dir?«

»Ich weiß nicht«, sagte ich.

»Erzähl mir doch nichts«, sagte er. »Hör zu, Ed, ich bin nicht so blöd wie ich aussehe. Ich will dir was sagen: Du hast dich noch nicht richtig gehenlassen. Du hast nicht geweint, stimmt's? Du bist steif wie ein Brett, aber so wirst du damit nicht fertig. Das macht dich kaputt. Du bist verbittert.«

»Ich werd's schon packen.«

»Nein. Was nagt an dir?«

Er hielt immer noch den Flachmann von Hoagy in der Hand. Die Kappe war noch nicht abgeschraubt. Ich starrte darauf und bat: »Gib mir einen Drink, Onkel Ambrose.«

Er schüttelte langsam den Kopf. »Das ist keine Antwort. Wenn du trinkst, dann, weil es dir schmeckt. Nicht, weil du vor irgend etwas davonläufst. Du bist davongelaufen, seit du Bescheid weißt, nicht wahr? Wally versuchte – Himmel, Ed, du trinkst doch nicht –«

»Hör zu«, sagte ich. »Ich will mich nicht besaufen. Ich möchte bloß einen Drink. Es geht um etwas, was ich erledigen muß.«

»Was?«

Es fiel mir schwer, es zu erklären. »Ich habe Pa nicht gekannt. Das ist mir heute morgen klar geworden. Ich hielt mich für was Besseres. Ich hielt ihn für einen Säufer. Das muß er gespürt haben. Er muß gespürt haben, daß ich ihn für einen Taugenichts hielt, und wir konnten uns nie kennenlernen, kapiert?«

Mein Onkel sagte nichts. Er nickte bedächtig.

Ich fuhr fort. »Ich hasse das Zeug immer noch. Den Geschmack, meine ich. Bier mag ich schon eher, aber ich hasse den Whisky-Geschmack. Aber ich will einen Schluck trinken – auf ihn. Um es gutzumachen, ein bißchen wenigstens, irgendwie. Ich weiß, er wird es nie erfahren, aber ich möchte – auf *ihn* anstoßen, so wie du. Eine Art – oh, verdammt, ich kann's nicht besser erklären.«

Mein Onkel sagte: »Verdammich.« Er legte die Flasche aufs Bett und trat an den Schrankkoffer. »Ich hab' hier irgendwo ein paar Zinnbecher. Zum Würfeln. Für Schausteller grenzt es schon an ein Verbrechen, aus was anderem als 'ner Flasche zu trinken, aber zum Teufel damit. Junge, wir trinken gemeinsam einen. Ich will auch auf Wally anstoßen.«

Er kam mit einem Set von drei Aluminiumbechern herüber und goß zwei davon großzügig voll. Dann reichte er mir einen.

Er sagte: »Auf Wally.«

Ich sagte: »Auf Pa.«

Und dann stießen wir an und leerten die Becher in einem Zug. Es brannte höllisch, aber ich konnte mein Husten unterdrücken.

Für eine Minute sprach keiner von uns ein Wort. Dann sagte Onkel Ambrose: »Ich muß zu Maury, dem, dem der ganze Zirkus hier gehört. Bescheid sagen, daß ich ausfalle.«

Er eilte davon.

Ich saß da, mit dem Whiskygeschmack im Mund, und plötzlich heulte ich Rotz und Wasser. Es lag nicht am Whisky. Irgend etwas in mir tief drinnen mußte raus. Wahrscheinlich hatte mein Onkel geahnt, daß so etwas kommen würde, und war deshalb so rasch verschwunden. Er wußte, daß ein junger Bursche meines Alters nicht vor irgend jemandem losplärren würde.

Aber nachdem ich mich ausgeheult hatte, begann ich die Wirkung des Alkohols zu spüren. Ich fühlte mich schwindelig, und mir wurde übel.

Onkel Ambrose kam zurück. Er mußte meine roten Augen bemerkt haben, denn er sagte: »Jetzt wirst du dich besser fühlen, Ed.«

Ich brachte ein Grinsen zustande. »Ich schätze, im Trinken gehöre ich zur untersten Liga. Mir wird schlecht, glaub' ich. Wo ist das Klo?«

»Auf der anderen Seite des Platzes. Aber was zum Teufel, es ist sowieso ein dreckiger Platz. Geh nach draußen und kotz, wenn du willst.«

Ich ging hinters Zelt und brachte es hinter mich.

Als ich wieder reinkam, war mein Onkel mit dem Packen fertig. Er sagte: »Ein Drink hätte dir nicht so zusetzen dürfen, Junge, selbst wenn du nicht daran gewöhnt bist. Hast du heute schon was gegessen?«

»Wie denn«, sagte ich. »Nicht mehr seit gestern abend. Daran hab' ich gar nicht gedacht.«

Er lachte. »Kein Wunder. Wir geh'n erst mal zum Chinesen. Da bestellst du dir was Ordentliches zu Essen. Ich nehm' den Koffer, und wir gehen von dort direkt zum Bahnhof.«

Onkel Ambrose bestellte mir etwas und wartete, bis ich wirklich zu essen anfing. Als er mir gegenüber in die Bank schlüpfte, sagte er: »Wir könnten den Zug um halb sieben erwischen. Ich hab' Madge vorhin angerufen –« Madge ist der Name meiner Stiefmutter – – »und mir alles erzählen lassen. Bis jetzt gibt's nichts Neues. Morgen findet die Leichenschau statt. In Heidens Beerdigungsinstitut an der Wells Street. Dort – dort liegt er jetzt.«

»Ist sonst nicht üblich – ich dachte, man hätte ihn ins Leichenschauhaus gebracht.«

Mein Onkel schüttelte den Kopf. »Nicht in Chicago, Ed. Da wird die Leiche – wenn's sich nicht um etwas Außergewöhnliches handelt – in die nächste Leichenhalle gebracht. Die Stadt übernimmt die Kosten, wenn sich keine Angehörigen melden.«

Ich fragte: »War Mom sauer, weil ich fortgelaufen bin?«

»Ich glaub' nicht. Aber sie sagte, daß der zuständige Detective gerne mit dir gesprochen hätte und verärgert war. Sie will ihm sagen, daß du auf dem Heimweg bist.«

»Zur Hölle mit ihm«, knurrte ich. »Ich kann ihm überhaupt nichts sagen.«

»Nun sei nicht so, Junge. Wir wollen ihn doch auf unsere Seite kriegen.«

»Unsere Seite?«

Er blickte mich seltsam an. »Nun, natürlich, Ed«, sagte er, »auf unsere Seite. Du bist doch dabei, mein Sohn, oder?«

»Du willst sagen, du hast vor –«

»Ja, verdammt. Deshalb mußte ich doch alles mit Hoagy und Maury regeln. Damit ich solange wie nötig wegbleiben kann. Ja, verdammt, Junge. Wir lassen doch diesen Hundesohn, der deinen Vater ermordet hat, nicht so ungeschoren davonkommen, oder?«

Ich fragte: »Können wir denn mehr tun als die Polizei?«

»Die kann sich nur für eine begrenzte Zeit um den Fall kümmern, wenn sie nicht gerade eine heiße Spur verfolgen. Wir haben beliebig Zeit. Das ist ein Punkt. Und wir haben ihnen etwas voraus: Wir sind die Hunters.«

Bei diesen Worten fühlte ich eine prickelnde Erregung in mir aufsteigen. Wir sind die Hunters. Wir werden den Killer in den dunklen Gassen jagen. Den Mann, der Pa gekillt hatte.

Vielleicht war es verrückt, aber ich glaubte ihm. Wir hatten der Polizei etwas voraus. Jetzt war ich froh, daß ich ihm nicht einfach nur ein Telegramm geschickt hatte.

Ich sagte: »Okay. Wir werden uns dieses Schwein schnappen.«

In seinen Augen lag wieder dieses Zwinkern. Aber mit ihm zurückgekehrt war etwas anderes – etwas Tödliches. Trotz dieses Zwinkerns wirkte mein Onkel nicht mehr wie ein komischer kleiner Dicker mit einem riesigen schwarzen Schnauzbart.

Er sah wie jemand aus, den man gern auf seiner Seite weiß, wenn es Ärger gibt.

Als wir in Chicago aus dem Zug stiegen, sagte Onkel Ambrose: »Hier trennen sich unsere Wege für ein Weilchen. Du gehst nach Hause und verträgst dich wieder mit Madge und wartest auf den Detective, der vorbeikommen soll. Ich ruf' dich an und geb' dir Bescheid, wo ich bin.«

»Okay«, sagte ich, »aber warum kommst du jetzt nicht mit mir nach Hause?«

Er schüttelte langsam den Kopf. »Je weniger Madge und ich uns sehen, desto besser für uns alle. Als ich sie von Janesville anrief, klang sie ganz okay, aber ich will's nicht übertreiben, verstehst du?«

»Sieh mal«, sagte ich, »ich will da nicht bleiben. Warum kann ich mir nicht auch ein Zimmer nehmen? Bei dir in der Nähe. Oder wir teilen uns eins. Wenn wir zusammen arbeiten . . .«

»Nein, Ed. Jedenfalls nicht sofort. Ich weiß nicht, wie die Dinge zwischen dir und Madge stehen, aber du wirst zu Hause wohnen – wenigstens bis nach der Beerdigung. Es wäre nicht recht, wenn du ausgerechnet jetzt gingst, kapiert?«

»Ich denke, du hast recht.«

»Denn wenn du ausziehst und Madge damit nicht einverstanden ist, sind wir beide bei ihr unten durch, und – sieh mal, wir müssen mit jedem gut auskommen, der mit diesem Fall zu tun hat, wenn wir etwas herauskriegen wollen.«

Ich sagte: »Mom war's nicht, wenn du das meinst. Sie zankten sich schon mal, aber sie hätte ihn niemals umgebracht.«

»Das habe ich nicht gemeint, nein. Ich glaube auch nicht, daß sie dazu imstande ist. Aber es ist für uns wichtig, daß du zunächst zu Hause bleibst. Dort hat auch dein Dad gelebt, klar? Wir müssen die ganze Sache von diesem Ausgangspunkt aufrollen. Nicht von draußen. Du hältst dich gut mit Madge und diesem Detective, so daß du ihnen jederzeit Fragen stellen kannst, wenn wir nicht weiterkommen. Wir werden jede Chance nützen müssen. Verstanden?«

Mom war alleine, als ich nach Hause kam. Gardie trieb sich irgendwo rum, und ich fragte nicht danach. Mom trug ein schwarzes Kleid, das ich noch nie gesehen hatte. Ihre Augen waren gerötet, als hätte sie viel geweint, und sie hatte kein

Make-up aufgelegt. Nur ein bißchen Lippenstift, der in einem Mundwinkel verschmiert war. Ihre Stimme klang überhaupt nicht nach ihr. Flach, halb tot, ohne jede Betonung.

Irgendwie waren wir wie Fremde.

Sie sagte: »Hallo, Ed«, und ich sagte: »Hallo, Mom«, und dann ging ich ins Wohnzimmer, setzte mich, und sie folgte mir und setzte sich auch. Ich saß beim Radio und spielte mit dem Programmwähler, ohne es einzuschalten.

Ich sagte: »Mom, es tut mir leid. Ich – nun, ich hab' dich heute morgen im Stich gelassen. Ich hätte hierbleiben sollen.« Mir tat das tatsächlich leid, obschon ich froh war, Onkel Ambrose aufgesucht zu haben.

»Das ist schon in Ordnung, Ed. Ich – ich glaube, ich verstehe, warum du raus wolltest. Aber woher wußtest du davon? Ich meine, du warst doch nicht hier, als die Cops kamen.«

»Ich stand auf der Treppe«, sagte ich. »Ich hab's gehört. Ich wollte nicht reinkommen. Hast du schon bei Elwood Press angerufen und Bescheid gesagt?«

Sie nickte. »Wir haben vom Beerdigungsinstitut aus angerufen. Ich dachte, du wärst alleine zur Arbeit gegangen, und wir wollten dir Bescheid sagen. Der Vorarbeiter war sehr nett. Sagte, du könntest dir solange freinehmen, wie du willst. Du gehst – doch wieder hin, Ed, nicht?«

»Ich glaub' schon«, sagte ich.

»Ist ein solides Handwerk. Und W–Wally sagte, daß du dich gut machst. Du solltest dabeibleiben.«

»Werd' ich wohl auch.«

»Hast du gegessen, Ed? Kann ich dir irgend etwas machen?«

Sie war tatsächlich verändert. Früher hatte sie sich einen Dreck darum gekümmert, ob ich gegessen hatte oder nicht.

»Ich hab' in Janesville gegessen«, erklärte ich. »Onkel Ambrose ist in ein Hotel gezogen. Er will uns anrufen und Bescheid geben, wo er wohnt.«

»Er hätte zu uns kommen können.«

Ich wußte nicht, was ich darauf erwidern sollte. Also spielte ich wieder mit den Programmtasten und mied ihren Blick. Sie sah so elend aus, daß ich sie nicht ansehen mochte.

Nach einer Weile sagte sie: »Hör zu, Ed –«

»Ja, Mom?«

»Ich weiß, daß du mich nicht sonderlich magst. Oder Gardie. Ich weiß, daß du dich jetzt auf eigene Füße stellen möchtest. Du bist achtzehn, und wir sind nur angeheiratete Verwandte – ich mach' dir daraus keinen Vorwurf. Aber könntest du zunächst erst einmal hierbleiben?

Mit der Zeit werden wir dann weitersehen. Gardie und ich werden uns eine kleinere Wohnung suchen, und ich werd' eine Arbeit finden. Ich möchte, daß sie die High-School abschließt wie du. Aber die Miete ist bis September bezahlt, und wir haben einen Monat Kündigungsfrist und müssen dann noch den nächsten Monat bezahlen. Die Wohnung ist zu groß für uns beide und – du verstehst, worauf ich hinauswill. Wenn du also so lange bleiben könntest . . .«

»In Ordnung«, sagte ich.

»Das wird uns weiterhelfen. Wir werden uns doch so lange vertragen, nicht, Ed?«

»Klar.«

»Sofort nach der Beerdigung such ich mir 'nen Job. Wohl wieder als Kellnerin. Wir könnten die Möbel verkaufen, ehe wir hier ausziehen. Ist alles abbezahlt. Wird nicht viel bringen, aber vielleicht deckt es den größten Teil der Beerdigungskosten.«

Ich sagte: »Du kannst alles verkaufen, aber wegen der Beerdigungskosten mußt du dir keine Sorgen machen. Der Bestattungsfonds der Gewerkschaft müßte dafür aufkommen.«

Sie fragte: »Bist du sicher, Ed? Daß es einen Fonds *gibt*, meine ich.«

»Ganz sicher«, sagte ich. »Die I. T. U. ist eine gute Gewerkschaft. Darauf kannst du dich verlassen. Vielleicht kommt auch was von Elwood.«

»Dann geh' ich sofort zu Heiden.«

»Wozu?«

»Ich möchte, daß Wally ein schönes Begräbnis bekommt, Ed. Das beste, daß wir uns leisten können. Ich dachte, wir müßten uns deshalb in Schulden stürzen und vielleicht einen Teil der Möbel verkaufen. Ich habe ihm gesagt, daß wir wohl nicht mehr als zweihundert aufbringen könnten. Ich werd' ihm sagen, daß er das Doppelte ansetzen kann.«

Ich meinte: »Pa hätte nicht gewollt, daß du alles dafür ausgibst. Du solltest etwas für den Neuanfang übriglassen. Damit du und Gardie eine Basis habt. Und dann sind da noch Miete und andere Ausgaben außer der Beerdigung. Also, ich halte die Idee nicht für gut.«

Sie erhob sich. »Ich tu's trotzdem. So'n schäbiges kleines Begräbnis . . .«

Ich sagte: »Es ist erst übermorgen. Du kannst es dir morgen immer noch überlegen, wenn wir wissen, wieviel wir aus dem Bestattungsfonds erhalten. Warte bis morgen früh, Mom.«

Sie zögerte und gab dann nach.

»Gut. Morgen früh reicht auch noch. Ich mach' uns einen Kaffee, Ed. Selbst wenn du keinen Hunger hast, kannst du doch 'ne Tasse Kaffee trinken?«

»Natürlich«, sagte ich. »Danke. Kann ich dir helfen?«

»Du bleibst schön hier sitzen.« Sie warf einen Blick zur Uhr. »Der Mann vom Morddezernat, der dich sprechen wollte – er heißt Bassett – wird um acht hier sein.«

Auf der Türschwelle drehte sie sich noch mal um. »Danke, Ed, daß du – dich entschlossen hast zu bleiben, und für alles. Vielleicht –«

Die Tränen rannen ihr übers Gesicht.

Selbst mir war fast zum Heulen zumute. Ich kam mir wie ein verdammter Narr vor, wie ich so dasaß und kein Wort sagte. Aber mir fiel nichts ein.

Ich sagte: »Ah, Mom . . .«

Ich wünschte, ich hätte sie tröstend in die Arme schließen können, aber man kann das nicht so plötzlich, wenn man es nie zuvor getan hat. Nicht einmal in zehn Jahren.

Sie ging weiter zur Küche, und ich hörte das Klicken des Lichtschalters. Ich war völlig durcheinander.

3

Bassett kam um acht Uhr. Ich trank gerade mit Mom Kaffee, und sie stellte ihm eine Tasse hin. Er saß mir am Tisch gegenüber. Einen Detective hatte ich mir ganz anders vorgestellt. Er war nicht besonders groß, durchschnittlich, etwa meine Größe, und auch nicht schwerer als ich. Er hatte lichtes rotes Haar und verblichene Sommersprossen. Seine Augen blickten müde durch seine Nickelbrille.

Aber er war nett, und er war freundlich. Er benahm sich überhaupt nicht wie ein Bulle.

Statt mich mit Fragen zu bombardieren, fragte er bloß: »Na, was war denn mit dir los, Junge?« Und dann hörte er sich meine Geschichte an, vom Klopfen an die Schlafzimmertür am Morgen angefangen. Nur die Sache mit Mom, die bis auf die Schuhe angezogen auf dem Bett gelegen hatte, ließ ich weg. Das ging ihn nichts an. Wo immer sie auch gewesen sein mochte, jetzt tat es nichts mehr zur Sache.

Als ich geendet hatte, saß er wortlos da und trank einfach seinen Kaffee. Ich sagte nichts, und Mom schwieg auch. Das Telefon läutete, und ich erklärte, es sei wohl für mich. Ich ging ins Wohnzimmer, um abzunehmen.

Es war Onkel Ambrose. Er hatte ein Zimmer im Wacker an der North Clark Street, nur ein paar Häuserblocks weiter.

»Prima«, meinte ich. »Warum kommst du nicht rüber, jetzt gleich? Mr. Bassett, der Detective, ist da.«

»Gut. Wenn Madge nichts dagegen hat.«

Ich kehrte in die Küche zurück und informierte Mom und Mr. Bassett, daß er gleich kommen würde.

»Du sagtest, er sei Schausteller.«

Ich nickte. »Er ist ein prima Kerl. Mr. Bassett, ich hätte Sie gerne etwas gefragt.«

»Schieß nur los.«

»Wie groß ist die Wahrscheinlichkeit, daß die Pol – daß Sie den Burschen erwischen, der es getan hat? Gering, was?«

»Ziemlich«, bestätigte er. »Wir haben praktisch keinen Anhaltspunkt, verstehst du? Ein Kerl, der so'n Ding dreht, geht ein hohes Risiko ein, erwischt zu werden –, während er die Tat begeht. Er muß befürchten, daß ein Streifenwagen aufkreuzt. Und in den engen Straßen dieses Viertels blenden sie ihre Scheinwerfer extra auf. Er muß gewahr sein, daß eine Fußstreife kommt. Der Kerl, den er in der Mangel hat, könnte ihm die Faust zeigen und ihn totschlagen.«

Er seufzte. »Aber wenn er sauber rausgekommen ist, kann er sich ziemlich sicher fühlen. Wenn er die Lippen versiegelt hält – well, die Chancen stehen eins zu tausend, vielleicht zu zehntausend, daß man ihn erwischt.«

Ich sagte: »In einem Fall wie diesem«, – aus irgendeinem Grund wollte ich es allgemein halten; ich wollte nicht über Pa sprechen –, »wie sieht da eine solche Chance aus?«

»Da gibt's mehrere Möglichkeiten. Vielleicht nimmt er seinem Opfer die Armbanduhr ab. Wir geben die Registriernummer an die Pfandleiher weiter, und vielleicht taucht die Uhr eines Tages in einer Pfandleihe auf, so daß wir die Spur weiterverfolgen können.«

»Pa trug keine Uhr. Er hat sie vor ein paar Tagen zur Reparatur gegeben.«

»Tja. Nun, eine andere Möglichkeit. Vielleicht wurde er verfolgt. Ich meine, vielleicht hat er in einer Kneipe mit seinem Geld geprahlt, und ein anderer hat sich an seine Fersen geheftet, als er ging. Daran könnte sich irgendeiner in der Kneipe erinnern und uns eine Beschreibung geben oder den Burschen sogar kennen. Verstanden?«

Ich nickte. »Sie wissen, wo er letzte Nacht war?«

»Zunächst auf der Clark Street. Besuchte mindestens zwei Lokale dort. Trank dort jeweils nur ein paar Bierchen. Er war alleine. Man hat ihn zwischen dort und hier gefunden, als wäre er auf dem Heimweg gewesen. Außerdem gibt es auf dieser Strecke kaum Gaststätten. Die wenigen, die's gibt, haben wir gründlich überprüft. Möglich, daß er da war, aber von der Zeit her und allem ist das höchst unwahrscheinlich.«

»Wo – wo hat man ihn *gefunden?*«

»Gasse zwischen Orleans und Franklin. Zweieinhalb Blocks südlich von der Chicago Avenue.«

»Zwischen Huron und Erie?«

Er nickte.

Ich sagte: »Dann muß er auf die Orleans Street nach Süden gegangen sein und die Abkürzung durch die Gasse zur Franklin genommen haben. Aber – Mensch, in *dieser* Gegend! Warum hätte er das tun sollen?«

Bassett entgegnete: »Darauf zwei Antworten: Erstens, er hatte eine Menge Bier intus. Soviel wir wissen, hatte er sonst nicht viel getrunken, und er war seit neun Uhr unterwegs. Vier Stunden. Ein Mann, der bis zur Krempe mit Bier aufgefüllt ist, kann seine Gründe haben, die Abkürzung durch eine Seitenstraße zu nehmen, auch wenn er sich in einer üblen Gegend befindet, wie du schon sagtest.«

»Und die andere Antwort?«

»Daß er überhaupt durch die Gasse gegangen ist. Er befand sich nahe der Franklin. Er hätte die Chicago bis zur Franklin Street gehen können. Also wurde er am Eingang zur Gasse überwältigt, und der oder die Räuber haben ihn in die Nebenstraße gezerrt, ihn dort ausgenommen und zusammengeschlagen. Um diese Zeit in der Frühe sind die Straßen ziemlich verlassen. Unter der Hochbahn dort hat's schon 'ne Menge Überfälle gegeben.«

Ich nickte nachdenklich. Dieser Bassett mochte zwar nicht wie ein Detective aussehen, aber er war bestimmt nicht auf den Kopf gefallen. Jede dieser Möglichkeiten kam in Betracht. Und die Chance, den Täter zu erwischen, war äußerst gering.

Möglich, daß er in diesen Dingen tüchtiger war als Onkel Ambrose. Immerhin war er tüchtig genug gewesen, Pa's Weg zurückzuverfolgen, und das war in dieser Gegend kein Kinderspiel. An der Clark Street und der Chicago Avenue waren die Bullen nicht gerade beliebt.

Als Onkel Ambrose kam, ließ Mom ihn ein. Ich konnte sie im Flur miteinander reden hören, aber nicht verstehen, was sie sagten. Als sie die Küche betraten, wirkten sie friedlich. Mom goß ihm eine Tasse Kaffee ein.

Bassett schüttelte ihm die Hand, und sie schienen gleich einen Draht zueinander zu haben. Bassett stellte ihm einige Fragen. Er fragte ihn nicht, ob ich in Janesville gewesen war, sondern, ganz beiläufig, mit welchen Zug und so weiter. Lauter Kleinigkeiten, anhand derer er meine Story überprüfen konnte.

Ein gescheiter Bursche, dachte ich wieder.

Onkel Ambrose erkundigte sich nach dem Stand der Untersuchung. Bassett beantwortete die ersten Fragen, dann zuckte er seinen Mundwinkel ein wenig nach oben.

Er sagte: »Fragen Sie den jungen Mann hier. Ich hab' ihm die ganze Geschichte erzählt, so wie die Dinge nun mal sind. Ihr zwei habt euch einiges vorgenommen. Ich wünsche viel Glück.«

Mein Onkel blickte mich an, die Brauen nur eine Nuance hochgezogen. Ich schüttelte den Kopf, um ihm zu verstehen zu geben, daß ich gegenüber dem Detektive nicht gequatscht hatte. Ein gescheiter Bursche. Ich weiß nicht, wie er uns so schnell auf die Schliche gekommen ist.

Gardie kam, und Mom machte sie mit Ambrose bekannt. Ihre Mutter hatte sie ins Kino geschickt, und offenbar war sie auch tatsächlich in eins gegangen, sonst wäre sie nicht so früh zu Hause gewesen.

Ich amüsierte mich köstlich über die Art, wie Onkel Ambrose ihr den Kopf tätschelte und sie auch sonst wie ein Kind behandelte. Gardie mochte das gar nicht, wie ich sehr wohl wußte. Fünf Minuten Verwandtschaftsgetue reichten ihr, und sie verschwand in ihr Zimmer.

Onkel Ambrose grinste mich an.

Inzwischen war der Kaffee kalt, und Mom wollte gerade neuen aufsetzen, als Onkel Ambrose vorschlug: »Laßt uns runter geh'n und irgendwo was trinken. Wie ist es mit Ihnen, Bassett?«

Der Detective zuckte die Achseln. »Von mir aus, okay. Ich bin jetzt nicht mehr im Dienst.«

Mom schüttelte den Kopf. »Geht ihr zwei nur«, sagte sie zu den Männern.

Ich kaufte mich ein, indem ich vorgab, durstig auf ein Sevenup oder eine Coke zu sein. Onkel Ambrose sagte: »In Ordnung«, und Mom machte kein Geschrei. Also ging ich mit ihnen runter.

Wir gingen in ein Lokal an der Grand Avenue. Bassett sagte, es sei ein ruhiger Ort, wo man sich auch unterhalten könnte. Es war wirklich ruhig; wir waren fast die einzigen Gäste.

Wir setzten uns in eine Nische und bestellten zwei Bier und eine Coke. Bassett sagte, er müsse jemanden anrufen, und verschwand Richtung Telefon.

Ich meinte: »Er ist kein übler Bursche. Irgendwie mag ich ihn.«

Onkel Ambrose nickte. Dann sagte er: »Er ist nicht dumm, er ist nicht ehrlich und er ist keine Laus. Er ist genau das, was der Doktor verschrieben hat.«

»Ha? Woher willst du wissen, daß er nicht ehrlich ist?«

»Einfach vom ersten Eindruck her. Wenn man auf dem Jahrmarkt arbeitet, mein Junge, lernt man die Leute kennen. Rein gefühlsmäßig. Dieser rothaarige Bulle –, wir werden ihn kaufen.«

Er nahm seine Brieftasche, hielt sie unter den Tisch, so daß die paar Männer an der Theke nichts sehen konnten, und zog eine Banknote heraus. Dann steckte er die Brieftasche wieder weg. Als er den Schein zweimal faltete, ehe er ihn in der Hand verbarg, konnte ich ihn sehen. Es war eine Hundert-Dollar-Note.

Ich bekam es mit der Angst.

Mir war nicht klar, warum er Bassett überhaupt bestechen mußte, und ich fürchtete, daß er sich in ihm getäuscht hatte und wir nur Ärger kriegen würden.

Bassett kam zurück und setzte sich zu uns.

Mein Onkel sagte: »Sehen Sie, Bassett, ich weiß, wie wenig ihr in einem solchen Fall wie diesem ausrichten könnt. Aber Wally war mein Bruder, und ich will, daß der Kerl, der ihn umgebracht hat, eingebuchtet wird. Ich will ihn schmoren sehen.«

Bassett versprach: »Wir tun unser Bestes.«

»Ich weiß. Aber man wird Ihnen nicht viel Zeit einräumen,

und das wissen Sie. Ich möchte Ihnen helfen, so gut ich kann. Ich meine, manchmal helfen ein paar Scheinchen, um jemanden zum Singen zu bringen, der sonst nicht singen würde. Sie verstehen mich.«

»Ich verstehe Sie. Tja, manchmal hilft es.«

Mein Onkel streckte ihm die Hand entgegen, mit der Handfläche nach unten. Er sagte: »Stecken Sie dies ein, für den Fall, daß Sie es irgendwo zu unserem Nutzen einsetzen können. Es bleibt unter uns.«

Bassett nahm das Geld. Ich beobachtete, wie er sich den Schein unterm Tisch kurz ansah und dann einsteckte. Seine Miene veränderte sich nicht. Er sagte kein Wort.

Wir orderten eine neue Runde, oder genauer die beiden. Ich hatte immer noch meine Cola.

Hinter den Brillengläsern blickten Bassetts Augen noch ein wenig müder, ein wenig verschleiert. Er sagte: »Was ich dem Jungen erzählt habe, stimmt. Mehr wissen wir nicht. Zwei Stops auf der Clark Street für vielleicht jeweils eine halbe Stunde. Dann die Sache in der Grand Avenue, wo er Bier kaufte. Zehn zu eins, daß das die letzte Station war. Wenn wir überhaupt etwas herausfinden könnten, dann dort. Aber es gab nichts herauszufinden.«

»Was geschah in der restlichen Zeit?«

Bassett zog die Schultern hoch. »Es gibt zwei Sorten von Trinkern. Die eine nistet sich an irgendeinem Ort ein und säuft. Die andere pendelt. Wallace Hunter gehörte zu den Pendlern, jedenfalls an dem Abend. Er war vier Stunden unterwegs und blieb jeweils eine halbe Stunde an den drei Plätzen, die wir mit ihm in Verbindung bringen konnten. Wenn das sein Schnitt ist, muß er etwa in sechs oder sieben Kneipen gewesen sein. Etwas Zeit müssen wir ihm für den Weg lassen.«

»Hat er nur Bier getrunken?«

»Jedenfalls meistens. In einem Schuppen war sich der Wirt nicht sicher, was er trank. Und auf der Chicago Avenue hat er sich einen Kurzen zum letzten Bier bestellt, dann kaufte er zwei Flaschen Bier und ging. Das war bei Kaufmans. Kaufman stand selbst hinter dem Tresen. Sagte, daß Hunter ganz schön zu wirkte, ziemlich betrunken, aber nicht torkelnd oder so. Hatte sich unter Kontrolle.«

»Wer ist Kaufman? Ich meine, abgesehen davon, daß er 'ne Kneipe hat.«

»Nichts Besonderes. Ich weiß nicht, ob er sauber ist, aber bei uns liegt nichts gegen ihn vor. Ich habe mich deshalb bei den Jungs vom Revier an der Chicago Avenue erkundigt. Soweit sie wissen, hat er eine reine Weste.«

»Sie haben mit ihm gesprochen?«

Bassett sagte: »Aalglatt. Aber ich glaube nicht, daß er mit dieser Sache zu tun hat. Nachdem ich ihn eine Weile gekitzelt hatte, konnte er Ihren Bruder anhand eines Fotos identifizieren. Habe bei ihm die gleiche Story abgespult wie bei den anderen. Daß wir wüßten, daß Hunter dort gewesen ist, und nur die Zeit haben wollten, zu der er die Kneipe verließ. Zunächst behauptete er, den Mann nie gesehen zu haben. Dann sagte ich, daß wir Beweise hätten und bloß den Zeitpunkt wissen wollten. Und nachdem er sich seine Brille aufgesetzt hatte, spielte er mit.«

»Ohne etwas auszulassen?«

»Ich glaub' schon«, sagte Bassett. »Sie können ihn morgen bei der gerichtlichen Untersuchung selbst sehen und hören.«

»Prima«, meinte mein Onkel zu mir. »Hör zu, bei der Untersuchung kennst du mich nicht. Ich bin ein Fremder. Ich werde ganz einfach in der letzten Reihe sitzen, und niemand wird mich kennen. Mich braucht man ohnehin nicht als Zeugen.«

Bassetts Blick verschärfte sich ein wenig, aber nur ein wenig. »Sie rechnen damit, vielleicht jemanden zu beschatten?«

»Wäre möglich«, erwiderte mein Onkel.

Sie schienen einander zu verstehen. Sie wußten, wovon sie sprachen. Ich hatte keine Ahnung.

Bassett sagte: »Ein Motiv entfällt. Keine Versicherung.«

Das machte auch für mich einen Sinn. »Mom war's nicht.«

Bassett warf mir einen Blick zu, und ich fragte mich, ob ich ihn wirklich so gut leiden konnte, wie ich dachte.

Onkel Ambrose meinte: »Der Junge hat recht. Madge ist . . .« Er unterbrach sich. »Sie hätte Wally nie umgebracht.«

»Bei Frauen weiß man nie. Mein Gott, ich habe Fälle erlebt . . .«

»Sicher, millionenfach. Aber Madge hat ihn nicht getötet. Sehen Sie, vielleicht hätte sie zu Hause auf ihn gewartet und sich mit einem Fleischmesser auf ihn gestürzt. Aber nicht so was. Sie wäre ihm niemals in eine dunkle Gasse gefolgt und ihn – Sagen Sie, war es ein Blackjack?«

»Nee, kein Totschläger. Etwas Härteres.«

»Was zum Beispiel?«

Könnte alles sein, was schwer genug ist und keine scharfen Ecken oder Kanten an der Seite hat, mit der zugeschlagen wurde. Ein Knüppel, ein Rohrstück, eine Flasche – fast alles.«

Ein stumpfer Gegenstand, so würde es in den Zeitungen stehen, falls die Zeitungen etwas darüber bringen sollten.

Ich beobachtete, wie eine Küchenschabe von der Theke weg über den Fußboden krabbelte. Sie lief ein Stückchen, blieb dann kurz stehen, rannte ein Stückchen, blieb stehen.

»So«, sagte Bassett, »ich muß nach Hause. Ich habe gerade bei mir angerufen, und meiner Frau geht's nicht gut. Nichts Ernstes, aber sie wollte, daß ich ihr irgendeine Medizin mitbringe. Seh' Sie dann morgen bei der Untersuchungsverhandlung.«

»Okay«, sagte mein Onkel. »Allerdings können wir uns dort nicht unterhalten, wie schon gesagt. Wie wär's, wenn wir uns hinterher hier träfen?«

»Fein. Bis dann. Bis dann, mein Junge.«

Er verließ das Lokal.

Ich dachte, daß hundert Dollar eine Menge Geld seien. Ich war froh, daß ich keinen Job hatte, wo mir die Leute hundert Bucks für etwas in die Hand drücken konnten, was ich nicht tun durfte.

Wenn ich es genau überlegte, tat er ja nichts wirklich Falsches. Er sollte nur auf unserer Seite sein und uns mit Informationen versorgen. Das war in Ordnung. Mich störte nur, daß er Geld dafür nahm. Aber er hatte eine kranke Frau.

Und dann fiel mir ein, daß mein Onkel nichts von der kranken Frau gewußt hatte. Aber er war sich sicher gewesen, das Bassett die hundert Dollar nehmen würde.

Mein Onkel unterbrach meine Gedanken. »Das ist eine gute Investition.«

»Vielleicht«, sagte ich. »Aber es ist unredlich. Woher weißt du, daß er dich nicht übers Ohr haut? Kann sein, daß du gar nichts für deine hundert Dollar kriegst. Und das ist eine Menge Geld.«

Er meinte: »Manchmal ist ein Zehner viel Geld. Manchmal reichen nicht mal hundert Dollar. Ich denke, daß wir den Gegenwert für unser Geld kriegen. Hör mal, Ed, was hältst du davon, wenn wir uns mal umsehen? Ich meine, da, wo er sich aufgehalten hat. Fühlst du dich dazu in der Lage?«

»Natürlich«, sagte ich. »Ich kann sowieso nicht schlafen. Und es ist erst elf.«

Er musterte mich eingehend. Dann sagte er: »Du könntest glatt für einundzwanzig durchgehen. Sollte jemand fragen, dann bin ich dein Vater, und das sollten sie mir besser glauben . . . Wir können uns beide mit gleichem Namen ausweisen. Aber das wollen wir lieber lassen.«

»Du willst nicht, daß man erfährt, wer wir sind?«

»Genau. Wenn wir irgendwo reingehen, bestellen wir uns jeder ein Bier. Ich leere meins auf die Schnelle, und du trinkst deins Schlückchen für Schlückchen. Dann gibst du mir was von deinem Rest ab, klar? Auf die Art –«

»Ein bißchen Bier wirft mich nicht um«, sagte ich. »Ich bin achtzehn, verdammt noch mal.«

»Ein bißchen Bier wird dir nicht schaden. Mehr kriegst du auch nicht. Wir vertauschen nämlich die Gläser. Klar?«

Ich nickte. Es war zwecklos zu streiten, besonders wenn er recht hatte.

Wir gingen über die Grand zur Clark Street und liefen bis zur Ontario.

»Hier muß er seine Runde begonnen haben«, sagte ich.

Ich stand da und blickte die Ontario hinunter. Mir war fast, als sähe ich ihn die Straße heraufschlendern.

Wie dumm von mir, dachte ich, wo er doch bei Heiden's aufgebahrt liegt. Sie haben das Blut aus ihm herausgesaugt und ihm balsamierende Flüssigkeit eingespritzt. Weil es so heiß ist, mußten sie schnell arbeiten.

Das ist nicht mehr mein Pa. Ihm hatte warmes Wetter nie was ausgemacht. Die Kälte haßte er, aber Hitze kümmerte ihn nie.

Onkel Ambrose sagte: »Das Beer Barrel und das Cold Spot, so hießen doch die beiden Lokale?«

»Ich glaube, Bassett hat so was gesagt, aber ich habe nicht zugehört. Keine Ahnung.«

»Nicht zugehört?«

»Ich habe eine Küchenschabe beobachtet.«

Darauf sagte er nichts. Wir machten uns auf den Weg und studierten im Vorübergehen die Namen der Lokale. Die Kneipen lagen alle an der North Clark Street. Der Broadway des kleinen Mannes erstreckte sich vom Loop, der Hochbahn, bis zum Bughouse Square.

Endlich erreichten wir das Cold Spot. Wir traten ein und stellten uns an die Theke. Der Grieche hinterm Tresen beachtete mich kaum.

An der Theke standen außer uns nur ein paar Männer, keine Frau. An einem Tisch döste ein Betrunkener.

Wir blieben nur auf ein Bier, und Onkel Ambrose trank das meiste von mir mit.

Im Beer Barrel hielten wir es genauso. Diese Kneipe lag auf der anderen Straßenseite, ein Stück weiter weg. Es war die gleiche Sorte Lokal, ein bißchen größer mit mehr Gästen, zwei Barkeepern und drei Betrunkenen, die an ihren Tischen eingenickt waren, statt des einen.

Da niemand neben uns stand, konnten wir uns ungestört unterhalten.

»Willst du nicht versuchen, sie auszuquetschen?« fragte ich. »Was er gestern abend getan hat, oder so?«

Er schüttelte den Kopf.

»Was versuchen *wir* denn herauszufinden?«

»Was er hier gesucht hat.«

Ich dachte darüber nach. Wie sollten wir das herausfinden, ohne jemanden danach zu fragen?

Mein Onkel sagte: »Komm ich zeig's dir.«

Wir verließen die Kneipe und gingen den Weg, den wir gekommen waren, ein Stück zurück. Dann betraten wir ein anderes Lokal.

»Ich hab's kapiert«, sagte ich. »Ich versteh', was du meinst.«

Wie dumm von mir. Hier war alles ganz anders. Es gab Musik, wenn man sie so nennen konnte. Und fast ebensoviele Frauen wie Männer. Meist verblühte Frauen. Nur wenige waren jung. Die meisten waren betrunken.

Es waren keine Nutten. Jedenfalls nicht die meisten. Es waren einfach nur Frauen.

Wieder bestellten wir unser Bier.

Ich war froh, daß Pa kein solches Lokal aufgesucht hatte, sondern das Beer Barrel und das Cold Spot. Er war einfach ausgegangen, um was zu trinken. Einfach um zu trinken.

Wir verließen den Schuppen und gingen wieder weiter in Richtung Chicago Avenue. Wir kamen an der Polizeiwache vorbei, überquerten LaSalle und Wells Street. Hier konnte er sich nach Süden gewandt haben. Es mußte ungefähr halb eins gewesen sein, als er hier entlanggegangen war.

Letzte Nacht, dachte ich. Noch gestern nacht war er hier gewesen. Wahrscheinlich auf dieser Straßenseite und um diese Zeit. Es mußte jetzt etwa halb eins sein.

Wir gingen unter der Hochbahn hindurch.

Ein Zug donnerte über unsere Köpfe hinweg und erschütterte die nächtliche Stille. Seltsam, daß die Züge der Hochbahn nachts so laut sind. In unserer Wohnung, einen Block von der Bahn entfernt, kann ich des Nachts jeden Zug hören, wenn ich wach bin. Tagsüber hört man sie gar nicht.

Wir marschierten weiter bis zur Orleans Street. An der Ecke blieben wir stehen. Auf der anderen Straßenseite konnte ich die Topas-Bier-Werbung sehen. Das mußte Kaufman's an der Chicago Avenue sein. Es war die einzige Kneipe in diesem Abschnitt.

Pa's letzte Einkehr.

Ich fragte: »Gehen wir nicht rüber?«

Mein Onkel schüttelte langsam den Kopf.

Wir blieben vielleicht fünf Minuten so stehen, ohne ein Wort zu sagen. Ich fragte nicht, warum wir nicht zu Kaufman's gingen.

Dann fragte Onkel Ambrose: »Also, Junge –?«

Ich sagte: »In Ordnung.«

Wir wandten uns um und gingen auf der Orleans Street nach Süden.

Jetzt waren wir auf dem Weg. Wir gingen zu der Gasse.

4

Die Gasse war einfach eine Gasse. Am Ausgang zur Orleans Street befand sich ein Parkplatz auf der einen und eine Süßwarenfabrik auf der anderen Seite. Vor der Fabrik befanden sich große Laderampen.

Die schmale Straße war mit roten Ziegeln gepflastert und hatte keinen Rinnstein.

Am Ende zur Orleans Street stand eine kleinere Laterne, wie man sie auch auf halber Höhe eines Häuserblocks sieht.

Unten an der Franklin stand auch noch so eine Laterne, unter der Hochbahn. Es war nicht besonders dunkel. Man konnte am Ende zur Orleans stehen und die ganze Straße überblicken.

Zur Mitte der Gasse hin wurde es etwas düsterer, aber wenn sich dort jemand befände, hätte sich seine Silhouette gegen die Franklin Street abgezeichnet.

Jetzt war niemand da.

Man konnte die Rückseiten von verkommenen Wohnhäusern erkennen, die an der Huron und der Erie Street lagen. Die an der Erie Street hatten eine Veranda und Holztreppen, die zu den Hintertüren der Wohnungen führten. Die an der Huron hatten glatte Rückseiten, die mit der Gasse zu verschmelzen schienen.

Onkel Ambrose meinte: »Wenn er hier entlang gekommen ist, muß ihm jemand gefolgt sein. Er hätte jeden bemerken müssen, der ihm in der Gasse auflauerte.«

Ich wies auf die Veranden. »Jemand, der dort oben gewartet hat. Ein Mann torkelt unter ihnen über die Straße. Sie schleichen die Treppe hinunter, folgen ihm bis zum anderen Ende der Gasse und –«

»Möglich, Junge. Aber unwahrscheinlich. Wenn sie sich auf einer Veranda befunden haben, wohnen sie auch hier. Aber niemand tut so etwas in seinem eigenen Hinterhof. Nicht so dicht beim Haus. Und ich bezweifle, daß Wally getorkelt ist. Allerdings kann man sich nicht darauf verlassen, wenn ein Barkeeper behauptet, sein Gast sei beim Verlassen des Lokals nüchtern gewesen. Die wollen nur keine Scherereien haben.«

»Es könnte so gewesen sein«, beharrte ich. »Nicht wahrscheinlich, aber möglich.«

»Sicher. Wir werden das berücksichtigen. Wir werden mit allen Bewohnern, die hier leben, sprechen. Wir werden keine Möglichkeit außer Betracht lassen. Das meinte ich nicht, als ich es für unwahrscheinlich hielt.«

Wir sprachen leise, wie man es des Nachts in einer engen Straße wohl tut. Die Wohnhäuser lagen jetzt hinter uns. Wir befanden uns auf der Rückseite der Häuser an der Franklin Street. Auf beiden Seiten standen dreigeschossige Backsteinhäuser. Unten waren Geschäfte, oben Wohnungen.

Mein Onkel blieb stehen und bückte sich. »Glas von einer Bierflasche. Hier ist es passiert.«

Ein seltsames Gefühl breitete sich in mir aus. Irgendwie schwindelig. Hier ist es passiert. Genau, wo ich jetzt stehe. Hier ist es passiert.

Ich wollte nicht auf diese Weise daran erinnert werden, also bückte ich mich und begann mich ebenfalls umzusehen. Es stimmte, das Glas war braun, und über eine Fläche von ein paar Quadratmetern war so viel davon verstreut, daß es von zwei oder drei Bierflaschen stammen konnte.

Natürlich waren, seit es passiert war, Menschen hier durchgetrampelt und vielleicht sogar Laster darüber gefahren. Das Glas war jetzt viel feiner zermalmt. Aber hier, inmitten der Scherben, mußten die Flaschen zerbrochen sein.

Mein Onkel sagte: »Hier ist ein Stückchen mit einem Teil des Flaschenetiketts. Wir können feststellen, ob das die Marke ist, die Kaufman verkauft.«

Ich nahm es und ging damit unter die Straßenlaterne. »Es gehört zu einem Topaz-Etikett. Ich hab's auf Tausenden von Flaschen gesehen, die Pa mit nach Hause gebracht hat. Kaufman hat das Topaz-Schild draußen, aber das gibt's hier in der Gegend schrecklich oft. Damit ist noch nichts bewiesen.«

Er trat zu mir, und wir blickten die Franklin Street entlang. Eine Hochbahn donnerte über unseren Köpfen. Eine ziemlich lange, mußte ein North-Shore-Zug sein. Es klang, als ginge die Welt unter.

Ein Getöse, das sogar Revolverschüsse übertönen würde, dachte ich – und erst recht das Geräusch, das ein zu Boden stürzender Mann verursacht, selbst mit Bierflaschen. Vielleicht war es deshalb hier passiert, am Ende der Straße, statt in der Mitte, wo es dunkler war. Krach tarnte genauso wie Dunkelheit. Als der Zug kam, hatte der Killer Pa eingeholt. Selbst wenn Pa um Hilfe geschrien hatte, würde der Lärm der Hochbahn ein Flüstern daraus gemacht haben.

Ich betrachtete die Ladenfronten zu beiden Seiten der Gasse. Das eine war ein Geschäft für Sanitätsbedarf. Der andere Laden stand leer. Mußte schon lange ohne Mieter sein, denn die Scheiben waren blind.

Mein Onkel sagte: »Also, Ed?«

»Ich schätze, das ist – ist alles, was wir heute nacht tun konnten.«

Wir gingen die Franklin hinunter bis zur Wells Street.

Mein Onkel sagte: »Gerade ist mir klargeworden, was mir fehlt. Ich bin hungrig wie ein Wolf. Wir haben seit Mittag nichts mehr gegessen. Laß uns in der Clark Street was zu futtern suchen.«

Wir gingen in ein Grillrestaurant, das die ganze Nacht über

geöffnet hatte. Ich hatte zunächst keinen Hunger, aber nachdem ich den ersten Bissen meines Sandwiches mit Schweinebraten hinuntergeschluckt hatte, verschlang ich das Übrige, auch die Pommes frites und den Krautsalat. Wir bestellten uns jeder noch eine Portion.

Während wir auf das Essen warteten, fragte mein Onkel: »Ed, was hast du eigentlich vor?«

»Was meinst du damit?«

»Ich meine, wie stellst du dir deine Zukunft vor? In den nächsten fünfzig Jahren?«

Obwohl alles so klar vor mir lag, mußte ich darüber nachdenken. »Ganz normal, schätze ich. Ich bin Druckerlehrling. Ich kann den Linotype-Satz übernehmen, wenn ich etwas weiter in der Ausbildung bin. Oder ich kann Handsetzer werden. Das Druckgewerbe ist was Solides.«

»Das glaube ich auch. Willst du in Chicago bleiben?«

»Darüber hab' ich noch nicht nachgedacht. Jedenfalls werde ich nicht sofort weggehen. Nach meiner Ausbildung bin ich Facharbeiter. Ich kann überall arbeiten.«

Er sagte: »Ein richtiger Beruf ist 'ne gute Sache. Aber sieh zu, daß du den Beruf hast und nicht er dich. Das gleiche gilt für – oh, verflixt, jetzt fang' ich schon an zu predigen.«

Er grinste. Das gleiche gilt für Frauen, hatte er sagen wollen. Er wußte, daß ich das wußte, und brauchte also nichts weiter zu sagen. Ich freute mich, daß er mir wenigstens soviel Verstand zutraute.

Statt dessen fragte er: »Wovon träumst du, Ed?«

Ich sah ihn an; er meinte es ernst. Ich fragte: »Bin ich hier bei der Wahrsagerin? Oder analysierst du mich?«

»Das ist Jacke wie Hose.«

»Heute morgen träumte ich, daß ich durch die Scheibe einer Pfandleihe nach einer Posaune griff. Gardie kam Seilchen springend den Bürgersteig entlang, und da wurde ich wach. Ich erwachte, ehe ich die Posaune packen konnte. Jetzt weißt du sicher alles über mich, ha?«

Er schmunzelte. »Das wäre, als ob man eine lahme Ente

abschießt. Zwei Enten mit einer Kugel. Hüte dich vor einer dieser Enten. Du weißt, was ich meine.«

»Ich glaub' schon.«

»Sie ist Gift für einen Burschen wie dich. Genau wie Madge. – Aber lassen wir das. Wie war das mit der Posaune? Schon mal eine gespielt?«

»Nicht der Rede wert. Im letzten Jahr auf der High-School habe ich mir eine von der Schule geliehen. Ich wollte es lernen, damit ich im Schulorchester mitspielen konnte. Aber einige Nachbarn haben sich über den Lärm beschwert. Wenn man in einem Mehrfamilienhaus wohnt –. Und Mom mochte es auch nicht.«

Wir bekamen unsere zweite Portion. Jetzt war ich nicht mehr so hungrig. Mit den ganzen Beilagen sah das Sandwich riesig aus. Ich aß erst einmal ein paar Pommes frites.

Dann hob ich die obere Brotscheibe vom Sandwich, schraubte die Ketchup-Flasche auf und goß die dicke Tunke aufs Fleisch.

Es sah aus wie –

Ich klatschte die Brotscheibe wieder drauf und versuchte, an etwas anderes zu denken. Aber meine Gedanken waren wieder in der dunklen Gasse. Ich wußte nicht mal, ob es überhaupt eine Blutlache gegeben hatte. Man kann jemanden totschlagen, ohne daß Blut vergossen wird.

Aber ich sah immer wieder Pa's blutüberströmtes Gesicht vor mir und eine riesige Pfütze von Blut auf dem Pflaster –, inzwischen war es wohl eingesickert oder weggewaschen worden. Wäscht man so was weg? Verdammt, wahrscheinlich hatte es keine Blutlache gegeben.

Aber bei dem Gedanken an mein Sandwich wurde mir schlecht. Ich schloß die Augen und versuchte mir irgendeinen Blödsinn ins Gedächtnis zu rufen, um mich abzulenken. Es war *eins, zwei, drei, O'Leary, vier, fünf, sechs, O'Leary* –

Nach ein paar Sekunden, wußte ich, daß ich gewonnen hatte. Mir würde nicht übel werden. Aber ich vermied es, aufs Essen zu blicken.

Ich sagte: »Himmel, vielleicht wartet Mom auf mich. Wir

haben ganz vergessen, ihr zu sagen, daß es spät werden könnte. Es ist schon nach eins.«

»Mein Gott, ich hab' auch nicht dran gedacht. Herrje, ich hoffe, sie ist nicht aufgeblieben. Besser, du gehst schnell nach Hause.«

Ich erklärte, daß ich den Rest von meinem zweiten Sandwich ohnehin nicht mehr runterkriegte. Er war mit dem Essen fast fertig. Wir verabschiedeten uns direkt draußen vor der Tür. Er wandte sich nordwärts zu Wacker Street, und ich eilte nach Hause in die Wells Street.

Mom hatte das Licht in der Diele für mich brennen lassen, aber nicht auf mich gewartet. Der Spalt unter ihrer Schlafzimmertür war dunkel. Ich war froh, daß ich keine Erklärungen oder Entschuldigungen abgeben mußte. Und wenn sie voller Sorge aufgeblieben wäre, hätte sie Onkel Ambrose vielleicht noch Vorwürfe gemacht.

Leise und ohne Umschwerife ging ich ins Bett. Ich schlief gleich ein.

Als ich erwachte, stimmte irgend etwas nicht mit meinem Zimmer. Es war anders. Es war Morgen und heiß wie üblich. Aber – Ich brauchte mindestens eine Minute, bis mir aufging, daß mein Wecker nicht tickte. Ich hatte ihn nicht aufgezogen.

Weshalb ich unbedingt wissen wollte, wie spät es war, weiß ich nicht, aber ich wollte es wissen. Ich stand auf und sah auf die Küchenuhr. Eine Minute nach sieben.

Merkwürdig, dachte ich, ich bin zur üblichen Zeit aufgewacht. Obwohl die Uhr in meinem Zimmer gar nicht ging.

Sonst war niemand wach. Gardies Tür stand offen, ihr Pyjamaoberteil wieder unbenutzt. Rasch eilte ich vorbei.

Ich stellte meinen Wecker und zog ihn auf. Dann legte ich mich wieder aufs Bett. Ich konnte genausogut noch ein, zwei Stunden schlafen. Aber ich fand keinen Schlaf mehr; ich konnte nicht einmal dösen.

In der Wohnung war es bedrückend still. Selbst draußen

schien es an diesem Morgen ruhiger zu sein, bis auf die Züge, die alle fünf Minuten über die Franklin Street donnerten.

Das Ticken der Uhr schien immer lauter zu werden.

Heute morgen muß ich Pa nicht wecken, dachte ich. Ich werde ihn nie mehr wecken. Niemand wird das je wieder tun.

Ich stand auf und zog mich an.

Auf dem Weg zur Küche machte ich an Gardies Tür halt und blickte in ihr Zimmer. Ich dachte: Sie will, daß ich gucke, ich will gucken, also warum nicht? Die Antwort kannte ich verdammt gut.

Vielleicht suchte ich ein Gegenmittel für die Eiseskälte bei dem Gedanken, daß ich Pa nie wieder würde wecken müssen. Vielleicht würde sich heiß und kalt ausgleichen. Das taten sie allerdings nicht. Dafür ekelte ich mich vor mir selbst. Ich ging in die Küche, um Kaffee zu kochen.

Als ich mit einer Tasse Kaffee am Tisch saß, überlegte ich, was ich mit dem Morgen anfangen sollte. Onkel Ambrose würde lange schlafen; als Mann vom Jahrmarkt wäre er gewohnt, spät aufzustehen. Außerdem konnten wir vor der gerichtlichen Untersuchung ohnehin nicht viel tun. Oder genauer, nach der Beerdigung.

Und überhaupt, bei Licht betrachtet, kam mir das Ganze jetzt ein bißchen albern vor. Ein dicker, kleiner Mann mit Schnurrbart und ein noch nicht ganz trockener Jüngling, die glauben, sie könnten als einzige in ganz Chicago den Verbrecher aufspüren, der sonst ungeschoren davonkommen würde.

Ich dachte an den Mann mit dem schütteren roten Haar und den müden Augen. Wir hatten ihn für hundert Dollar gekauft. Jedenfalls war Onkel Ambrose davon überzeugt. Und zum Teil stimmte es ja auch, er hatte das Geld genommen.

Ich hörte das Tappen nackter Füße, und Gardie erschien im Pyjama in der Küche. Mit dem Oberteil. Sie hatte die Fußnägel lackiert.

»Morgen, Eddie. Tasse Kaffee?«

Sie gähnte und streckte sich wie ein Kätzchen. Die Krallen hatte sie eingezogen.

Während ich eine Tasse holte und ihr Kaffee einschenkte, setzte sie sich mir gegenüber an den Tisch.

Sie sagte: »Du meine Güte, heute ist ja die Untersuchung!« Dabei klang sie ganz aufgeregt, als würde sie sagen: Du meine Güte, heute ist ja das Football-Spiel.

Ich sagte: »Ich frag' mich, ob sie mich als Zeugen hören. Ich wüßte nicht, wozu.«

»Nein, Eddie, ich glaub' nicht, daß sie dich brauchen. Nur Mom und mich, haben sie gesagt.«

»Warum dich?«

»Identifizierung. Ich war die einzige, die ihn wirklich identifizieren konnte. Mom wäre im Büro bei Heiden's fast wieder ohnmächtig geworden. Das wollten sie vermeiden, so erbot ich mich, ihn mir anzusehen. Später, nachdem Mr. Bassett, der Detective, mit ihr gesprochen hatte und sie etwas ruhiger war, wollte sie ihn auch noch einmal sehen. Und man ließ sie zu ihm.«

Ich fragte: »Woher wußten sie, wer er war? Ich meine, wenn sie einen Ausweis bei ihm gefunden hätten, wären sie doch schon mitten in der Nacht gekommen.«

»Bobby kannte ihn. Bobby Reinhart.«

»Wer ist Bobby Reinhart?«

»Er arbeitet bei Mr. Heiden. Er lernt das Beerdigungsgeschäft. Ich bin ein paarmal mit ihm ausgegangen. Er kannte Pa vom Sehen. Er kam um sieben zur Arbeit und konnte ihnen gleich sagen, wer da lag, in – der Leichenhalle.«

»Oh«, sagte ich. Jetzt konnte ich den Knaben unterbringen. Ein schleimiger kleiner Widerling. Er benutzte Haarpomade und hatte schon in der Schule immer seine besten Sachen angezogen. Er mochte jetzt vielleicht siebzehn sein und hielt sich für einen Lady-Killer, 'ne richtige geile Nummer.

Der Gedanke, daß dieser Kerl vielleicht Paps Leiche zurechtgemacht hatte, bereitete mir Übelkeit.

Wir tranken den Kaffee aus, und Gardie spülte die Tassen aus, ehe sie in ihr Zimmer ging, um sich umzuziehen. Ich hörte, wie Mom aufstand.

Ich begab mich ins Wohnzimmer und nahm mir ein Magazin.

Draußen begann es zu regnen, ein stetiger, leichter Nieselregen.

Es war ein Kriminalmagazin. Ich fing eine Geschichte an, die von einem reichen Mann handelte, den man tot in seiner Hotel-Suite gefunden hatte. Um seinen Hals war ein gelber Seidenschal geschlungen, aber man hatte ihn vergiftet. Es gab zahlreiche Verdächtige, die alle ein Motiv hatten. Seine Sekretärin, an die er sich rangemacht hatte; ein Neffe, der erben sollte; ein Spekulant, der ihm Geld schuldete; der Verlobte der Sekretärin. Im dritten Kapitel sind sie gerade dabei, den Spekulanten festzunageln, da wird *dieser* ermordet. Um seinen Hals ist ein gelber Seidenschal geschlungen, und er wurde stranguliert, aber nicht mit dem Seidenschal.

Ich ließ das Heft sinken. Schwachsinn, dachte ich, Mord ist ganz anders.

Mord ist wie das hier.

Aus irgendeinem Grund mußte ich daran denken, wie Pa mal mit mir ins Aquarium gegangen war. Ich weiß nicht, wieso ich mich daran erinnern konnte; ich war damals höchstens sechs. Damals lebte meine Mutter noch, aber sie war nicht mitgekommen. Ich erinnere mich, wie sehr Pa und ich über den Gesichtsausdruck einiger Fische gelacht haben, dieser überraschte, erstaunte Ausdruck, den sie durch ihre runden, geöffneten Münder bekamen.

Wenn ich jetzt so darüber nachdachte, hatte Pa in jenen Tagen überhaupt viel gelacht. Gardie informierte Mom, daß sie zu einer Freundin ginge und um zwölf zurück sein wollte.

Es regnete den ganzen Vormittag.

Bei der gerichtlichen Untersuchung schien man die meiste Zeit mit Warten zuzubringen, bevor es endlich losging. Die Untersuchung fand in der großen Halle von Heiden's Beerdigungsinstitut statt. Obschon kein Schild das Ereignis ankündigte, mußte es sich herumgesprochen haben, denn es waren eine ganze Menge Leute da. Es standen etwa vierzig Stühle bereit, und alle waren besetzt.

Onkel Ambrose war gekommen und hatte sich außen in die letzte Reihe gesetzt. Er machte mir ein Zeichen und tat dann so, als kenne er mich nicht. Ich nahm abseits von Mom und Gardie weiter hinten auf der anderen Seite des Raumes Platz.

Ein kleiner Mann mit Goldrandbrille wirbelte vorne herum. Das war der für diesen Fall zuständige Stellvertreter des amtlichen Leichenbeschauers. Später erfuhr ich, daß sein Name Wheeler lautete. Er wirkte erhitzt und hektisch und verärgert. Offensichtlich hatte er es eilig, die Sache hinter sich zu bringen.

Bassett war da und auch andere Bullen, einer davon uniformiert. Dann war da ein Mann mit einer langen, spitzen Nase, der wie ein Berufsspieler aussah.

Gegenüber den Stuhlreihen, an einer Seite der Halle, saßen sechs Männer in Armsesseln nebeneinander.

Schließlich war, was immer die Angelegenheit verzögert haben mochte, geregelt. Der Deputy Coroner klopfte mit einem Hämmerchen, und es wurde still im Saal. Er wollte wissen, ob gegen irgendeinen der sechs gewählten Juroren Einwände erhoben würden. Das war nicht der Fall. Dann wollte er von den sechs Männern wissen, ob sie einen Bürger namens Wallace Hunter gekannt hätten, ob sie mit den näheren Umständen seines Todes vertraut wären oder den Fall mit irgend jemanden besprochen hätten und ob es irgendwelche Gründe gäbe, die sie daran hinderten, ein gerechtes und unparteiisches Urteil anhand der Zeugenaussagen zu fällen, die sie hören würden. Alle Punkte wurden kopfschüttelnd verneint.

Dann führte der Deputy die sechs in die Leichenhalle, um den Leichnam des Verstorbenen zu sehen und den Eid abzulegen.

Es war auf eine unförmliche Weise sehr förmlich.

Es war antiquiert. Es war wie schlechtes Kino.

Nachdem das erledigt war, wollte er wissen, ob ein Angehöriger des Verstorbenen anwesend war. Mom erhob sich und trat vor. Sie hielt ihre rechte Hand hoch und murmelte etwas, das ihr vorgeflüstert wurde.

Name, Adresse, Beruf, die Beziehung zum Verstorbenen.

Sie hatte die Leiche gesehen und als die ihres Ehemannes identifiziert.

Dann eine Menge Fragen über Pa: Beruf, Arbeitsplatz, Wohnsitz, wie lange er schon dort lebte und derartiges mehr.

»Wann haben Sie Ihren Mann zum letztenmal lebend gesehen, Mrs. Hunter?«

»Donnerstagabend, so um neun. Als er die Wohnung verließ.«

»Sagte er, wohin er ging?«

»N–nein. Er sagte bloß, daß er noch auf ein Bier weg wollte. Ich dachte mir, daß er in die Clark Street ginge.«

»Ist er oft so weggegangen, alleine?«

»Nun – ja.«

»Wie oft?«

»Ein-, zweimal die Woche.«

»Und blieb für gewöhnlich wie lange fort?«

»Im allgemeinen bis zwölf. Manchmal wurde es auch später. Ein oder zwei Uhr.«

»Wieviel Geld hatte er Donnerstag nacht bei sich?«

»Ich weiß es nicht genau. Zwanzig oder dreißig Dollar. Mittwoch war Zahltag.«

»Genauer können Sie es nicht sagen?«

»Nein. Er gab mir am Mittwochabend fünfundzwanzig Dollar. Das war für Lebensmittel und – Haushaltsanschaffungen. Den Rest hat er immer behalten. Er bezahlte die Miete, Gas und Strom und solche Sachen.«

»Soweit Sie wissen, hatte er keine Feinde, Mrs. Hunter?«

»Nein, bestimmt nicht.«

»Denken Sie gut nach. Ihnen ist niemand bekannt, der Anlaß gehabt hätte – ihn zu hassen?«

»Nein. Niemand.«

»Oder jemand, der finanziellen Nutzen aus seinem Tod zieht?«

»Wie meinen Sie das?«

»Ich meine, besaß er Geld? War er an irgendeinem Geschäft oder Spekulationsobjekt beteiligt?«

»Nein.«

»Hatte er irgendeine Versicherung abgeschlossen? Oder war auf ihn eine Versicherung abgeschlossen worden?«

»Nein. Er hat das mal vorgeschlagen. Ich meinte, daß wir das Geld, das für die Versicherungsbeiträge draufginge, besser zur Bank tragen sollten. Nur, daß wir das auch nicht gemacht haben.«

»Donnerstagnacht, Mrs. Hunter. Sind Sie da aufgeblieben, um auf ihn zu warten?«

»Schon, eine Zeitlang. Dann kam ich zu dem Schluß, daß er spät nach Hause käme, und ging schlafen.«

»Wenn Ihr Mann in die Wirtschaft ging, Mrs. Hunter, war er dann leichtsinnig, was Risiken betraf, wie durch finstere Gassen oder gefährliche Gegenden spazieren zum Beispiel.«

»Ich fürchte, ja. Er ist früher schon zweimal überfallen worden. Das letzte Mal liegt ein Jahr zurück.«

»Aber er wurde nicht verletzt? Er hat sich nicht zur Wehr gesetzt?«

»Nein, man hat ihn nur bestohlen.«

Ich spitzte die Ohren. Das war mir neu. Davon, daß Pa schon mal überfallen worden war, hatte mir niemand was erzählt, auch nicht ein einziges Mal. Aber jetzt reimte sich einiges zusammen.

Vor einem Jahr hatte er erzählt, daß er seine Brieftasche verloren hätte; er brauchte eine neue Sozialversicherungskarte und einen neuen Gewerkschaftsausweis. Wahrscheinlich war er der Ansicht gewesen, daß es mich nichts anginge, wie er die Brieftasche verloren hatte.

Der Deputy Coroner fragte, ob irgendeiner der anwesenden Polizeibeamten noch Fragen hätte. Dies war nicht der Fall, und Mom konnte zu ihrem Platz zurückkehren.

Er sagte: »Nach meinen Informationen gab es noch eine Identifizierung. Miss Hildegarde Hunter hat den Verstorbenen ebenfalls identifiziert. Ist sie anwesend?«

Gardie stand auf und brachte die Prozedur der Vereidigung hinter sich. Dann setzte sie sich und schlug die Beine übereinander. Es war nicht nötig, den Rock zurechtzuzupfen, er war ohnehin schon kurz genug.

Sie stellten ihr keine Fragen außer nach Pa's Identität. Man sah ihr die Enttäuschung an, als sie zu ihrem Platz neben Mom zurückkehrte.

Dann trat einer der nichtuniformierten Polizisten in den Zeugenstand. Er war Streife gefahren und hatte mit seinem Partner die Leiche gefunden.

Sie waren um zwei Uhr auf der Franklin Street unter der Hochbahn durchgefahren und hatten mit ihrem Suchscheinwerfer in die dunkle Gasse geleuchtet, als sie ihn daliegen sahen.

»War er tot, als Sie ihn erreichten?«

»Ja. Wahrscheinlich rund eine Stunde.«

»Sie haben ihn nach Papieren durchsucht?«

»Ja. Er hatte weder eine Brieftasche noch eine Uhr oder sonst was bei sich. Man hatte ihn total abgeräumt. In einer Hosentasche befand sich noch ein bißchen Kleingeld. Fünfundsechzig Cents.«

»War es dort so dunkel, daß vorübergehende Passanten ihn nicht hätten sehen können?«

»Das wäre schon möglich. An dem Ende der Gasse steht eine Laterne, aber sie brannte nicht. Das haben wir später auch gemeldet, und sie haben eine neue Birne reingeschraubt. Oder gesagt, daß sie's tun wollen.«

»Gab es Spuren, die auf einen Kampf hinwiesen?«

»Nun, sein Gesicht war verkratzt, aber das konnte auch vom Sturz herrühren. Er fiel mit dem Gesicht nach vorn, als man ihn niederschlug.«

»Das wissen Sie nicht«, wandte der Coroner scharf ein. »Sie meinen, er lag mit dem Gesicht nach unten, als Sie ihn fanden?«

»Ja. Und dort lagen Glassplitter von mehreren Bierflaschen. Die Stelle roch nach Bier. Das Pflaster und seine Kleider waren damit getränkt. Er mußte einige Flaschen – oh, schon gut, das ist wieder eine Schlußfolgerung. Wir fanden Splitter und ausgelaufenes Bier an der Stelle.«

»Trug der Verstorbene einen Hut?«

»Neben ihm lag einer. Ein fester Strohhut. Er war nicht

eingedrückt; er kann ihn nicht getragen haben, als man ihn niederschlug. Das und die Art, wie er da lag, bringt mich auf den Gedanken, daß er von hinten angefallen wurde. Der Täter stürzte sich auf ihn, schlug ihm den Hut mit einer Hand vom Kopf und schwang mit der anderen die Tatwaffe. Man kann niemandem den Hut von vorne wegschlagen, ohne ihn dadurch aufzuschrecken und –«

»Bitte halten Sie sich an die Tatsachen, Mr. Horvath.«

»Okay, wie *lautete* noch gleich die Frage?«

»Trug der Verstorbene einen Hut? So lautete die Frage.«

»Nein, er trug keinen. Neben ihm lag einer.«

»Danke, Mr. Horvath. Das war alles.«

Der Bulle verließ den Zeugenstand. Ich überlegte, daß wir letzte Nacht von falschen Voraussetzungen ausgegangen waren, weil wir die brennende Laterne mit einkalkuliert hatten. Jetzt stand fest, daß sie aus gewesen war. Es mußte ziemlich duster am Ausgang der Gasse gewesen sein.

Der stellvertretende Leichenbeschauer blickte in seine Notizen. Er fragte: »Ist ein Mr. Kaufman anwesend?«

Ein kleiner, vierschrötiger Mann schlurfte nach vorn. Seine Augen hinter den dicken Brillengläsern blickten verschlagen.

Er bezeugte, daß er George Kaufman hieß. Ihm gehörte das Lokal auf der Chicago Avenue, das als Kaufman's Place bekannt war.

Ja, Wallace Hunter, der Verstorbene, war Donnerstagnacht bei ihm in der Kneipe gewesen. Er war eine halbe Stunde geblieben – länger auf keinen Fall – und war dann mit den Worten, daß er nach Hause wollte, gegangen. Bei Kaufman's hatte er einen Whisky und zwei, drei Bier getrunken. Als der Coroner nachhakte, räumte Mr. Kaufman ein, daß es auch drei oder vier gewesen sein konnten. Aber mehr bestimmt nicht. Er war sicher, daß er nur einen Whisky getrunken hatte.

»Kam er alleine?«

»Yeah. Er kam alleine und er ging alleine.«

»Hat er gesagt, daß er nach Hause gehen wollte, als er Ihr Lokal verließ?«

»Yeah. Er stand an der Theke. Er murmelte etwas von nach

Hause gehen, an die genauen Worte erinnere ich mich nicht mehr. Und er kaufte vier Flaschen Bier zum Mitnehmen, zahlte und ging.«

»Kannten Sie ihn? War er vorher schon mal da gewesen?«

»Ein paarmal. Ich kannte ihn vom Sehen. Seinen Namen erfuhr ich erst, als man mir sein Foto zeigte und mir sagte, um wen es sich handelte.«

»Wie viele Gäste befanden sich zu dieser Zeit in Ihrem Lokal?«

»Als er reinkam, waren noch zwei Kerle da. Sie wollten gerade aufbrechen und sind dann auch gegangen. Sonst ist niemand reingekommen.«

»Sie meinen, er war der einzige Gast?«

»Fast die ganze Zeit, yeah. Es war ein lausiger Abend. Ich hab' früh geschlossen. Kurz nachdem er gegangen war.«

»Wie lange danach?«

»Ich habe dann angefangen, den Laden aufzuräumen, um zu schließen. Vielleicht ging er zwanzig Minuten, ehe ich dicht machte. Vielleicht dreißig.«

»Konnten Sie sehen, wieviel Geld er bei sich hatte?«

»Er hat einen Fünfer angebrochen. Er hat ihn aus der Brieftasche genommen, aber ich habe weder hineingeguckt, als er das Geld herausnahm, noch als er die Ein-Dollar-Noten hineinsteckte. Ich weiß nicht, wieviel er sonst noch bei sich trug.«

»Die beiden Männer, die gingen, als er kam. Kennen Sie die?«

»Ein wenig. Einer der beiden führt ein Delikatessengeschäft auf der Wall Street. Ist 'n Jude, seinen Namen kenne ich nicht. Der andere Kerl war mit ihm zusammen.«

»Würden Sie sagen, daß der Verstorbene sich in einem stark alkoholisierten Zustand befand?«

»Er hatte getrunken. Das merkte man, aber ich würde nicht sagen, daß er betrunken war.«

»Konnte er noch gerade gehen?«

»Natürlich. Seine Zunge war ein bißchen schwerfällig, und er sprach ein bißchen komisches Zeug. Aber er war nicht wirklich betrunken.«

»Das ist alles, Mr. Kaufman. Danke.«

Der Gerichtsmediziner wurde vereidigt. Es stellte sich heraus, daß das der lange Bursche mit der spitzen Nase war, der wie ein Spieler im Film aussah.

Er hieß Dr. William Hartel. Seine Dienststelle lag in der Wabash Street, und er wohnte an der Division Street. Ja, er hatte den Leichnam des Verstorbenen untersucht.

Er teilte die medizinischen Ergebnisse mit. Es lief darauf hinaus, daß der Tod von einem Schlag mit einem harten, stumpfen Gegenstand herrührte. Vermutlich war der Schlag von jemandem geführt worden, der hinter dem Verstorbenen gestanden hatte.

»Wann haben Sie die Autopsie durchgeführt?«

»Zwei Uhr fünfundvierzig.«

»Wie lange war er da Ihrer Ansicht nach schon tot?«

»Ein, zwei Stunden. Wahrscheinlich eher zwei.«

Eine Hand berührte schüchtern meine Schulter, als ich das Beerdigungsinstitut verließ. Ich blickte mich um und sagte: »Hallo, Bunny.«

Er glich noch mehr als sonst einem verängstigten Kaninchen. Wir traten ein paar Schritte zurück und ließen die anderen an uns vorbei hinausgehen.

Bunny sagte: »Mensch, Ed, es tut mir wirklich – Du weißt, was ich sagen will. Kann ich irgend etwas für dich tun?«

Ich sagte: »Danke, Bunny, aber ich fürchte nein. Gar nichts.«

»Wie geht's Madge? Wie trägt sie's?«

»Nicht besonders gut. Aber –«

»Hör zu, Ed, wenn ich irgend etwas für dich tun kann . . . Du kannst auf mich zählen. Ich meine, ich hab' ein paar Ersparnisse –«

Ich unterbrach ihn. »Danke, Bunny, aber wir kommen schon zurecht.«

Ich war froh, daß er mich und nicht Mom gefragt hatte. Mom hätte sich vielleicht was von ihm geliehen, und ich wäre wahrscheinlich derjenige gewesen, der es hätte zurückzahlen müssen. Wenn wir nicht mehr Geld hatten, konnten wir auch nicht mehr ausgeben.

Und Bunny hatte kein Geld zu verschenken, denn ich wußte, worauf er sparte. Eine kleine Druckerei war Bunny Wilsons Traum, aber dazu brauchte er einiges an Startkapital. Es ist gar nicht so leicht, da rein zu kommen, und man braucht schon 'ne hübsche Stange Geld.

Er fragte: »Soll ich mal vorbeischauen, Ed. Damit wir und Madge uns mal unterhalten können? Hätte sie nichts dagegen?«

»Natürlich nicht«, versicherte ich ihm. »Mom mag dich sehr. Ich glaube, du bist der einzige von Pa's Freunden, den sie wirklich leiden kann. Du kannst jederzeit vorbeikommen.«

»Das werde ich, Ed. Vielleicht nächste Woche, wenn ich meinen freien Abend habe. Mittwoch. Dein Vater war ein prima Kumpel, Ed.«

Ich mochte Bunny, aber ich konnte nichts mehr davon hören. Ich verabschiedete mich und machte mich auf den Heimweg.

5

Am Telefon fragte mich Onkel Ambrose: »Junge, wie würde es dir gefallen, ein Revolverheld zu sein?«

Ich machte: »Ha?«

»Nun halte dich gut fest. Du wirst einer werden.«

»Ich hab' keine Knarre und bin kein Ganove.«

Er sagte: »Da hast du wohl recht. Aber du wirst keine Waffe gebrauchen. Alles was du zu tun hast, ist, einem Kerl Angst einzujagen.«

»Bist du sicher, daß ich nicht derjenige bin, der's mit der Angst kriegt?«

»Zieh die Sache nur durch und hab' ruhig Angst. Das wird

dich überzeugender wirken lassen. Ich werd' dir ein paar Tips geben.«

Vorsichtig fragte ich: »Meinst du das wirklich ernst?«

»Ja.« Tonlos, einfach so. Und ich wußte, daß er es ernst meinte.

»Wann?« fragte ich ihn.

»Wir warten bis übermorgen. Den Tag nach der Beerdigung.«

»Alles klar«, sagte ich.

Nachdem ich aufgelegt hatte, fragte ich mich, auf was ich mich da eingelassen hatte. Ich schlenderte ins Wohnzimmer und schaltete das Radio ein. Es wurde ein Kriminalhörspiel gesendet, und ich schaltete es wieder aus.

Ich dachte, daß ich einen schönen Revolverhelden abgeben würde.

Jetzt, wo ich in Ruhe darüber nachdenken konnte, ahnte ich, worauf er hinauswollte. Ich war tatsächlich etwas ängstlich.

Es war Freitagabend nach der gerichtlichen Untersuchung. Mom war noch beim Bestattungsunternehmer, um die letzten Einzelheiten zu besprechen. Ich hatte keine Ahnung, wo Gardie steckte. Wahrscheinlich im Kino.

Ich trat ans Fenster und blickte hinaus. Es regnete immer noch.

Am nächsten Morgen hatte es aufgehört.

Es war immer noch dunstig und diesig, eine heiße, stickige Feuchtigkeit. Ich zog zur Beerdigung natürlich meine besten Sachen an, und die klebten wie mit Leim beschmiert an mir.

Ich hatte auch meine Anzugjacke an, um korrekt gekleidet zu sein, zog sie aber bald aus und hängte sie mir später über.

Ein Revolverheld, dachte ich. Vielleicht *ist* mein Onkel ein bißchen verrückt. Na schön, vielleicht bin ich auch ein bißchen verrückt. Ich werd's versuchen, wenn er's für richtig hält.

Ich hörte, wie Mom aufstand, und verließ die Wohnung.

Vor Heiden's blieb ich stehen.

Nach ein paar Minuten gab ich mir einen Ruck und ging

hinein. Mr. Heiden war in seinem Büro, in Hemdsärmeln, und ging gerade einige Papiere durch. Er nahm seine Zigarre aus dem Mund und sagte: »Hallo. Sie sind Ed Hunter, nicht?«

»Ja«, bestätigte ich. »Ich wollte nur wissen –, ob ich irgend etwas tun kann.«

Er schüttelte den Kopf. »Alles erledigt, Kid.«

Ich sagte: »Ich habe Mom nicht gefragt. Haben Sie die Leichenträger und alles organisiert?«

»Kollegen von ihm, ja. Hier ist die Liste.«

Er reichte mir einen Zettel, und ich las die Namen. Der Vorarbeiter der Firma, Jake Lancey, stand ganz oben auf der Liste, dann folgten drei Linotype-Setzer und zwei Handsetzer. An die Firma hatte ich überhaupt nicht mehr gedacht. Bei der Vorstellung, daß sie alle kommen könnten, fühlte ich mich irgendwie komisch.

Mr. Heiden sagte: »Die Beerdigung findet um zwei statt. Alles ist geregelt. Wir haben auch einen Organisten.«

Ich meinte: »Er mochte Orgelmusik.«

Er sagte: »Manchmal wünschen die Angehörigen noch – nun, einen letzten Blick auf den Verblichenen zu werfen, ungestört von ihm Abschied zu nehmen. Jetzt zum Beispiel, und nur am Defilee an der Totenbahre bei der Beerdigung teilzunehmen. Könnte es sein, daß Sie deshalb noch einmal gekommen sind, Ed?«

Wahrscheinlich war das der Grund. Ich nickte.

Er führte mich in einen kleinen Raum, der hinter einer Halle lag, die der glich, in der die Untersuchung stattgefunden hatte. Darin stand auf einer Bahre ein Sarg. Es war ein wunderschöner Sarg. Er war mit grauem Plüsch beschlagen und hatte verchromte Griffe.

Mr. Heiden klappte die obere Hälfte auf und verließ dann leise und wortlos den Raum.

Ich stand da und starrte auf Pa hinab.

Nach einer Weile klappte ich den Deckel sachte zu und ging hinaus. Dann schloß ich die Tür hinter mir. Ich verließ den Ort, ohne mich von Mr. Heiden oder sonstwem verabschiedet zu haben.

Zunächst wandte ich mich nach Osten, dann nach Süden. Ich lief durch den Loop und ein ganzes Stück weiter bis zur South State Street.

Dann verlangsamte ich meine Schritte und kehrte um.

Im Loop gab es eine Menge Blumenläden, und mir war eingefallen, daß ich keine Blumen besorgt hatte. Ich hatte noch Geld vom Zahltag übrig. Ich betrat einen Blumenladen und fragte, ob sie einen Strauß roter Rosen direkt zu einer Beerdigung schicken könnten, die in ein paar Stunden stattfände. Sie sagten, das sei kein Problem.

Nachdem das erledigt war, ging ich noch einen Kaffee trinken und machte mich dann auf den Heimweg. Es war ungefähr elf, als ich die Wohnung aufschloß.

In der Minute, in der ich die Tür öffnete, wußte ich, daß etwas faul war.

Diesen Geruch kannte ich. Die heiße, stickige Luft war whiskygeschwängert. Es stank wie die West Madison Street Samstagnacht.

Mein Gott, dachte ich. In drei Stunden ist die Beerdigung.

Ich zog die Tür hinter mir zu und schloß aus irgendeinem Grund ab. Ich ging zu Moms Schlafzimmertür und klopfte nicht an. Ich öffnete sie mit einem Ruck und blickte ins Zimmer.

Sie war angezogen und trug das neue schwarze Kleid, das sie gestern gekauft haben mußte. Sie saß auf der Bettkante und hielt eine Flasche Whisky in der Hand. Ihre Augen blickten verschleiert, dumm. Sie versuchte, den Blick auf mich zu richten.

Sie hatte die Haare hochgesteckt, aber die Frisur war auf einer Seite verrutscht. Ihre Gesichtsmuskeln waren schlaff, und sie sah alt aus. Sie war sturzbesoffen.

Sie schwankte leicht vor und zurück.

Ehe sie wußte, wie ihr geschah, war ich mit einem Satz bei ihr und hatte ihr die Flasche entrissen. Als ich sie in der Hand hielt, grabschte Mom danach. Sie stand auf, um sie sich zu holen, und wäre beinahe gestürzt. Ich versetzte ihr einen Stoß, und sie fiel aufs Bett. Auf mich fluchend versuchte sie, sich wieder aufzurappeln.

Ich ging zur Tür, zog den Schlüssel ab und steckte ihn von außen wieder ins Loch. Noch ehe sie sich an die Klinke hängen konnte, hatte ich von außen abgeschlossen.

Ich hoffte, daß Gardie zu Hause war; sie *mußte* zu Hause sein, um mir zu helfen. Sie konnte mit ihrer Mutter besser umgehen als ich. Ich brauchte Hilfe.

Zuerst rannte ich in die Küche und goß den Whisky ins Spülbecken. Den Whisky loszuwerden, schien mir im Augenblick das Wichtigste zu sein.

Moms Stimme drang durch die verschlossene Tür. Sie fluchte, weinte und versuchte, den Türgriff zu bewegen. Aber sie schrie nicht und hämmerte auch nicht gegen die Tür. Gott sei Dank, war sie nicht laut.

Das Rütteln am Türgriff hörte auf, als ich die leere Flasche in die Spüle stellte.

Ich wollte gerade zu Gardies Zimmer gehen, als ich ein anderes Geräusch hörte, das mich frösteln ließ.

Ein Fenster wurde geöffnet. Das Fenster zum Luftschacht in Moms Schlafzimmer.

Sie wollte springen.

Ich lief zurück und nahm den Schlüssel, um aufzuschließen. Das Schloß klemmte ein bißchen, aber das Fenster auch. Dieses Fenster hatte immer geklemmt, war immer schwer zu öffnen gewesen. Ich konnte hören, wie sie damit kämpfte. Sie schluchzte jetzt nur, von Fluchen und Weinen war nichts zu hören.

Ich kriegte die Tür auf und kam gerade rechtzeitig, als sie durchs Fenster kriechen wollte. Sie hatte es gut einen Fußbreit aufbekommen, und dann klemmte es. Aber sie versuchte trotzdem, hindurchzukommen.

Ich zerrte sie zurück, und sie streckte die Hände nach meinem Gesicht aus, um mich zu kratzen.

Es gab nur eine Möglichkeit. Ich schlug ihr hart aufs Kinn und konnte sie eben noch auf halbem Wege auffangen, ehe sie mit voller Wucht auf dem Boden aufschlug. Sie war k. o.

Eine Minute blieb ich so da stehen, um wieder zu Atem zu

kommen. Ich zitterte, und der kalte Schweiß rann mir in diesem heißen, stickigen Zimmer den Rücken runter.

Dann holte ich Gardie.

Sie hatte alles verschlafen. Irgendwie hatte sie alles verschlafen. Es war elf Uhr, und sie schlief immer noch.

Ich schüttelte sie, und sie öffnete die Augen und setzte sich auf. In einem plötzlichen Anflug von Scham kreuzte sie die Arme vor den Brüsten. Sie war noch nicht wach genug, um unverschämt zu sein, und machte große Augen.

Ich sagte: »Mom ist betrunken. Drei Stunden vor der Beerdigung. Los, beeil dich.«

Ich reichte ihr einen Bademantel oder Morgenrock oder was immer über ihren Stuhl hing und rannte hinaus. Ich hörte ihre Schritte dicht hinter mir.

Ich sagte: »In ihrem Schlafzimmer. Ich laß das Wasser laufen.«

Ich ging ins Bad und drehte den Kaltwasserhahn auf. Ich drehte ihn ganz auf, aber es würde eine Weile dauern, bis die Wanne voll wäre. Zum Teufel damit.

Als ich wieder ins Schlafzimmer kam, sah ich, daß sich Gardie bereits an die Arbeit gemacht hatte. Sie war gerade dabei, Mom Schuhe und Strümpfe auszuziehen.

Sie fragte: »Wie kam sie dazu? Wo hast du denn gesteckt?«

Ich sagte: »Ich war von acht bis jetzt unterwegs. Sie muß direkt, nachdem ich gegangen bin, aufgestanden sein und sich sofort 'ne Flasche besorgt haben. Sie hat einen Vorsprung von drei Stunden.«

Ich packte Mom an den Schultern, und Gardie hielt sie an den Beinen, damit wir sie aufs Bett legen und ihr das Kleid über den Kopf ziehen konnten.

Mich beunruhigte etwas. Ich fragte: »Sie hat doch noch einen anderen Slip, den sie anziehen könnte, oder?«

»Natürlich. Meinst du, daß wir sie noch rechtzeitig klar kriegen?«

»Das müssen wir. Dann laß sie den Slip anbehalten. Verdammt. Komm, wir schleppen sie ins Badezimmer.«

Sie wog eine Tonne. Wir konnten sie nicht auf uns gestützt

ins Bad bringen. Halb zerrend, halb schiebend, brachten wir sie endlich zur Wanne.

Inzwischen war die Badewanne voll. Sie da reinzukriegen, war der schwerste Teil des Ganzen. Gardie und ich wurden dabei auch ganz schön naß. Aber wir kriegten sie hinein.

Ich mahnte Gardie: »Paß auf, daß sie nicht mit dem Kopf unter Wasser kommt. Ich setz' Kaffee auf und sorge dafür, daß er dick wie Suppe wird.«

Gardie sagte: »Mach das Fenster bei ihr auf, damit der Gestank abziehen kann.«

»Hab' ich schon gemacht. Ich hab' ein Fenster zum Lüften geöffnet.«

Ich drehte die Flamme unter dem Kessel auf und gab so viel Kaffee in den Filter, wie hineinpaßte.

Dann rannte ich ins Badezimmer zurück. Gardie hatte ein Handtuch um Moms Haar geschlungen und spritzte ihr Wasser ins Gesicht. Meine Stiefmutter begann aufzuwachen. Sie stöhnte leise und versuchte, den Kopf zu drehen, damit sie kein Wasser ins Gesicht bekam. Sie fröstelte und hatte eine Gänsehaut durch das kalte Wasser.

Gardie sagte: »Sie kommt zu sich. Aber ich weiß nicht – recht – Mein Gott, Eddie, drei Stunden –«

»Nicht mal«, erinnerte ich sie. »Hör zu, wenn sie wieder bei sich ist, kannst du ihr aus der Wanne helfen und sie abtrocknen. Ich geh' unten zum Drugstore. Es gibt da so'n Zeug. Ich weiß nicht, wie es heißt.«

Ich ging in mein Zimmer und zog mir ein trockenes Hemd und eine andere Hose an. Ich würde meinen Alltagsanzug zur Beerdigung tragen müssen, aber daran war nun nichts mehr zu ändern.

Als ich an der Badezimmertür vorbeikam, hörte ich Gardie und Mom sprechen. Die Stimme von Mom klang undeutlich, aber nicht hysterisch, und sie fluchte auch nicht mehr oder so. Vielleicht schaffen wir es noch rechtzeitig, dachte ich.

Das Kaffeewasser sprudelte. Ich goß das kochende Wasser in den Filter und stellte die Filtermaschine auf Sparflamme, damit der Kaffee heiß bliebe.

Ich ging unten zu Klassen's Drugstore. Ich hielt es für besser, ihm reinen Wein einzuschenken, weil ich ihn kannte und wußte, daß er nicht darüber quatschen würde. Also erzählte ich ihm so viel, daß er sich ein Bild machen konnte.

»Wir haben da ein Hausmittel«, sagte er. »Es ist nicht zu stark. Ich mach' dir was zurecht.«

»Auch was für ihren Atem«, bat ich. »Bei der Beerdigung wird sie dicht mit anderen Leuten in Berührung kommen. Sie müssen mir auch dafür was geben.«

Wir schafften es. Wir kriegten sie wieder hin.

Die Beerdigung war wundervoll.

Es machte mir nichts aus, wirklich nicht. Für mich war es eigentlich gar nicht Pa's Begräbnis. Als ich mit ihm alleine gewesen war, in jenem kleinen Raum, das war's für mich gewesen. Ich hatte ihm good bye gesagt, jedenfalls so was Ähnliches.

Das hier war einfach etwas, durch das man durch mußte, schon wegen der anderen Leute und aus Respekt vor Pa.

Ich saß neben Mom, Gardie auf der anderen Seite. Onkel Ambrose saß ebenfalls neben mir.

Nach der Beerdigung kam Jake, der Vormann der Druckerei, zu mir. Er fragte: »Du kommst doch wieder, Ed, nicht wahr?«

»Klar doch«, sagte ich. »Ich komme wieder.«

»Nimm dir solange frei, wie du willst. Zur Zeit läuft das Geschäft nicht so gut.«

Ich sagte: »Ich hab' da was, was ich erledigen muß. Dauert vielleicht 'ne Woche oder zwei. In Ordnung?«

»Solange, wie du willst. Wie ich schon sagte, sieht's zur Zeit etwas trübe aus. Aber ändere deine Meinung deswegen nicht, komm zurück. Es wird zwar nicht mehr dasselbe sein, so ohne deinen Dad. Aber deine Chancen stehen besser mit einem guten Beruf. Wir wollen dich wiederhaben, Ed.«

»Klar«, sagte ich. »Ich komme wieder.«

»Da sind noch ein paar Sachen im Spind von deinem Dad.

Sollen wir's euch zuschicken, oder kommst du mal vorbei und holst es ab?«

»Ich komm' auf 'n Sprung vorbei und hol's ab. Ich muß auch noch den Scheck für drei Tage abholen. Dad hätte auch noch einen, von Montag bis Mittwoch.«

»Ich geb' im Büro Bescheid, daß man die beiden Schecks fertig macht, damit du sie abholen kannst, Ed«, versprach Jake.

Nachdem mein Pa beigesetzt worden und man Erde auf den Sarg geschüttet hatte, kam Onkel Ambrose mit zu uns nach Hause.

Wir saßen herum und wußten nicht recht, was wir sagen sollten. Onkel Ambrose schlug vor, daß wir Karten spielten. So spielten wir drei, er, Mom und ich, dann ein bißchen Rommé.

Als er sich verabschiedet hatte, trat ich mit ihm in den Hausflur hinaus. Er sagte: »Sieh zu, daß du den Abend gut rumkriegst, mein Junge. Erhol dich und halte dich bereit. Besuch mich morgen nachmittag im Hotel.«

»Okay«, willigte ich ein. »Aber gibt es nichts, was ich heute abend tun könnte?«

»Nichts«, sagte er. »Ich treff' mich mit Bassett. Aber es besteht kein Anlaß, daß du mitkommen müßtest. Ich will ihn impfen, daß er die Bewohner der Häuser mit den Veranden hinten zur Gasse mal näher unter die Lupe nimmt. Er kann diese Schnüffelarbeit besser erledigen als wir. Und wenn's dort eine Spur gibt, setzten wir uns auch auf die Fährte.«

»Auch? Denkst du an Kaufman.«

»Yeah. Er hat irgend etwas verschwiegen bei dieser Untersuchung. Er hat gelogen. Das ist dir doch auch aufgefallen?«

»Ich war mir nicht sicher.«

»Ich schon. Das ist Bassett glatt durchgerutscht. Aber wir werden uns darum kümmern. Such mich am Nachmittag auf. Ich werde in meinem Zimmer warten.«

Um sieben hielt Mom es für eine gute Idee, wenn ich mit Gardie ins Kino ginge. Vielleicht unten beim Loop.

Ich dachte, warum nicht?

Vielleicht wollte Mom alleine sein. Ich musterte sie unauffällig, während Gardie das Kinoprogramm in der Zeitung studierte. Mom sah nicht so aus, als ob sie sich schon wieder einen antrinken könnte.

Nach heute morgen bestimmt nicht, dachte ich. Das war fürchterlich gewesen, aber sie war daraus emporgestiegen wie der Phönix aus der Asche. Auf der Beerdigung hatte sie sich mit den Leuten unterhalten, und niemand wäre auf den Gedanken gekommen, daß irgend etwas nicht in Ordnung sein könnte. Ich glaubte nicht mal, daß Onkel Ambrose etwas gemerkt hatte. Niemand außer mir und Gardie und Klassen wußte Bescheid.

Ihre Augen waren gerötet gewesen und ihr Gesicht verquollen, aber das wäre ohnehin vom Weinen gekommen.

Sie hat Pa tatsächlich geliebt, dachte ich.

Gardie wollte sich einen Film ansehen, der sich für mich nach dem letzten Schrott anhörte, aber es sollte ein gutes Swing-Orchester mitwirken, deshalb stritt ich mich nicht mit ihr.

Ich behielt recht; der Film taugte nichts. Aber die Band hatte eine Brass section, die nicht von dieser Welt sein konnte. Himmlisch. Sie hatten zwei Posaunisten, die wußten, was Sache war. Der eine, der mit den Soli, war so gut wie Teagarden, fand ich. Vielleicht nicht bei den schnellen Stücken, aber er hatte einen Ton, der einem ins Mark ging.

Ich dachte, ich gäbe eine Million Dollar, wenn ich das könnte – und eine Million hätte.

Zum Finale gab es eine Ballettnummer, und Gardies Füße wurden unruhig. Sie wollte irgendwohin gehen, um zu tanzen, aber ich sagte nein. Ins Kino zu gehen, nachdem Pa gerade unter der Erde war, war schon schlimm genug.

Als wir nach Hause kamen, war Mom weg.

Ich nahm mir erst mal ein Magazin und schlummerte darüber ein.

Mitten in der Nacht wachte ich auf. Da waren Stimmen. Die von Mom, ziemlich betrunken. Und eine andere Stimme, die mir bekannt vorkam, die ich aber nicht zuordnen konnte.

Es ging mich zwar nichts an, aber ich war neugierig, wem die Stimme gehörte. Schließlich stieg ich aus dem Bett und schlich zur Tür, von wo ich besser lauschen konnte. Aber die Männerstimme erstarb, und die Wohnungstür wurde geschlossen.

Ich hatte kein Wort verstanden, nur die Stimmen gehört.

Ich hörte, wie Mom in ihr Zimmer ging und die Tür schloß. Nach der Art, wie sie ging, zu schließen, hatte sie ganz schön getrunken, aber sie hatte sich besser in der Gewalt als am Morgen. Sie hatte nicht hysterisch oder sonst irgendwie auffällig geklungen. Die Stimmen waren freundlich gewesen.

Als ich wieder im Bett lag, dachte ich lange darüber nach, wem die Stimme gehörte.

Dann hatte ich es. Es war Bassett, der Typ von der Mordkommission mit dem schütteren roten Haar und den blassen Sommersprossen.

Merkwürdig, dachte ich. Vielleicht glaubt er, daß sie's war, und hat sie unter Strom gesetzt, damit sie auspackt. Der Gedanke gefiel mir nicht.

Vielleicht war das ganz und gar nicht der Grund, und ich weiß nicht mehr, ob mir die andere Möglichkeit besser gefiel – Wenn sich Bassett an sie ranmachte, meine ich. Ich erinnerte mich, daß er seine kranke Frau erwähnt hatte.

Das andere gefiel mir auch nicht. Und wenn er die Arbeit mit dem Vergnügen verband, machte ihn das zu einem noch größeren Schwein, als wenn er nur einen Grund hätte. Und ich hatte diesen Kerl gemocht! Selbst nachdem er sich von Onkel Ambrose hatte bestechen lassen, hatte ich ihn noch gemocht.

Zunächst konnte ich überhaupt nicht einschlafen. Alles, was mir durch den Kopf ging, mißfiel mir.

Als ich am Morgen erwachte, hatte ich einen schlechten Geschmack im Mund.

Es war immer noch schwül, und ich war auch ohne Wecker wie üblich um sieben aufgewacht.

Erst nachdem ich aufgestanden war und mich anzog, kam mir der Gedanke, daß Bassett trotz allem noch okay sein könnte. Ich meine, ich konnte mich in beiden Punkten geirrt haben. Vielleicht war Mom auf Tour gegangen, und er hatte sie zufällig getroffen und sie nach Hause gebracht. Zu ihrem Besten.

Ich zog mich an und wußte nicht, was ich anfangen sollte.

Während ich Kaffee trank, kam Gardie zu mir in die Küche.

»Hi, Eddie«, sagte sie. »Kann nicht mehr schlafen. Könnte also auch aufstehen, was?«

»Könntest du«, pflichtete ich ihr bei.

»Hältst du mir den Kaffee warm?«

»Natürlich.«

Sie ging wieder in ihr Zimmer, zog sich an und setzte sich dann mir gegenüber an den Küchentisch. Ich schenkte ihr Kaffee ein, und sie holte sich ein Brötchen aus dem Brotkasten.

»Eddie«, begann sie.

»Ja?«

»Um welche Zeit ist Mom diese Nacht nach Hause gekommen?«

»Keine Ahnung.«

»Willst du damit sagen, daß du sie überhaupt nicht nach Hause kommen gehört hast?« Sie wollte aufstehen. Wohl um nachzusehen, ob ihre Mutter tatsächlich nach Hause gekommen war.

»Sie ist da«, sagte ich. »Ich hörte, wie sie kam. Ich meinte nur, daß ich nicht weiß, wie spät es war. Ich hab' nicht auf die Uhr gesehen.«

»Also ziemlich spät?«

»Ich glaub' schon. Ich habe schon geschlafen. Wahrscheinlich bleibt sie bis Mittag im Bett.«

Gedankenverloren knabberte sie an ihrem Brötchen. Überall, wo sie es angenagt hatte, schmierte Lippenstift auf dem Brötchen. Ich fragte mich, wieso sie sich die Lippen vorm Frühstück schminken mußte.

»Eddie«, sagte sie, »ich mach' mir so meine Gedanken.«

»Ja?«

»Mom, trinkt zuviel. Wenn sie so weitermacht . . .«

Darauf gab es nichts zu sagen. Ich wartete darauf, daß noch etwas kam. Wenn nicht, konnte es sich um keinen besonderen

Einfall handeln. Ich meine, was hätten wir schon gegen Moms Sauferei tun können?

Gardie blickte mich aus weit aufgerissenen Augen an. »Eddie, vor ein paar Tagen hab' ich einen Flachmann in ihrer Kleiderschrankschublade gefunden. Ich hab' ihn versteckt, und sie hat ihn überhaupt nicht vermißt. Sie muß es völlig vergessen haben.«

»Kipp das Zeug weg«, sagte ich.

»Sie wird sich neuen Stoff besorgen, Eddie. Es kostet einen Dollar neunundvierzig. Und sie wird immer mehr kaufen.«

»Dann kauft sie eben mehr«, meinte ich. »Na und?«

»Eddie, ich hab' angefangen zu *trinken.*«

»Du bist verrückt. Mein Gott, du bist vierzehn und du –«

»Ich bin fünfzehn, Eddie. Nächsten Monat werde ich fünfzehn. Und ich habe schon getrunken, bei Verabredungen. Ich bin nie betrunken gewesen, aber – hör zu, Eddie, fällt dir nichts auf?«

»Nicht mal mit 'nem Teleskop. Du bist verrückt.«

»Eddie, Pa, hat auch zuviel getrunken.«

»Laß Pa aus dem Spiel«, riet ich ihr. »Das ist vorbei. Wie auch immer, was hat das mit deinem Trinken zu tun? Willst du damit sagen, daß du die Familientradition fortsetzen möchtest?«

»Sei nicht blöd, Eddie. Was, glaubst du, hätte Pa vom Trinken abgehalten?«

Ich wurde allmählich sauer auf sie, weil sie ewig darauf herumritt. Pa hatte nichts mehr damit zu tun. Pa lag sechs Fuß unter der Erde.

Sie sagte: »Ich werde dir verraten, was Pa davon hätte abbringen können, Eddie. Wenn er gesehen hätte, daß du auch damit anfängst. Du warst immer Mr. Saubermann. Er wußte, daß du dich nie ruinieren würdest, so wie er. Ich meine, nehmen wir mal an, daß du betrunken nach Hause gekommen wärst, angefangen hättest, dich mit 'ner Bande rumzutreiben – Vielleicht hätte er mit dem Trinken aufgehört, damit du es auch sein läßt. Er liebte dich, Eddie. Wenn er sich überlegt hätte, daß seine Sauferei dich –«

»Halt den Mund«, sagte ich. »Verdammt noch mal, Dad ist tot. Warum kommst du jetzt mit diesen verschrobenen Ideen?«

»Mom ist noch nicht tot. Vielleicht kümmert sie dich nicht sehr, aber sie ist meine Mutter, Eddie.«

Wie blöde von mir. Ich brauchte tatsächlich so lange, um zu begreifen, worauf sie hinauswollte.

Ich saß einfach da und starrte sie an. Es bestand die Möglichkeit, eine winzigkleine Möglichkeit, daß es funktionierte. Daß Mom irgendwie aufgerüttelt würde, wenn sie sah, daß Gardie auf dem besten Weg war, sich zu ruinieren. Pa hatte sie verloren, aber ihr blieb immer noch Gardie. Und sie wollte ganz bestimmt nicht mit ansehen, wie sich ihre Tochter besoff. Und das mit fünfzehn.

Dann dachte ich, zur Hölle damit. Das ist keine Lösung.

Aber ich mußte Gardie Respekt zollen, daß sie überhaupt darüber nachgedacht hatte. Und sie hatte darüber nachgedacht, das konnte ich sehen.

»Wahnsinn«, sagte ich, »das kannst du nicht machen.«

»Und ob ich das kann, Eddie. Ich bin schon dabei.«

»Das tust du nicht!« Aber ich dachte, du kannst sie nicht daran hindern. Sie hat es sich überlegt, und sie wird's tun. Ich kann sie schließlich nicht den ganzen Tag im Auge behalten.

»Jetzt ist der richtige Zeitpunkt, Eddie«, meinte sie. »Wenn sie heute mittag verkatert aufwacht, wird sie mich total voll erleben. Glaubst du, daß ihr das gefällt?«

»Sie wird dir die Seele aus dem Leib prügeln.«

»Woher nimmt sie das Recht, wenn sie sich doch selbst besäuft? Außerdem wird sie mich nicht schlagen. Das hat sie noch nie getan.«

Vielleicht, dachte ich insgeheim, wäre es besser gewesen, wenn sie's getan hätte.

Ich sagte: »Ich will damit nichts zu tun haben.« Vielleicht konnte ich sie weichklopfen. »Außerdem ist es ohnehin nur eine Finte. Du willst dich bloß betrinken, damit du mal erlebst, wie das ist.«

Sie stieß ihren Stuhl zurück. »Ich hole jetzt die Flasche. Du kannst dich wie Mr. Saubermann benehmen und sie mir wegnehmen und in den Ausguß kippen. Wenn du das tust, geh' ich auf die Clark Street und besauf' mich. Ich wirke älter als ich bin, und es gibt genügend Orte, wo man einem kleinen Mädchen jeden Drink spendiert, den es will. Und das werden keine Baby-Drinks sein.«

Ihre Absätze klapperten davon.

Sieh zu, daß du dich da raushältst, Eddie, sagte ich mir. Du willst nichts damit zu tun haben. Und sie kann und wird sich auf der berüchtigten Clark Street besaufen, wenn du dich einmischst. Und wahrscheinlich landet sie zu guter Letzt in Cicero im Bordell. Und findet das auch noch gut.

Ich stand auf, blieb aber in der Küche.

Ich war zur Stelle. Ich konnte sie nicht hindern zu trinken, aber ich wollte in der Nähe bleiben, um das Schlimmste zu verhüten. Wenn sie einen bestimmten Punkt erreicht hatte, würde sie bestimmt ausgehen wollen. Das mußte ich verhindern.

Ich steckte schon mittendrin.

Gardie kehrte mit der Flasche zurück. Sie war schon angebrochen. Seelenruhig goß Gardie sich einen Drink ein.

»Willst du auch einen, Eddie?«

»Ich dachte, das sei deine Angelegenheit.«

»Du könntest mir Gesellschaft leisten.«

»Ich bin nicht sehr gesellig«, erklärte ich ihr.

Gardie lachte und trank ihr Glas in einem Zug leer. Sie griff nach einem Glas Wasser, um den scharfen Geschmack wegzuspülen, mußte aber nicht husten.

Sie goß sich noch einen ein und setzte sich.

Grinsend fragte sie: »Bist du sicher, daß du nicht mitmachen willst?«

»Quatsch.«

Sie lachte und leerte das nächste Glas. Dann lief sie ins Wohnzimmer und stellte das Radio an. Sie fummelte am Programmwähler herum, bis sie einen Sender mit Musik fand. Für diese frühe Zeit war die Musik erstaunlich gut.

Sie sagte: »Komm schon, Eddie. Tanz mit mir. Es wirkt schneller, wenn man tanzt.«

»Ich will nicht tanzen.«

»Saubermann.«

»Quatsch«, sagte ich.

Ich sah es kommen.

Sie drehte sich verspielt um sich selbst und kam dann zurück und setzte sich. Sie goß sich den dritten Drink ein.

»Nicht so hastig«, mahnte ich. »Du kannst dich umbringen, wenn du dieses Zeug so schnell in dich hineinkippst, ohne daran gewöhnt zu sein.«

»Ich habe schon öfter getrunken. Nicht viel, aber es langt.« Sie holte ein neues Glas und goß etwas Whisky ein.

»Nun komm schon, Eddie, nur einen. Bitte. Ist nicht schön, alleine zu trinken.«

»Na gut«, sagte ich. »Aber nur einen. Das ist mein letztes Wort.«

Sie hatte ihr Glas erhoben und meinte: »Auf unser Wohl«, und ich mußte mit ihr anstoßen. Ich nahm nur einen Schluck, aber sie trank ihr Glas aus.

Sie lief zum Radio. »Komm her!« rief sie. »Eddie, bring die Gläser und die Flasche mit.«

Ich ging ins Wohnzimmer und setzte mich. Gardie hockte sich auf meine Sessellehne.

»Gieß mir noch einen ein, Eddie. Ist das ein Spaß!«

»Ja«, sagte ich gedehnt. Ich trank ein Schlückchen, während sie ihr viertes Glas leerte. Diesmal würgte sie ein wenig.

»Eddie«, bat sie. »Bitte, tanz mit mir.«

Die Musik war wirklich gut.

Ich sagte: »Übertreib's nicht, Gardie. Übertreib's nicht.«

Sie erhob sich und begann wieder allein zur Musik zu tanzen. Sie drehte sich, schaukelte im Rhythmus und schwankte im Zimmer umher.

Sie sagte: »Eines Tages werde ich auf der Bühne stehen, Eddie. Was meinst du? Wie bring' ich das?«

»Du tanzt großartig«, meinte ich.

»Wetten, daß ich einen tollen Striptease hinlege? Wie Gybsy Rose? Paß auf.«

Sie griff während des Tanzens hinter sich, um ihr Kleid aufzuknöpfen.

»Nun sei nicht blöd, Gardie. Ich bin dein Bruder, erinnerst du dich?«

»Du bist nicht mein Bruder. Und überhaupt, was hat das denn mit meinem Tanz zu tun?«

Sie hatte Probleme mit den Haken und Ösen. Als sie zu mir herüber tanzte, griff ich nach ihr und packte ihre Hand.

»Verdammt, Gardie, hör auf damit.«

Sie lachte und lehnte sich rücklings gegen mich. Als ich sie am Handgelenk gezerrt hatte, war sie mir geradezu in den Schoß gefallen.

Sie flüsterte: »Küß mich, Eddie.«

Ihre roten Lippen glänzten, ihr heißer Körper preßte sich gegen meinen. Und dann küßte sie mich, ohne daß ich etwas dagegen tun konnte.

Ich schaffte es, aufzustehen. »Gardie, verdammt noch mal, hör damit auf! Du bist noch ein Kind. Das dürfen wir nicht.«

Sie lehnte sich zurück und lachte leise. »Na schön, Eddie. Na schön. Laß uns noch einen trinken, ja?«

Diesesmal mußte ich würgen, und sie lachte mich aus.

Sie machte ein paar Tanzschritte und sagte: »Schenk mir noch einen ein, Eddie. Ich bin gleich wieder da.«

Als sie durch die Tür ging, schwankte sie ein wenig.

Ich goß zwei Gläser voll und trat dann ans Radio, um einen anderen Sender zu suchen. Überall gab es Hörspiele und Werbesendungen. Ich schaltete den ersten Sender wieder ein.

Ich bemerkte sie erst, als sie sagte: »Eddie.«

Ich blickte mich um. Sie war nackt.

»Bin ich nur ein Kind, Eddie?« Sie lachte leise. »Hm, bin ich nur ein Kind?«

Ich schaltete das Radio aus.

»Du bist kein Kind, Gardie«, sagte ich. »Also laß uns erst der Flasche den Garaus machen. Okay? Hier ist dein Glas.«

Ich reichte ihr den Drink und ging in die Küche, um zwei Gläser Wasser zum Nachspülen zu holen. Ich tat so, als tränke ich meinen Whisky in der Küche aus. Mit zwei vollen Gläsern kehrte ich zu ihr zurück.

Sie sagte: »Mir ist so – schwummrig.«

»Hier«, sagte ich. »Das wird dir guttun. Auf ex, Gardie.«

Diesmal trank ich mit ihr.

In der Flasche war nur noch ein Glas. Wir mußten ganz schön zugelangt haben.

Sie versuchte, einen Tanzschritt auf mich zu zu machen, und ich mußte sie auffangen, hielt sie in den Armen, meine Hände auf ihrem nackten Körper.

Ich half ihr, sich aufs Sofa zu setzen. Als ich die Flasche holen wollte, nuschelte sie: »S–setz, dich, Eddie. S–setz dich. K–komm –«

»Sofort«, sagte ich. »Sofort. Für jeden ist noch ein Schluck übrig. Laß uns das Zeug vernichten, ha?«

Die meiste Flüssigkeit rann ihr übers Kinn, aber etwas davon gelangte in den Magen. Sie kicherte, als ich ihr den Whisky mit meinem Taschentuch abwischte.

»Fühle mich sch-schwummrig, Eddie. Sch–schwummrig –«

»Mach mal für einen Moment die Augen zu. Dann wird's dir wieder besser gehen.«

Das reichte. Sie war hinüber.

Ich trug sie in ihr Zimmer. Nachdem ich ihr die Pyjamajacke übergezogen hatte, ging ich hinaus und schloß die Tür.

Ich spülte die Gläser aus und versteckte die Flasche im Mülleimer.

Dann machte ich, daß ich rauskam.

6

Es war ungefähr zwei, als ich mit dem Lift in den elften Stock des Wacker-Hotels fuhr, Onkel Ambroses Zimmer fand und anklopfte.

Er musterte mich eingehend, als er mich einließ, und fragte: »Was ist los, Junge?«

»Nichts«, sagte ich. »Ich habe nur einen Spaziergang gemacht, einen langen Spaziergang.«

»Da stimmt doch was nicht. Wo bist du gewesen?«

»Nirgends. Ich bin nur herumspaziert.«

»Trimm dich?«

»Hör auf«, sagte ich. »Laß mich in Ruhe.«

»Natürlich, Junge. Ich wollte nicht nachbohren. Setz dich und entspann dich.«

»Ich dachte, wir würden etwas unternehmen.«

»Das tun wir auch. Aber wir haben keine Eile.« Er kramte ein zerdrücktes Päckchen Zigaretten hervor. »Auch eine?«

»Klar.«

Wir zündeten uns eine Zigarette an.

Durch den Rauch starrte er mich an. Er sagte: »Irgendwie hängt dir alles zum Hals raus, nicht wahr, Ed? Ich weiß zwar nicht genau, was der Auslöser war, aber laß mich mal raten. Eine deiner Weibsen hat ihr Netz nach dir ausgeworfen, vielleicht sogar beide. Warst du es, der Madge fürs Begräbnis ausgenüchtert hat?«

Ich fragte: »Du brauchst wohl keine Brille, wie?«

Er sagte: »Junge, Madge und Gardie sind, wie sie sind. Daran kannst du nichts ändern.«

»Es liegt nicht alleine an Mom«, meinte ich. »Wahrscheinlich kann sie sich einfach nicht mehr ändern.«

»Es ist nie einer allein schuld, Junge. Das wirst du noch lernen. Das galt für Wally. Das gilt für dich. Es ist nicht deine Schuld, daß du so bist, wie du bist.«

»Und wie bin ich?«

»Verbittert. Zutiefst verbittert. Nicht nur wegen Wally. Das war meiner Ansicht nach schon vorher so. Ed, geh bitte ans Fenster und sieh hinunter.«

Sein Zimmer lag auf der Südseite des Hotels. Ich trat ans Fenster und blickte hinaus. Es war immer noch diesig, grau. Aber man konnte bis zum klotzigen, monströsen Merchandise-Mart-Gebäude hinüber sehen. Zwischen dem Handelszentrum und dem Wacker breitete sich die häßliche nördliche Westside aus, deren zumeist häßliche Backsteinfassaden häßliche Lebensläufe verbargen.

»Das ist ja eine fürchterliche Aussicht«, meinte ich.

»Genau das wollte ich dir zeigen, mein Junge. Wenn du aus dem Fenster siehst, wenn du dir irgend etwas ansiehst, weißt du, was du dann siehst? Dich selbst. Ein Ding kann schön, romantisch oder anregend wirken, aber nur wenn die Schönheit, die Romantik oder die Inspiration von dir ausgeht. Du siehst, was in deinem Kopf ist.«

Ich meinte: »Du redest wie ein Dichter, nicht wie ein Schausteller.«

Er schmunzelte. »Ich hab' schon mal ein Buch gelesen. Hör zu, Junge, versuch nicht, den Dingen Etiketten aufzukleben. Die Welt hält dich zum Narren. Es genügt nicht, jemandem das Etikett Setzer oder Lastwagenfahrer aufzukleben. Menschen sind komplizierter; man kann sie nicht mit einem Wort abstempeln.«

Ich stand immer noch am Fenster, hatte mich aber umgedreht, so daß ich ihm ins Gesicht sehen konnte. Er erhob sich vom Bett und kam zu mir herüber. Er drehte mich um, so daß ich wieder aus dem Fenster sah, und blieb neben mir stehen. Er legte mir seine Hand auf die Schulter.

Ich blieb eine Minute oder so am Fenster stehen und starrte hinaus. Als ich mich umdrehte, lachte er mir zu, und ich mußte grinsen.

»Okay«, sagte ich. »Wie wär's, wenn wir die Clark Street zur Abwechslung mal aus dem Gleichgewicht brächten?«

»Chicago Avenue. Ein Schuppen bei der Orleans Street. Wir werden einem Burschen namens Kaufman Feuer unterm Hintern machen.«

Ich meinte: »Was soll jemanden, der seit Jahren in einer solch miesen Gegend eine Kneipe betreibt, noch erschrecken?«

»Nichts. Wir werden ihm nicht drohen. Das wird ihn zutiefst beunruhigen. Das ist das einzige, was hilft.«

»Das versteh' ich nicht«, gestand ich. »Vielleicht bin ich blöd, aber ich kapier's nicht.«

»Komm mit«, sagte er.

»Was wollen wir machen?«

»Nichts. Überhaupt nichts. Einfach nur in seinem Laden herumsitzen.«

Ich hatte es immer noch nicht kapiert, aber ich konnte warten. Wir fuhren mit dem Fahrstuhl nach unten.

Als wir durch die Lobby gingen, fragte mein Onkel: »Könntest du einen neuen Anzug gebrauchen?«

»Ja, sicher. Aber ich sollte mir jetzt lieber keinen kaufen, denn ich verdiene ja zur Zeit kein Geld.«

»Geht auf meine Rechnung. Du brauchst einen dunkelblauen Nadelstreifenanzug. Das wird dich älter machen. Du brauchst einen passenden Hut. Das gehört zum Job, Junge, also keine Widersprüche. Du mußt wie ein echter Revolverheld aussehen.«

»Okay«, gab ich nach, »aber ich bleib' dir das nicht schuldig. Eines Tages zahle ich dir alles zurück.«

Wir kauften den Anzug. Er kostete vierzig Dollar. Das war fast doppelt soviel, wie ich für meinen letzten bezahlt hatte. Onkel Ambrose hatte besondere Vorstellungen vom Schnitt; wir ließen uns einige zeigen, bis er den richtigen fand.

Er erklärte mir: »Das ist kein besonders guter Anzug, solange er neu ist und noch nicht in der Reinigung war, wirkt er teurer. Komm, wir gucken nach einem Hut.«

Wir erstanden einen Hut, ein Schmuckstück mit einer geschwungenen Krempe. Onkel Ambrose wollte mir auch ein Paar neue Schuhe kaufen, aber ich konnte ihn überzeugen, daß es ein Schuhputzer auch tun würde. Meine Schuhe waren fast neu und würden wieder bestens aussehen, wenn sie erst einmal richtig geputzt wären. Wir kauften ein kunstseidenes Hemd, das nach echter Seide aussah, und eine gepunktete Krawatte.

Wieder im Hotel, zog ich die neuen Sachen an und gönnte mir einen Blick in den großen Spiegel an der Badezimmertür.

Onkel Ambrose knurrte: »Wisch dir das Grinsen aus der Visage, du Dummkopf. So siehst du aus wie süße Sechzehn.«

Ich machte wieder ein normales Gesicht. »Wie steht mir der Hut?«

»Prima. Woher hast du ihn?«

»Ha? Herzfeld's.«

»Versuch's noch mal und denk besser nach. Du hast ihn aus Wisconsin, Lake Geneva. Als wir das letzte Mal da waren. Uns war der Boden ein bißchen zu heiß unter den Füßen geworden. Wir tauchten für 'ne Woche unter, bis Blane uns telegrafierte, daß die Luft wieder rein wär'. Erinnerst du dich an die Kleine an der Garderobe vor dem Rasthaus?«

»Die kleine Brünette?«

Er nickte. »Fällt es dir wieder ein? Klar, sie hat dir den Hut gekauft, nachdem du wegen dieser Reifenpanne bei ihr hängengeblieben bist. Warum auch nicht? Schließlich hast du dreihundert Bucks für sie in der Woche springen lassen. Himmel, du wolltest sie mit nach Chicago nehmen.«

»Das hätte ich auch tun sollen. Warum hab' ich's nicht gemacht?«

»Weil ich dir's verboten hab', kapiert? Ich bin der Boß. Krieg das in deinen Schädel und behalte es gut. Kid, du hättest zwei Jahre gebrummt, wenn ich mich nicht um dich gekümmert hätte. Ich hab' darauf geachtet, daß du nicht übermütig wurdest. Sicher, ich – Verdammt, hör auf zu grinsen!«

»Ja, Boß. Weshalb hätte ich gebrummt?«

»Zum Beispiel wegen des Dings mit der Burton Bank. Du bist immer zu schnell am Abzug. Als der Kassierer zum Knopf griff, hättest du ebensogut auf seinen Arm zielen können; du standest direkt vor ihm.«

Ich sagte: »Der Bastard hätte sich nicht rühren sollen.«

»Und damals, als Swann nicht richtig spurte und du ihn in die Mangel nehmen solltest. Was hast du gemacht? Ihm eine Abreibung verpaßt? Nein, du hast dich richtig hineingesteigert.«

»Er wurde komisch. Er hat mich herausgefordert.«

Er sah mich an und schüttelte den Kopf. Seine Stimme wurde wieder normal. Er sagte: »Nicht übel, Ed. Aber du bist zu lässig. Ich will, daß du auf dem Sprung bist. Du hast 'n Eisen unter der Achsel, und das ist geladen. Sein Gewicht erinnert dich immer daran. Denk immer an deinen Ballermann.«

»In Ordnung«, sagte ich.

»Und deine Augen. Hast du schon mal die Augen von 'nem Kerl gesehen, der zwei Koksnäschen hinter sich hatte?«

Ich nickte langsam.

Er sagte: »Dann weißt du, was ich meine. Er ist der King, und er ist scharf wie ein Rasiermesser. Aber er ist auch unter Druck wie eine gespannte Feder, die nur durch einen dünnen Faden gehalten wird. Er kann mit einer teuflischen Ruhe dasitzen, daß du dich nicht mal traust, ihn mit 'ner drei Meter langen Balancier-Stange zu berühren.«

»Ich glaub', ich hab's.«

»So mußt du gucken. Wenn du einen Kerl ansiehst, dann nicht, als wolltest du ihm an die Gurgel. Das ist Kinderkram. Du blickst durch ihn *hindurch,* als ob er nicht vorhanden wäre, als ob es dir scheißegal wäre, ob du ihn umpustest oder nicht. Sieh ihn an, als wäre er ein Telegrafenmast.«

»Wie steht's mit dem Tonfall?« wollte ich wissen.

»Nichts mit Tonfall. Halte einfach die Klappe. Du sprichst nicht mal mit mir, wenn du nicht gefragt wirst. Ich besorg' das Reden, und das wird nicht viel sein.«

Onkel Ambrose blickte auf seine Armbanduhr und erhob sich vom Bett. »Es ist fünf Uhr. Noch früh am Morgen für diese Gegend. Laß uns gehen.«

»Wird das den ganzen Abend dauern?«

»Vielleicht länger.«

Ich sagte: »Dann muß ich mal dein Telefon benutzen. Ist was Persönliches. Könntest du schon mal runtergehen und auf mich warten?«

Er sagte: »Klar, Ed«, und verließ das Zimmer.

Ich rief zu Hause an. Wenn Mom ans Telefon gegangen wäre, hätte ich aufgelegt. Ich wollte nicht mit ihr sprechen, ehe ich wußte, was Gardie ihr erzählt hatte.

Aber es war Gardies Stimme.

Ich sagte: »Hier spricht Ed, Gardie. Ist Mom in der Nähe, oder kannst du reden?«

»Sie ist einkaufen gegangen. Oh, Eddie – hab' ich – mich sehr dumm benommen?«

Es lief besser als erwartet.

Ich sagte: »Ein bißchen schon, aber Schwamm drüber. Du warst betrunken, das ist alles. Aber damit ist Schluß, kapiert? Wenn du das noch mal machst, versohl' ich dich mit 'ner Haarbürste.«

Sie kicherte leise. Jedenfalls klang es so.

»Ich fragte: »Weiß Mom, daß du den Whisky getrunken hast?«

»Nein, Eddie, ich bin vor ihr aufgewacht. Ich fühlte mich grausig –. Mir geht's immer noch nicht gut. Aber ich konnte es vertuschen. – Mom ist selbst mit einem Kater aufgewacht, deshalb hat sie nichts gemerkt. Ich hab' gesagt, ich hätte Kopfschmerzen.«

»Was ist aus diesem großartigen Einfall geworden, ihr eine Lektion zu erteilen?«

»Vergessen, Eddie, erledigt. Ich fühlte mich so lausig, daß ich nur den Gedanken hatte, Mom aus dem Weg zu gehen. Ich hätte es einfach nicht ausgehalten, wenn sie mich ausgeschimpft oder geweint hätte oder so.«

»Okay«, sagte ich. »Begrab die Idee ein für allemal. *Beide* Ideen, wenn du weißt, was ich meine. Erinnerst du dich an das, was du im betrunkenen Zustand getan hast?«

»N–nicht ganz, Eddie. Was *habe* ich denn getan?«

»Verarsch mich nicht«, sagte ich. »Du weißt sehr wohl, was du getan hast.«

Diesmal war es eindeutig ein Kichern.

Ich gab's auf. Ich sagte: »Hör zu, bestell Mom, daß ich wahrscheinlich sehr spät nach Hause komme und sie sich keine Sorgen machen soll. Ich bin bei Onkel Am. Vielleicht bleibe ich sogar über Nacht bei ihm. Bis dann.«

Ehe sie irgendwelche Fragen stellen konnte, hatte ich aufgelegt.

Als ich mit dem Lift nach unten fuhr, versuchte ich mich wieder auf unser Vorhaben zu konzentrieren. Onkel Ambroses Einfall mit den neuen Sachen war goldrichtig. Ich sah mindestens wie zweiundzwanzig aus, als ich mich so im Spiegel des Fahrstuhls betrachtete. Und wie jemand, der wußte, wo's langgeht.

Ich gab mir einen Ruck und blickte entschlossen und unnachgiebig.

Als ich durch die Lobby lässig auf ihn zu schlenderte, nickte mein Onkel beifällig.

»Du wirst es schaffen, Ed. Ich will verdammt sein, wenn du nicht sogar mich ein bißchen einschüchterst.«

Wir gingen die Chicago Avenue entlang an der Polizeiwache vorüber. Ich hielt die Augen starr geradeaus gerichtet.

Als wir in Höhe der Orleans Street die Straße überquerten und auf das Topas-Bier-Schild zu steuerten, sagte mein Onkel: »Alles, was ich von dir verlange, Ed, ist dies: Sprich nicht. Behalte Kaufman im Auge. Halte dich an meine Anweisungen.«

»Okay«, sagte ich.

Wir betraten die Kneipe. Kaufman zapfte für zwei Männer Bier, die an der Theke standen. In einer Nische an der Seite saßen ein Mann und eine Frau; sie sahen nach Ehepaar aus. Die beiden Männer am Tresen wirkten auf eine schläfrige Weise betrunken, als ob sie schon den ganzen Nachmittag gezecht hätten. Sie gehörten wohl zusammen, unterhielten sich aber nicht.

Onkel Ambrose hielt auf einen Tisch am anderen Ende der Kneipe zu und setzte sich so, daß er die Theke sehen konnte. Ich rutschte mit meinem Stuhl an die Seite des Tisches, von der aus ich George Kaufman ebenfalls gut im Auge behalten konnte.

Ich beobachtete ihn.

Er bot keinen besonders erfreulichen Anblick. Klein und vierschrötig mit langen kräftigen Armen. Er mochte vierzig bis fünfundvierzig Jahre alt sein. Die Ärmel seines weißen Hemdes hatte er aufgerollt, so daß man seine wie bei einem Affen behaarten Arme sehen konnte. Sein pomadiges Haar war zurückgekämmt, aber er hätte eine Rasur gebrauchen können. Er trug die Brille mit den dicken Gläsern.

Er tippte zwanzig Cent für die zwei Bier in die Kasse, die er gerade gezapft hatte, bog dann um das Ende der Theke und kam auf unseren Tisch zu.

Ich ließ ihn nicht aus den Augen, studierte ihn, taxierte ihn.

Er sah wie ein harter Brocken aus, der sich in der Not zu helfen wußte. Andererseits waren die Barkeeper in dieser Gegend alle von diesem Schlag, sonst wären sie hier keine Barkeeper.

Er fragte: »Was darf's sein, die Herren?«

Zufällig kreuzten sich unsere Blicke, und ich zwang ihn, mich anzusehen. Wie befohlen, bewegte ich keinen Muskel, mein Gesicht blieb starr und ausdruckslos. Aber ich dachte: »Du Schweinehund, ich würde dich lieber jetzt als nie umbringen.«

Onkel Ambrose sagte: »Sodawasser. Zwei Gläser Wasser.«

Er ließ eine Banknote auf den Tisch fallen.

Irgendwie brachte Kaufman es fertig, die Achseln zu zucken, ohne die Schultern wirklich zu bewegen. Er nahm das Geld und ging hinter die Theke. Kurz darauf kehrte er mit zwei Gläsern und Wechselgeld zurück.

»Noch was zum Nachspülen?« wollte er wissen.

Onkel Ambrose blickte ihn ausdruckslos an. »Wenn wir noch etwas wünschen, werden wir es Ihnen mitteilen.«

Kaufman ging wieder an die Theke.

Wir saßen unbewegt da und sprachen kein Wort. Nach einer Weile nahm Onkel Ambrose einen Schluck Wasser.

Die beiden Männer vom Tresen gingen hinaus, und dafür kamen andere, diesmal drei, herein. Wir beachteten sie überhaupt nicht. Wir beobachteten Kaufman. Damit will ich nicht sagen, daß wir ihn keine Sekunde aus den Augen gelassen hätten. Aber im großen und ganzen saßen wir einfach da und beobachteten ihn.

Mit der Zeit begann ihn das zu beunruhigen, das merkte man, und er fühlte sich offensichtlich ganz und gar nicht wohl.

Zwei weitere Männer kamen in die Kneipe, und das Paar aus der Nische ging.

Um sieben kam ein Barkeeper zur Ablösung. Ein langer

Dünner, der viel lachte und dabei seine Goldzähne zeigte. Als er seinen Platz hinter der Theke einnahm, kam Kaufman zu uns an den Tisch.

»Noch zwei Soda«, sagte mein Onkel.

Kaufman starrte ihn einen Moment an, nahm dann das Kleingeld, das mein Onkel auf den Tisch gelegt hatte, und ging hinter die Theke, um unsere Gläser erneut zu füllen. Er kam zurück und stellte sie wortlos auf den Tisch. Dann band er seine Schürze ab, hängte sie an einen Haken und verschwand durch die Hintertür.

»Glaubst du, er holt die Bullen?«

Mein Onkel schüttelte den Kopf. »Dazu hat er noch zu wenig Angst. Er ist essen gegangen. Hältst du das auch für eine gute Idee?«

»Mein Gott, ja.« Erst jetzt fiel mir auf, daß fast schon wieder ein Tag verstrichen war, ohne daß ich etwas gegessen hatte. Wo ich daran dachte, verspürte ich einen Hunger, daß ich eine Kuh hätte verspeisen können.

Wir warteten noch ein paar Minuten und gingen dann zur Vordertür hinaus. In der Clark Street suchten wir ein kleines mexikanisches Restaurant, das für seinen Chili berühmt war.

Wir ließen uns Zeit beim Essen. Als wir beim Kaffee angelangt waren, fragte ich. »Gehen wir heute abend noch mal zurück?«

»Sicher. Wir werden so um neun wieder da sein und gegen zwölf wieder gehen. Bis dahin wird er ganz schön ins Schwitzen gekommen sein.«

»Und dann?«

»Helfen wir ihm beim Schwitzen.«

»Hör mal«, sagte ich, »was, wenn er die Polizei ruft? Ja, ich weiß, es ist nicht verboten, stundenlang bei einem Glas Wasser zusammenzusitzen. Aber wenn die Bullen erst mal da sind, werden sie uns Fragen stellen.«

»Die Cops sind geimpft. Bassett hat mit dem Kerl gesprochen, der den Anruf im Revier an der Chicago entgegennehmen wird. Er wird dem Polypen, den er schickt, einen Wink geben, wenn er einen schickt.«

Ich machte: »Oh.« Allmählich begriff ich, wozu die hundert Bucks gut gewesen waren. Das war die erste Dividende, wenn man mal davon absah, daß Bassett die Häuser mit den Veranden überprüfen lassen wollte. Das hätte er vielleicht ohnehin getan, aber einen Kollegen zu präparieren, war schon ein besonderer Liebesdienst.

Nach dem Essen gingen wir in eine kleine gemütliche Kneipe, um uns bei einem Glas Bier zu unterhalten.

Wir sprachen vor allem über Pa.

»Er war ein verrückter Bursche, Ed«, erzählte Onkel Ambrose. »Er war zwei Jahre jünger als ich, weißt du. Wild wie ein ungezähmtes Fohlen. Nun, auch mir juckte es in den Füßen. Noch heute, sonst wär' ich kein Schausteller geworden. Verreist du gerne, Ed?«

»Ich würde schon gerne«, sagte ich. »Bis jetzt bot sich mir keine Gelegenheit.«

»Bis jetzt? Himmel, du bist ja noch nicht flügge. Aber was Wally angeht –. Als er sechzehn war, lief er von zu Hause fort. Das war in dem Jahr, als Dad einen Schlaganfall hatte und unerwartet starb; Mutter war drei Jahre vorher gestorben.

Ich wußte, daß Wally früher oder später schreiben würde, also lungerte ich in St. Paul herum, bis ich seinen Brief bekam, er war an uns beide, Dad und mich, adressiert. Wally steckte in Petaluma, in Kalifornien. Dort besaß er eine kleine Zeitung, die er beim Pokern gewonnen hatte.«

»Davon hat er mir nie was erzählt«, sagte ich.

Mein Onkel schmunzelte. »Die hatte er auch nicht lange. Als ich ihm auf den Brief hin telegrafierte, war er schon wieder weg. Ich hatte ihm mitteilen wollen, daß ich käme, aber als ich dort war, wurde er bereits von der Polizei gesucht. Oh, nichts Ernstes, es ging nur um eine Verleumdungsklage. Dein Vater war zu ehrlich, um eine Zeitung herauszugeben. Er hatte nicht mit der nackten, unverhohlenen Wahrheit über einen der bedeutendsten Honoratioren von Petaluma hinter den Berg gehalten. Wahrscheinlich einfach, weil's ihn gejuckt hat. Jedenfalls hat er mir das später so erzählt, und ich habe ihm geglaubt.«

Er grinste mich an. »Die Suche nach ihm war eine prima Ausrede für mich, auf Trebe zu gehen. Ich wußte, daß er Kalifornien verlassen mußte. Wegen einer Verleumdungsklage würde man ihn nicht ausliefern. In Phoenix nahm ich endlich seine Spur auf und war ihm mehrfach dicht auf den Fersen, bis ich ihn endlich in einer Spielhölle an der Grenze in Juarez aufstöberte. In Juarez war damals der Teufel los, Junge. Das hättest du erleben müssen.«

»Ich nehme an, daß er alles verlor, was er aus der Zeitung herausgeholt hatte?«

»Wie? Oh, das hatte er schon längst durchgebracht. Er arbeitete in dem Spielcasino. Spielte Blackjack. Als ich auftauchte, stand ihm Juarez bereits bis zum Hals, deshalb gab er die Sache auf. Er war von Mexiko begeistert und wollte, daß ich mit ihm nach Veracruz ging.

Junge, das war ein Trip. Veracruz ist gut und gerne zwölf- bis dreizehnhundert Meilen von Juarez entfernt, und wir benötigten vier Monate, um hinzukommen. Als wir Juarez verließen, besaßen wir ungefähr vierhundert Pesos. An der Grenze war das nicht viel, aber im Landesinnern war man der King, wenn man Spanisch sprechen konnte.

Einen halben Monat schwelgten wir im Reichtum. Dann, in Monterrey, liefen wir ein paar Jungs in die Arme, die uns über waren. Damals hätten wir gleich umkehren sollen, nach Laredo. Aber wir hatten uns für Veracruz entschieden und marschierten weiter. Zu Fuß, in mexikanischen Klamotten, und besaßen drei Wochen lang nicht einen Peso. Wir waren nahe daran, unsere Muttersprache zu verlernen; wir radebrechten sogar untereinander nur Spanisch, damit wir es besser lernten.

In Veracruz fanden wir Arbeit. Dort lernte dein Vater Linotype, Ed. Eine spanische Zeitung, die von einem Deutschen herausgegeben wurde, der mit einer Schwedin verheiratet und in Burma geboren worden war. Der Mann brauchte jemanden, der sowohl Spanisch als auch Englisch konnte – er selbst sprach kaum englisch. Also brachte er Wally bei, wie man mit dem Linotype-Satz und der Presse umging, auf der seine Zeitung gedruckt wurde.«

Ich sagte: »Verdammich.«

»Was jetzt?«

Ich lachte leicht. Ich sagte. »In der High-School hatte ich Latein. Pa hat mir vorgeschlagen, Spanisch zu nehmen, dabei könnte er mir helfen. Ich dachte, er hätte ein bißchen aus seiner Schulzeit behalten. Ich bin nie auf den Gedanken gekommen, daß er es *sprechen* konnte.«

Onkel Ambrose sah mich ernst und nachdenklich an. Er sagte aber nichts.

Nach einer Weile fragte ich: »Was habt ihr nach Veracruz gemacht?«

»Ich bin nach Panama gegangen, er ist in Veracruz geblieben. Es gab da etwas, das ihn hielt.«

»Ist er lange geblieben?«

»Nein«, sagte mein Onkel kurzangebunden. Er warf einen Blick auf die Uhr. »Komm, Junge. Wir machen uns besser auf den Weg.«

Ich blickte ebenfalls auf die Uhr. »Wir haben noch genug Zeit. Wir wollten doch um neun wieder hin. Wenn ihn in Veracruz etwas hielt und er einen Job hatte, weshalb ist er dann nicht da geblieben?«

Onkel Ambrose sah mich einen Moment lang an, und dann blitzte es in seinen Augen auf. Er sagte: »Ich glaube, Wally hätte nichts dagegen, wenn ich es dir jetzt erzähle.«

»Gut, dann schieß los.«

»Er hat sich duelliert und gewonnen. Das, was ihn in Veracruz hielt, war die Frau des Zeitungsbesitzers. Der Deutsche forderte ihn zum Duell auf, mit 'ner Mauser, und dein Vater konnte sich nicht drücken. Also, er gewann, traf den Deutschen in die Schulter und brachte ihn ins Krankenhaus. Aber Wally mußte verschwinden. Er versteckte sich im Frachtraum eines Dampfers. Er erzählte mir später, was passierte. Nach vier Tagen erwischten sie ihn, und er mußte die Überfahrt mit Deckschrubben abarbeiten, während er so seekrank war, daß er sich kaum auf den Beinen halten konnte. Wally konnte die See nicht vertragen. Aber er konnte nicht von Bord, ehe sie das erste Mal anlegten, das war in Lissabon.«

»Du willst mich auf den Arm nehmen«, sagte ich.

»Nee. Tatsächlich, Ed. Eine Zeitlang war er in Spanien. Hatte die verrückte Idee, Matador zu werden, aber er war zu alt und hatte keine Beziehungen. Außerdem mißfiel ihm die Sache mit dem Picador.«

»Was ist ein Picador?«

»Der mit der Lanze, ein Reiter. Er sticht den Stier in den Nacken, damit er wild wird. – Verdammt, lassen wir das. Ich mochte diese Art Stierkampf auch nie. Ein sauberes Abstechen ist in Ordnung, aber –«

»Kommen wir auf Pa zurück. Er war in Spanien?«

»Ja. Nun, er kehrte zurück. Durch einen Freund in St. Paul, dem wir beide zufällig schrieben, kamen wir wieder in Kontakt. Damals arbeitete ich für eine Detektei. Wheeler's in Los Angeles. Und Wally war beim Varieté. Seiltricks. War ziemlich erfolgreich. Hat er später mal seine Tricks vorgeführt?«

»Nein«, sagte ich. »Nein, nie.«

»Bei so was muß man in der Übung bleiben, sonst verlernt man es. Aber er war immer schon sehr geschickt mit den Händen. Er war flink wie ein Wiesel an der Setzmaschine. Später auch noch?«

»Durchschnittstempo«, erklärte ich. Mir fiel etwas ein. »Vielleicht kam das von seiner Arthritis, die er mal vor ein paar Jahren gehabt hat. Einige Monate konnte er überhaupt nicht arbeiten. Vielleicht ist er dadurch langsamer geworden. Das war noch in Gary, ehe wir von Gary nach Chicago zogen.«

Onkel Ambrose sagte: »Davon hat er mir nie etwas erzählt.«

Ich wollte wissen: »Habt ihr je wieder etwas zusammen unternommen, abgesehen davon, daß ihr euch mal besucht habt?«

»Oh, sicher. Ich war bei den Schnüfflern in Ungnade gefallen, also kündigte ich, und Wally und ich reisten mit 'ner Quacksalber-Show. Er trat als Jongleur und Zauberer auf, fett angekündigt.«

»Kannst du jonglieren?«

»Ich? Nein. Wally war derjenige, der mit den Händen

zaubern konnte. Ich, ich benutzte meine Schnauze. Ich quatschte die Leute an und sorgte für Stimmung.«

Er grinste: »Genauer gesagt, ich war Bauchredner.«

Ich mußte ziemlich dumm aus der Wäsche geschaut haben.

Er amüsierte sich immer noch. »Trag's mit Fassung, mein Junge. Nun, komm. Wir müssen jetzt wirklich los. Wenn du unsere Lebensgeschichte hören willst, mußt du warten, bis wir uns wieder eine Pause gönnen können. Jetzt wartet die Arbeit auf uns. Es ist fast neun.«

Auf dem Weg zu Kaufman's war ich wie benommen.

Ich hatte nicht gewußt, daß Pa jemals etwas anderes als ein Setzer gewesen war. Ich konnte ihn mir einfach nicht als Draufgänger vorstellen, der durch Mexiko trampt, sich duelliert und beim Varieté auftritt.

All dies, dachte ich, und dann stirbt er in einer stinkenden Gasse, besoffen.

7

In Kaufman's Kneipe war jetzt mehr los. Ein halbes Dutzend Männer und zwei Frauen standen an der Bar, in zwei der Nischen saßen Pärchen, und an einem abseits stehenden Tisch wurde Karten gespielt. Die Juke-box gröhlte.

Doch unser Tisch war frei. Wir setzten uns wieder genauso wie vorher. Kaufman war hinter der Theke beschäftigt und hatte uns nicht bemerkt.

Erst eine Minute später etwa entdeckte er uns. Er war gerade dabei, einem Mann einen Whisky einzuschenken, und goß solange, bis das Glas überlief.

Er tippte den Betrag in die Registrierkasse und kam dann zu uns. Die Hände in die Hüften gestützt baute er sich vor uns auf. Er brachte es fertig, gleichzeitig kriegerisch und unentschlossen zu wirken.

Er senkte die Stimme. »Was wollt ihr Burschen eigentlich?«

Onkel Ambrose zuckte nicht mit der Wimper. Reglos sagte er: »Zwei klare Soda.«

Kaufman nahm die Hände von den Hüften und wischte sie langsam an der Schürze ab.

Sein Blick wanderte von meinem Onkel zu mir, und ich starrte ihn ausdruckslos an.

Das hielt er nicht lange aus. Er blickte wieder zu Onkel Ambrose, dann zog er sich einen Stuhl heran und setzte sich.

»Ich will hier keinen Ärger haben«, sagte er.

Onkel Ambrose entgegnete: »Wir auch nicht. Wir wünschen keinen Ärger, und wir werden keinen machen.«

»Ihr wollt doch *irgendwas.* Wäre es nicht einfacher, ihr spuckt's aus?«

Dann wurde seine Stimme noch leiser als vorher. »Ich weiß jetzt, wo ich euch hintun soll. Ihr wart bei der Untersuchung von dem Kerl, den sie auf der Straße alle gemacht haben.«

Mein Onkel fragte: »Was für ein Kerl?«

Kaufman holte tief Luft und atmete langsam aus. »Yeah, ich bin mir ganz sicher. Sie saßen in der letzten Reihe und versuchten, unbemerkt zu bleiben. Sind Sie ein Freund von diesem Hunter, oder was?«

»Was für ein Hunter?«

Kaufman sah aus, als würde er gleich platzen, dann zog er die Krallen wieder ein. »Ich will Ihnen nur Ärger ersparen. Was immer ihr sucht, es ist nicht hier. Ich hab' den Bullen alles gesagt. Und das wissen Sie; Sie waren selbst bei der Untersuchung.«

Mein Onkel erwiderte nichts darauf. Er zog ein Päckchen Zigaretten aus der Tasche und hielt es mir hin. Ich nahm eine, und er bot Kaufman auch eine an. Der ignorierte das.

Kaufman sagte: »Steht alles im Protokoll. Also, was wollen Sie hier?«

Onkel Ambrose zuckte nicht mit der Wimper. »Zwei klare Soda.«

Kaufman sprang so plötzlich auf, daß sein Stuhl umkippte. Rote stieg ihm ins Gesicht. Er drehte sich um, hob den Stuhl auf und stellte ihn sorgfältig wieder an seinen Platz, als ob das sehr wichtig wäre.

Ohne ein Wort zu verlieren, ging er zur Theke.

Ein paar Minuten später brachte uns der lange, dünne Barkeeper unser Sodawasser. Er grinste fröhlich, und mein Onkel grinste zurück. Die kleinen Zur-Hölle-damit-Fältchen um die Augen waren wieder da. Er sah überhaupt nicht gefährlich aus.

Kaufman blickte nicht mehr in unsere Richtung. Er hatte an der Bar zu tun.

»Kein Mickey?« fragte Onkel Ambrose.

»Kein Mickey«, sagte der Barkeeper. »Man kann in einfaches Sodawasser keine K.o.-Tropfen geben, ohne daß man es schmeckt.«

»Das hab' ich mir auch überlegt«, sagte mein Onkel. Er gab dem Dünnen einen Dollar. »Behalte den Rest, Slim. Ist fürs Sparschwein des Kleinen.«

»Prima, danke. Sagen Sie, der Boß ist ja mächtig sauer auf Sie. Fragte, wann ihr endlich verschwinden würdet.«

»Bald, Slim. Sie setzen sich jetzt besser in Bewegung, ehe der große Boß uns miteinander reden sieht.«

Der Barkeeper ging zum Kartentisch, um eine Bestellung entgegenzunehmen.

»Wann ist das alles passiert?« wollte ich wissen.

»Letzte Nacht. War sein freier Abend. Bassett gab mir seinen Namen und die Adresse. Er ist jetzt auf unserer Seite.«

»Noch ein Hunderter?«

Mein Onkel schüttelte den Kopf. »Es gibt Menschen, die kann man kaufen, und Menschen, die kann man nicht kaufen, Junge. Ich konnte ihm was fürs Sparschwein zustecken.«

»Dann war das kein Scherz? Ich meine, mit dem Wechselgeld.«

»Natürlich nicht. Genau dort wird das Geld hinkommen.«

»Verdammt«, sagte ich.

Kaufman kam in unsere Nähe, und ich hielt wieder den Mund und starrte ihn an. Er blickte nicht in unsere Richtung.

Wir blieben bis kurz nach Mitternacht. Dann erhoben wir uns langsam und stiefelten hinaus.

Als ich nach Hause kam, schliefen Mom und Gardie bereits. Mom hatte mir einen Zettel geschrieben, auf dem sie bat, daß ich sie wecken sollte, wenn ich aufstand. Sie wollte sich nach einem Job umsehen.

Ich war müde, aber ich konnte keinen Schlaf finden. Immerzu mußte ich an das denken, was ich über Pa erfahren hatte.

In meinem Alter hatte er bereits eine Zeitung herausgegeben. Er war in ein Duell verwickelt gewesen und hatte einen Mann niedergeschossen. Er hatte eine Affäre mit einer verheirateten Frau gehabt. Er war durch fast ganz Mexiko gewandert und hatte Spanisch wie ein Einheimischer gesprochen. Er hatte Blackjack in einem Nest an der Grenze gespielt.

In meinem Alter, dachte ich, ist er im Varieté aufgetreten und mit einer Quacksalber-Show auf Tour gewesen.

Ich konnte mir Pa so nicht vorstellen. Ich hätte gerne gewußt, wie er damals ausgesehen hat.

Aber als ich endlich schlief, träumte ich nicht von Pa. Ich träumte, daß ich ein Matador in einer spanischen Arena war. Ich hatte schwarze Farbe im Gesicht und ein Rapier in der Hand. Und – wie das in Träumen so ist – der Stier war einerseits ein richtiger Stier – ein riesiger schwarzer Stier – und dann wieder nicht. Irgendwie war er dann ein Wirt namens Kaufman.

Er kam auf mich zu gestürmt, und seine Hörner waren fast einen Meter lang, mit Spitzen, so scharf wie Messer, und sie glänzten in der Sonne. Und ich ängstigte mich, ängstigte mich zu Tode . . .

Am nächsten Nachmittag um drei gingen wir wieder zu Kaufman's Kneipe. Onkel Ambrose hatte in Erfahrung gebracht, daß Kaufman um diese Zeit zu kommen pflegte. Slim hatte dann bis zum Abend frei, wenn der Betrieb zunahm und zwei Männer im Lokal gebraucht wurden.

Kaufman band sich gerade die Schürze um, und Slim mußte soeben gegangen sein, als wir die Kneipe betraten.

Er warf uns nur einen beiläufigen Blick zu, als hätte er uns erwartet.

Außer uns war niemand da. Nur Kaufman und wir. Aber es lag irgend etwas in der Luft, irgend etwas außer dem Geruch nach Bier und Whisky.

Es wird Ärger geben, dachte ich.

Ich hatte Angst, genausoviel Angst wie in meinem Traum letzte Nacht. Er fiel mir wieder ein, mein Traum.

Wir setzten uns an den Tisch. Denselben Tisch.

Kaufman kam zu uns. »Ich will keine Schwierigkeiten. Warum seid ihr Burschen hergekommen?«

Mein Onkel sagte. »Uns gefällt's hier.«

»Okay«, meinte Kaufman. Er ging zur Theke und kehrte mit zwei Gläsern Soda zurück. Mein Onkel gab ihm zwanzig Cent.

Kaufman machte sich wieder an die Arbeit und polierte Gläser. Er sah nicht zu uns hinüber. Einmal ließ er ein Glas fallen, das zerbrach.

Kurz darauf wurde die Tür geöffnet, und zwei Männer traten ein.

Es waren schwere Jungs. Der eine hatte früher geboxt; das konnte man an seinen Blumenkohlohren erkennen. Er hatte einen runden Schädel und Schultern wie ein Gorilla. Dazu kleine Schweinsäuglein.

Sein Kumpel sah neben ihm klein aus, aber das täuschte. Auf den zweiten Blick erkannte man, daß er mindestens einsfünfundsiebzig war und achtzig Kilo wog. Er hatte ein Pferdegesicht.

Sie blieben gleich an der Tür stehen und sahen sich im Lokal um. Ihre Augen registrierten die leeren Nischen und Tische. Sie nahmen alles unter die Lupe, außer uns. Mein Onkel rutschte auf seinem Stuhl herum und stellte die Füße nebeneinander.

Dann gingen die beiden an die Bar.

Kaufman setzte zwei kleine Gläser vor sie und schenkte ein, ohne daß einer von ihnen ein Wort gesprochen hätte.

In meinem Magen schien sich ein eiskalter Klumpen zu

bilden. Ich fragte mich, ob mir die Knie weich würden, wenn ich aufstand.

Aus den Augenwinkeln blickte ich zu Onkel Ambrose hinüber. Sein Gesicht blieb starr, die Lippen bewegten sich nicht, aber er redete. Gerade so laut, daß ich ihn verstehen konnte. Zunächst war ich überrascht, dann fiel mir die Bauchrednerei ein.

Er sagte: »Kid, hiermit werde ich besser alleine fertig. Du gehst aufs Klo. Dort ist ein Fenster, hau ab und verschwinde. Sofort. Sobald sie ihren Dink hatten, werden sie ihre Nummer abziehen.«

Er log, das wußte ich. Unbewaffnet konnte er niemals mit den beiden fertig werden. Und er war ebensowenig bewaffnet wie ich.

Ich dachte, mich sollte man für den Revolverschwinger halten. Ich sollte den achtunddreißiger Automatic im Holster haben.

Ich stand auf, und meine Beine waren nicht wie Gummi.

Ich ging um Onkel Ambroses Stuhl herum und bewegte mich auf die Tür der Herrentoilette zu, aber ich ging nicht hinein. Ich blieb kurz vorm Ende der Bar stehen, von wo ich auch hinter die Theke sehen konnte.

Ich hatte mit meiner Rechten ins Jackett gegriffen und berührte den Knauf des Achtunddreißigers, der nicht da war.

Ich sagte kein Wort; sah sie nur an. Ich befahl ihnen nicht, die Hände auf die Theke zu legen, aber sie ließen sie dort.

Ich behielt alle drei im Auge. Vor allem Kaufman. Er mußte irgendwo hinter der Bar ein Schießeisen haben. Ich beobachtete seine Augen, bis ich wußte, wo es lag. Von meinem Standort aus konnte ich es nicht sehen, aber jetzt wußte ich, wo er es aufbewahrte.

Ich fragte: »Wollt ihr was?«

Das Pferdegesicht antwortete: »Nichts, Kumpel. Rein gar nichts.«

Er wandte sich an Kaufman. »Du bist wohl meschugge, George. Für einen Zehner sollten wir auf Risiko spielen?«

Ich blickte Kaufman an. »Das war ein übler Trick, George. Vielleicht solltest du die Kneipe woanders wieder aufmachen.«

Er zögerte, und ich ließ meine Hand noch ein Stückchen in die Jacke gleiten.

Langsam trat er drei Schritte zurück.

Ich ging hinter die Theke und schnappte mir seinen Revolver. Es war ein kurzläufiger Zweiunddreißiger auf einem achtunddreißiger Chassis. Ein hübsches Eisen.

Ich ließ die Trommel aufspringen und warf die Patronen in den Ausguß der in die Theke eingelassenen Spüle. Den Revolver warf ich hinterher.

Ich drehte mich nach dem Regal mit den Spirituosen um. Im Spiegel konnte ich Onkel Ambroses Blick auffangen. Er grinste wie ein Kater vorm Sahnetopf. Er zwinkerte mir zu.

Das teuerste, was ich finden konnte, war Teacher's Highland Cream.

»Geht aufs Haus, Jungs«, sagte ich und schenkte ihnen ein.

Pferdegesicht grinste mich an. »Meinst du, du könntest uns unsere zehn Mäuse aus der Kasse geben, Kumpel? Ich mein', das hätten wir verdient, nachdem George uns so getäuscht hat.«

Mein Onkel war inzwischen aufgestanden und kam zu uns an die Bar geschlendert. Als er so zwischen Pferdegesicht und dem Schränker stand, wirkte er geradezu winzig.

Er sagte: »Lassen Sie mich das besorgen«, und zog seine Brieftasche hervor. Er nahm zwei Zehner heraus und reichte ihnen je einen. »Ihr habt recht, Leute. Ich möchte nicht, daß ihr deswegen einen Verdienstausfall habt.«

Pferdegesicht stopfte das Geld in die Hosentasche. »Sie sind in Ordnung, Mister. Wir könnten uns das Geld ebensogut verdienen. Wie wär's?«

Er blickte Kaufman an, und der Schränker folgte seinem Blick. Kaufman wurde blaß und wich einen Schritt zurück.

»Nicht«, sagte Onkel Ambrose. »Wir mögen George. Wir wollen doch nicht, daß ihm etwas zustößt. Spendier uns noch 'ne Runde, Ed.«

Ich füllte ihre Gläser mit Highland Cream, nahm zwei andere Gläser und goß feierlich Sodawasser hinein.

»Vergiß George nicht«, mahnte mein Onkel. »Vielleicht möchte er mit uns trinken.«

»Selbstverständlich«, sagte ich.

Ich nahm ein fünftes Glas und schenkte es vorsichtig mit Sodawasser voll. Dann schubste ich es zu Kaufman hinüber.

Er ließ es stehen.

Wir vier anderen tranken.

Pferdegesicht fragte: »Sind Sie sicher, daß wir ihn nicht . . .?«

»Ja«, sagte mein Onkel. »Wir mögen George. Er ist ein guter Junge, wenn man ihn näher kennt. Ihr verschwindet jetzt wohl besser. Der Bulle, der hier Streife geht, kommt bald vorbei. Könnte ja sein, daß er reinschaut.«

Pferdegesicht sagte: »George würde nicht petzen.« Dabei sah er Kaufman an.

Wir tranken noch eine Runde, dann gingen die beiden Muskelprotze. Wir waren wie ein Herz und eine Seele.

Mein Onkel grinste mich an. »Du wirst das für George registrieren, Ed. Sechs Scotch – nehmen wir mal fünfzig Cent pro Glas – und fünf Soda, das von George eingerechnet.« Er legte eine Fünf-Dollar-Note auf die Theke. »Drück drei fünfzig.«

»Richtig«, sagte ich. »Wir wollen George doch nichts schuldig bleiben.«

Ich drückte die Tasten und gab Onkel Ambrose dann anderthalb Dollar Wechselgeld zurück.

Wir kehrten an unseren Tisch zurück und nahmen wieder Platz.

Es dauerte ganze fünf Minuten, bis Kaufman begriffen hatte, daß alles vorbei war und wir so tun wollten, als wäre nichts geschehen.

Als die fünf Minuten zu Ende gingen, kam ein Mann herein und verlangte ein Bier. Kaufman zapfte es ihm.

Dann kam er zu uns an den Tisch. Er war immer noch ein bißchen grün im Gesicht.

Er sagte: »Bei Gott, ich weiß ehrlich nichts über den Überfall auf diesen Hunter. Nur das, was ich auch dem Coroner gesagt habe.«

Wir schwiegen.

Kaufman blieb einen Moment stehen, dann kehrte er an die Bar zurück und genehmigte sich selbst einen Whisky. Es war das erste Mal, daß ich ihn hatte etwas trinken sehen.

Wir blieben bis halb neun an unserem Tisch sitzen.

Eine Menge Gäste kamen und gingen. Kaufman trank nichts mehr, ließ aber noch zwei Gläser fallen.

Als wir die Chicago Avenue entlangschlenderten, redeten wir nicht viel. Beim Essen meinte mein Onkel: »Du warst prima, Ed. Ich – Himmel, ich will ehrlich sein. Ich hab' nicht geglaubt, daß soviel in dir steckt.«

Ich grinste ihn an. »Ich will auch ehrlich sein. Ich hätte es auch nicht für möglich gehalten. Gehen wir heute nacht noch mal hin?«

»Nein. Er ist jetzt zwar schön weichgeklopft, aber wir schieben's bis morgen auf. Dann versuchen wir's mal mit 'ner anderen Masche. Morgen werden wir ihm die Daumenschrauben anlegen.«

»Bist du sicher, daß er tatsächlich was verschweigt?«

»Kid, er hat Schiß. Bei der Untersuchung hatte er auch Schiß. Ich glaube, daß er irgend etwas weiß. Er ist die einzige Spur, die wir bis jetzt haben. Hör mal, warum gehst du nicht nach Hause und haust dich zur Abwechslung mal früh in die Falle?«

»Was hast du vor?«

»Ich treff' mich um elf mit Bassett. Bis dahin bin ich frei.«

»Ich warte mit dir auf ihn. Ich könnte jetzt nicht schlafen.«

»Ja, ja, die Nachwirkungen. Du hast da drinnen ganz schön in der Tinte gesteckt, hätte auch schiefgehen können. Zittert deine Hand?«

Ich schüttelte den Kopf. »Aber innerlich bin ich völlig aufgewühlt. Ich war die ganze Zeit über starr vor Schreck. Ich habe mich nur auf die Theke gestützt, damit ich nicht umkippe.«

»Wahrscheinlich hast du mit dem Schlafen recht«, meinte er.

»Aber wir haben noch 'ne Menge Zeit bis elf. Wie willst du sie totschlagen?«

»Ich könnte mal bei Elwood Press vorbeischauen. Muß ja auch den Scheck abholen. Für Pa und mich je einen halben Wochenlohn.«

»Kannst du die Schecks denn abends kriegen?«

»Klar, sie liegen beim Vorarbeiter im Schreibtisch. Der Vertreter von der Nachtschicht hat einen Schlüssel. Und ich könnte die Sachen aus Pa's Spind holen und mit nach Hause nehmen.«

»Hm. Hör mal, könnte irgendwas bei euch im Laden faul sein? Irgendwas, das mit Wallys Tod zu tun haben könnte?«

Ich sagte: »Ich wüßte nicht, was. Es ist eine ganz normale Druckerei. Ich meine, wir drucken kein Falschgeld oder so.«

»Nun, sperr Augen und Ohren auf. Hatte er dort Feinde? Mochte ihn jeder?«

»Ja, sie mochten ihn alle. Oh, er hatte keine richtig dicken Freunde, aber er kam mit allen gut aus. Mit Bunny Wilson hat er sich öfter getroffen. Nachdem Bunny die Nachtschicht übernehmen mußte, haben sie sich nicht mehr so häufig gesehen. Und dann wär' da noch Jake, der Vorarbeiter für die Tagschicht. Er und Pa waren geradezu befreundet.«

»Na ja. Gut, ich treff' mich mit Bassett in dem Lokal an der Grand Avenue, wo wir ihn damals getroffen haben. Sei um elf da, wenn du dabei sein willst.«

»Ich werde da sein«, versprach ich.

Ich machte mich auf den Weg zu Elwood Press. Es war ein komisches Gefühl, im Dunkeln durch die Straßen zu schlendern und nicht zur Arbeit zu gehen.

Ich stieg die schwach erleuchteten Treppenstufen zum zweiten Stock hinauf. An der Tür zur Setzerei blieb ich stehen und warf einen Blick hinein. An einer Seite standen sechs Linotype-Maschinen. Bunny war gerade an der vordersten beschäftigt. An den anderen Maschinen arbeiteten drei weitere Männer.

Pa's Platz war leer. Nicht, weil er tot war, sondern weil in der Nachtschicht weniger Leute beschäftigt wurden. Ich blieb ein paar Minuten in der Tür stehen, ohne daß mich jemand bemerkt hätte.

Dann sah ich Ray Metzner, den Vormann für die Nachtschicht, zu seinem Schreibtisch gehen. Ich folgte ihm und hatte ihn eingeholt, als er sich setzte.

Er blickte auf und sagte: »Hi, Ed«, und ich sagte: »Hi«, und dann schienen wir beide nicht mehr weiter zu wissen.

Da entdeckte Bunny mich und kam zu uns herüber. Er sagte: »Kommst du wieder zur Arbeit, Ed?«

Ich hatte ganz vergessen, wie ich angezogen war. Es war mir ein bißchen peinlich in dieser Umgebung.

»Sehr bald«, erklärte ich.

Ray Metzner schloß die Schublade auf und fand die Schecks. Ich stopfte sie in die Tasche.

Er sagte: »Du siehst ja wie ein Millionär aus, Ed.«

Bunny unterbrach. »Hör mal, Junge, wenn du soweit bist, daß du wieder arbeiten kannst, könntest du doch bei uns in der Nachtschicht anfangen. Wir könnten dich hier gebrauchen, nicht wahr, Ray?«

Metzner nickte. »Das wär' keine schlechte Idee, Ed. Ist 'ne prima Schicht, wird ein bißchen besser bezahlt. Und – du lernst Linotype, nicht wahr?«

Ich nickte.

»Hier kannst du besser üben, nachts. Ein paar Maschinen sind immer frei. Wenn wir mal weniger zu tun haben, kannst du jederzeit für 'ne halbe Stunde oder so üben.«

»Ich werd 's mir überlegen.«

Mir war klar, was sie meinten. In der Tagesschicht würde ich Pa mehr vermissen, weil ich daran gewöhnt war, mit ihm zusammenzuarbeiten. Vielleicht hatten sie recht. Auf alle Fälle hatte ich nette Kollegen.

»Nun«, sagte ich. »Ich wollte noch an den Spind. Dann werd' ich mich wieder auf die Socken machen. Du hast doch einen Generalschlüssel, mit dem man Pa's Spind öffnen kann, Ray?«

»Natürlich«, erklärte er. Er löste ihn aus seinem Schlüsselbund und reichte ihn mir.

Bunny sagte: »Noch eine Viertelstunde bis zur Pause, Ed. Ich wollte unten an der Ecke ein Sandwich essen. Warte noch und iß was mit mir.«

»Habe gerade gegessen«, erklärte ich. »Aber ich komme gerne auf eine Tasse Kaffee mit.«

»Du kannst ruhig jetzt schon gehen, Bunny«, sagte Metzner. »Ich steck' die Karte für dich. Würde mit euch kommen, aber ich habe mir was zu essen mitgebracht.«

Wir gingen zu den Spinden. Aus meinem brauchte ich nichts. Ich öffnete das von Pa. Außer seinem alten Pullover, einem Zeilenmesser und einem kleinen schwarzen Koffer befand sich nichts darin.

Es lohnte nicht, den Pullover mit nach Hause zu nehmen, aber ich mochte ihn nicht wegschmeißen. Zusammen mit dem Meßstab legte ich ihn in mein eigenes Spind. Dann nahm ich den kleinen Koffer in die Hand. Er war verschlossen.

Zu Hause würde ich nachsehen, was sich darin befand. Ich gehöre nicht zu der besonders neugierigen Sorte. Es war ein einfaches Ding aus Pappkarton, wie man sie in Billiggeschäften kaufen kann. Das Köfferchen hatte immer hinten in seinem Spind gestanden, solange ich bei Elwood arbeitete.

Einmal hatte ich ihn gefragt, was denn darin wäre, und er hatte geantwortet: »Nur Krimskrams aus alten Zeiten, Ed, den ich nicht zu Hause herumliegen haben will. Nichts Wichtiges.«

Er hatte von sich aus nichts mehr hinzugefügt, und ich hatte nicht weiter gefragt.

Wir gingen zu dem kleinen Schnellimbiß Ecke State und Oak Street. Während Bunny sein Sandwich und danach ein Stück Kuchen aß, unterhielten wir uns kaum.

Dann zündeten wir uns eine Zigarette an, und Bunny fragte: »Hat man – hm – den Kerl schon geschnappt? Den Kerl, der deinen Vater ermordet hat?«

Ich schüttelte den Kopf.

»Hat man noch – noch niemand in Verdacht, Ed?«

Ich sah ihn an.

Es war so komisch, wie er das sagte. Ich brauchte bestimmt eine Minute, um zu ahnen, worauf er hinaus wollte.

»Sie haben Mom nicht in Verdacht, wenn du das meinst, Bunny.«

»Ich wollte nicht –«

»Spiel nicht den Tottel, Bunny. So, wie du gefragt hast, konnte es nur darauf hinauslaufen. Nun, Mom hat nichts damit zu tun!«

»Das weiß ich ja. Das war's doch – oh, verdammt, ich trete immer mehr in die Scheiße. Ich hätte die Schnauze halten sollen. Mir fehlt das Hirn, um taktisch geschickter vorzugehen. Ich habe versucht, aus dir etwas herauszubringen, ohne meine Informationen preiszugeben. Und jetzt ist es genau andersrum.«

»Also gut«, sagte ich. »Schieß los.«

»Sieh mal, Ed«, fing er an, »wenn ein Mann umgebracht wird, verdächtigt man immer zuerst seine Frau, es sei denn, sie ist absolut sauber. Frag mich nicht, warum. Das ist eben so. Das gleiche gilt für den umgekehrten Fall: Wenn eine Frau umgelegt wird, verdächtigt man sofort ihren Alten.«

Ich sagte: »Wahrscheinlich ist das so. Aber dies war ein glatter Überfall.«

»Sicher, aber sie werden auch alle anderen Möglichkeiten ins Auge fassen. Könnte ja sein, daß es nicht so war, wie es aussieht, verstehst du? Nun, ich weiß, wo Madge – deine Mutter – zwischen zwölf und halb zwei war, also ist sie aus dem Schneider. Wenn sie ein Alibi braucht, kann ich ihr eins geben. Das meinte ich eigentlich, als ich sagte, daß sie's nicht gewesen sein kann.«

»Wo hast du sie gesehen?«

Bunny sagte: »Ich wollte am Mittwoch einen trinken gehen, war mein freier Abend. Deshalb rief ich so gegen zweiundzwanzig Uhr bei euch an, um Wally zu fragen, ob er mitkommt. Und er –«

»Jetzt erinnere ich mich«, unterbrach ich ihn. »Ich bin ans Telefon gegangen und hab' dir gesagt, daß er schon weg ist.«

»Ja. Also hab' ich bei verschiedenen Kneipen reingeschaut, in der Hoffnung, ihn vielleicht zu treffen. Dem war aber nicht so. So um Mitternacht war ich in einem Laden nähe Grand

Avenue, an den Namen kann ich mich nicht mehr erinnern. Und dann kam Madge rein. Sie sagte, daß sie sich noch einen Schlaftrunk genehmigen wollte, ehe sie zu Bett ginge. Und daß Wally noch nicht zu Hause wär'.«

Ich fragte: »War sie deswegen sauer oder so?«

»Keine Ahnung, Kid. Schien mir nicht so, aber bei Frauen kann man nie wissen. Frauen sind komisch. Jedenfalls tranken wir ein paar Gläser zusammen und unterhielten uns. Es war ungefähr halb zwei, als ich sie nach Hause brachte und dann anschließend selbst heimging. Das weiß ich, weil ich kurz vor zwei zu Hause war.«

»Das ist ein gutes Alibi, wenn sie eins brauchen sollte«, meinte ich. »Nur, sie braucht keins, Bunny. Sag mal, bist du deshalb zur gerichtlichen Untersuchung gekommen? Ich habe mich gefragt, weshalb du da warst.«

»Verstehe. Ich wollte wissen, wann der Mord geschah. Und überhaupt alles. Bei der Untersuchung haben sie Madge nicht mal gefragt, ob sie an dem Abend zu Hause war oder nicht. Da war mir klar, daß die Sache für die Polizei abgehakt war. Sie haben sie doch nicht gefragt?«

»Nicht, daß ich wüßte. Das Thema kam gar nicht zur Sprache. Ich wußte, daß sie ausgewesen war. Denn als ich Pa morgens wecken wollte, war sie noch angezogen, aber –«

»Noch richtig angezogen? Du lieber Himmel, Ed, warum sollte sie –«

Ich hätte mir die Zunge abbeißen können. Jetzt mußte ich es ihm erzählen. »Sie hatte sich 'ne Flasche geholt und muß während des Wartens auf Pa getrunken haben. Darüber ist sie dann eingeschlafen, ohne sich vorher ausgezogen zu haben.«

»Wissen die Bullen denn nichts davon?«

»Das weiß ich nicht, Bunny.« Ich erzählte ihm, was an jenem Morgen geschehen war. Ich sagte: »Sie wollte gerade aufstehen, als ich die Wohnung verließ. Ich hab' sie gehört. Wenn sie sich also umgezogen hat oder das alte Kleid ausgezogen und einen Bademantel übergeworfen hat, als es klingelte, dann haben die Bullen nichts gemerkt. Wenn sie aber noch so aussah, wie ich sie gesehen hab', nun, dann müssen die Bullen ganz schön bescheuert sein, wenn sie nichts geschnallt haben.«

»Dann ist es ja in Ordnung«, meinte Bunny. »Es wäre gut, wenn sie nicht wüßten, daß sie in jener Nacht unterwegs war. Denn wenn – Nun, du weißt, was ich meine.«

»Sicher«, sagte ich.

Zu meiner Überraschung stellte ich fest, daß ich froh war zu wissen, wo Mom in jener Nacht gewesen war, und daß ich mir keine Sorgen machen mußte.

Bunny versuchte nochmals, mir Geld zu leihen, als ich mich von ihm verabschiedete.

Als ich das Lokal betrat, saß Onkel Ambrose alleine in jener Nische, in der wir schon vor ein paar Tagen gehockt hatten. Bis dreiundzwanzig Uhr waren es noch ein paar Minuten hin.

Er blickte zuerst mich, dann den Koffer an, und in seinen Augen lag die Frage, die er nicht laut stellte. Ich erklärte ihm, was es damit auf sich hatte.

Er stellte den Koffer vor sich auf den Tisch und begann, in seinen Taschen zu kramen. Er brachte eine Heftklammer zum Vorschein, die er zurechtbog.

»Du hast doch nichts dagegen, Ed?«

»Natürlich nicht. Nun mach schon.«

Das Schloß machte es ihm leicht. Er hob den Deckel hoch.

»Ich will verdammt sein«, sagte ich.

Auf den ersten Blick war es ein verwirrendes Durcheinander. Dann ergab sich allmählich aus den einzelnen Gegenständen ein Bild. Wenn mein Onkel mir nicht einiges von dem erzählt hätte, was mein Vater als junger Mann getrieben hatte, hätte es für mich keinen Sinn gemacht.

Da war eine schwarze Kraushaarperücke, die Art, die zu einem Mohrengesicht paßt. Ein halbes Dutzend hellroter Bälle mit einem Durchmesser von zweieinhalb Inches, die richtige Größe fürs Jonglieren. Ein Dolch in einer Scheide, die nach spanischer Handarbeit aussah. Eine wundervoll in der Hand liegende einschüssige Zielpistole. Eine schwarze Mantille. Eine kleine Tonfigur, die einen aztekischen Götzen darstellte.

Es gab noch mehr Dinge. Man konnte sie gar nicht auf einen Blick erfassen.

Da war ein Bündel handbeschriebener Briefbögen. Etwas, das in Seidenpapier eingewickelt war. Und eine kaputte Mundharmonika.

Das war also Pa's Leben, dachte ich. In einen kleinen Koffer gepfercht. Jedenfalls ein Abschnitt seines Lebens. Es gab Dinge, die er behalten wollte, allerdings nicht bei sich zu Hause, wo sie vielleicht beschädigt worden oder verlorengegangen wären. Oder wo er lästige Fragen hätte beantworten müssen.

Ein Geräusch veranlaßte mich aufzublicken. Bassett stand neben mir und blickte auf die Sachen hinunter. »Woher kommt denn dieses Zeug?« fragte er.

»Setzen Sie sich«, sagte mein Onkel. Er klaubte einen der roten Jonglierbälle heraus und betrachtete ihn, wie man sonst vielleicht in eine Kristallkugel starrt. In seinen Augen lag ein seltsamer Ausdruck. Nicht, daß er weinte. Aber daß er nicht weinte, hätte man auch nicht sagen können.

Ohne mich oder Bassett anzusehen, sagte er: »Erzähl's ihm, Ed.«

Und ich erzählte Bassett von dem Köfferchen.

Bassett griff nach dem Päckchen mit den Zetteln und betrachtete es. Er sagte: »Ich will verdammt sein. Das ist ja Spanisch.«

»Sieht nach Gedichten aus«, meinte ich. »Es ist in Strophen unterteilt. Onkel, hat Pa je Lyrik in Spanisch verfaßt?«

Ohne den Blick von dem roten Ball zu wenden, nickte er.

Bassett blätterte durch den Packen, und ein kleiner Zettel fiel heraus. Das Papier war neu. Es war ein vorgedrucktes Formular, das mit Schreibmaschine ausgefüllt und mit Tinte unterzeichnet worden war.

Bassett saß neben mir, und so konnte ich es gleichzeitig mit ihm lesen.

Es war eine Beitragsquittung von einer Versicherung, der

Central Mutual. Sie war noch keine zwei Monate alt und bestätigte den Eingang der vierteljährlichen Prämie für eine Police im Namen von Wallace Hunter.

Als ich den Betrag las, pfiff ich durch die Zähne. Die Police belief sich auf fünftausend Dollar. Ein kleiner Vermerk unter *Lebensversicherung* besagte, daß im Falle eines Unfalls die doppelte Summe fällig würde. Zehntausend Dollar. War Mord ein Unfall?

Die Begünstigte war ebenfalls angegeben. Mrs. Wallace Hunter.

Bassett räusperte sich, und Onkel Ambrose sah auf. Bassett reichte ihm den Beleg.

»Ich fürchte, das ist es, wonach wir gesucht haben«, sagte er. »Ein Motiv. Sie hat mir erzählt, er sei nicht versichert.«

Onkel Ambrose studierte das Papier in aller Ruhe. »Sie sind verrückt«, sagte er dann. »Madge war's nicht.«

»Sie ist in dieser Nacht ausgegangen. Sie hatte ein Motiv. Sie hat in zwei Punkten gelogen. Es tut mir leid, Hunter, aber . . .«

Der Kellner war an den Tisch gekommen. Er fragte: »Was wünschen die Herren?«

8

»Hört mir mal zu«, sagte ich, nachdem der Mann unsere Bestellung entgegengenommen hatte und wieder gegangen war. »Mom kann's nicht gewesen sein. Sie hat ein Alibi.«

Ich erzählte ihnen von Bunny.

Während ich wiederholte, was er mir erzählt hatte, beobachtete ich Bassetts Gesichtsausdruck. Aber ich konnte ihm nichts anmerken. Nachdem ich geendet hatte, sagte er: »Möglich. Ich werd' mir den Burschen mal vorknöpfen. Weißt du, wo er wohnt?«

»Klar«, sagte ich. Ich gab ihm Bunny Wilsons Adresse. »Hat

um halb zwei morgens Feierabend. Ich weiß nicht, ob er dann direkt nach Hause geht.«

»Na gut. Ich werde nichts unternehmen, bis ich mit diesem Bunny Sowieso gesprochen haben. Trotzdem, es könnte sein, daß es nichts bringt. Er ist ein Freund der Familie – also auch von ihr. Vielleicht hat er die Zeitspanne ein bißchen verlängert, um ihr einen Gefallen zu tun.«

»Warum sollte er das tun?«

Bassett zuckte die Achseln. Eine Geste, mit der er nicht sagen wollte, daß er keine Ahnung hätte, sondern daß er nicht darüber sprechen wollte.

Sein beredtes Schweigen genügte. Ich sagte: »Hören Sie mal, Sie verd –«

Onkel Am legte mir seine Hand auf den Arm. Der hatte einen Griff!

»Halt den Mund, Ed. Mach eine Runde um den Block und kühl dich ab.«

Er verstärkte den Griff, daß es weh tat.

Er sagte: »Nun mach schon. Ich meine es ernst.«

Bassett stand auf, um mich durchzulassen. Und ich rutschte schnell aus der Bank. Zur Hölle mit ihm, dachte ich.

Ich schlenderte die Grand Street entlang. Erst als ich mir eine Zigarette anzünden wollte, merkte ich, daß ich etwas in der Hand hielt. Es war ein roter Gummiball. Ein leuchtendes Rot. Einer von jenen, die im Koffer gewesen waren.

An der Treppe, die zur Hochbahn hinauf führte, blieb ich stehen. Verschwommen kehrte die Erinnerung zurück. Ein unscharfes Bild von einem Mann, der mit solchen Bällen jonglierte. Er lachte, und die leuchtenden Bälle glänzten im Licht der Deckenlampe eines Kinderzimmers in Gary.

Nicht nur einmal, sondern oft. Wie alt war ich damals? Ich erinnerte mich, daß ich schon laufen konnte. Wenigstens das eine Mal, wo ich mit ausgestreckten Ärmchen zu ihm gelaufen war, und er mir einen der leuchtend roten Bälle gegeben hatte, damit ich mit ihm spielen konnte. Und er hatte gelacht, als ich den Ball in den Mund gesteckt und darauf herumgekaut hatte.

Ich konnte nicht älter als drei gewesen sein, als ich sie das letzte Mal gesehen hatte. Mir war das völlig entfallen.

Aber dieser Ball in meiner Hand, seine Farbe und seine Größe, brachte die Erinnerung zurück.

Aber den Mann – den Jongleur –, den konnte ich mir überhaupt nicht mehr vorstellen.

Ein Lachen und diese leuchtenden Kugeln.

Ich warf den Ball in die Luft und fing ihn wieder auf. Es war ein gutes Gefühl. Ich überlegte, ob ich mit sechs Bällen jonglieren könnte. Ich warf ihn wieder hoch.

Jemand lachte und fragte: »Wie wär's mit 'nem Spielchen?«

Ich fing den Ball auf, steckte ihn in die Tasche und drehte mich um.

Es war Bobby Reinhart, der bei Heiden's Mortuary in der Ausbildung war, der Kerl, der meinen Vater am Dienstagmorgen identifiziert hatte, als er zur Arbeit kam und die Leiche sah. Er trug einen weißen Palm-Beach-Anzug, der einen starken Kontrast zu seiner braunen Haut und seinem pomadierten schwarzen Haar bildete.

Er grinste. Es war kein freundschaftliches Grinsen. Mir gefiel das nicht.

Ich fragte: »Hast du was gesagt?«

Das Grinsen verschwand, und sein Gesicht bekam einen häßlichen Ausdruck.

Das war schön. Ich hoffte bloß, daß er etwas sagen würde. Ich sah ihm ins Gesicht und stellte mir ihn mit Gardie vor und auch, daß er Pa in der Leichenhalle gesehen hatte und vielleicht sogar die Leiche präpariert oder Heiden bei den Vorbereitungen zugeschaut hatte, und – oh, verdammt, wenn es ein anderer gewesen wäre, hätte es mir nicht soviel ausgemacht. Aber wenn man einen Kerl von vorneherein nicht mag und dann so was passiert, beginnt man ihn zu hassen.

Er fragte: »Worauf, zum Teufel, willst du hinaus?« Und dann griff er mit seiner Rechten in die Tasche seines Jacketts.

Vielleicht wollte er nur eine Zigarette herausholen, ich wußte es nicht. Es war kaum anzunehmen, daß er in aller Öffentlichkeit nach einer Waffe griff. Aber ich wartete gar nicht erst ab, um es herauszufinden. Wahrscheinlich suchte ich nur nach einem Vorwand.

Ich packte ihn bei der Schulter, wirbelte ihn herum und umklammerte sein rechte Handgelenk von hinten und verdrehte es. Er gab ein halb fluchendes, halb protestierendes Geräusch von sich, und etwas fiel mit einem metallenen Klacken aufs Pflaster.

Ich ließ sein Handgelenk los und packte ihn am Jackettkragen. Ich schleuderte ihn zur Seite, so daß er sich nicht nach dem Gegenstand bücken konnte. Jetzt konnte ich sehen, daß es ein Schlagring war.

Er suchte mit aller Kraft aus meinem Griff zu entkommen, und der Stoff zerriß unter meinen Händen. Das Jackett zerriß von oben bis unten, so daß die rechte Hälfte über die Schulter rutschte und ein Notizbuch sowie eine Brieftasche herausfielen.

Er stand jetzt mit dem Rücken zur Hauswand und blickte unentschlossen drein. Er hätte mich gerne fertiggemacht, aber ohne seinen Schlagring schaffte er das nicht, und das wußte er genau. Außerdem behinderte ihn der zerfetzte Anzug.

Nach Luft schnappend stand er da und erwartete meinen Angriff. Einerseits traute er sich nicht, die Sachen aus seinem Jackett aufzuheben, andererseits war er nicht gewillt, ohne sie abzuhauen.

Ich versetzte dem Schlagring einen Tritt, daß er halb über die Straße rutschte, und trat dann einen Schritt zurück.

Ich sagte: »Okay. Sammel deine Murmeln ein und verdufte. Wenn du die Schnauze aufmachst, schlag' ich dein Eßzimmer zusammen.«

Sein Blick sprach Bände, aber sein Mund wagte kein Wort. Er bückte sich, um seine Sachen aufzuheben, als mir etwas auffiel.

»Warte einen Moment«, sagte ich und klaubte die Brieftasche auf, ehe er danach greifen konnte.

Es war Pa's Brieftasche.

Sie war aus gegerbtem Leder, sehr hübsch und noch fast neu. Aber auf dem glänzenden Leder befand sich ein schräg verlaufender Kratzer. Er rührte von der scharfen Kante einer Reglette her. Die Brieftasche hatte gerade auf Pa's Platz an der

Linotype gelegen, als er ein paar Regletten darauf hatte fallen lassen.

Ich hörte, wie ein Auto an den Randstein fuhr. Bobby warf einen Blick auf mich und begann zu laufen. Ich setzte ihm nach, während ich die Brieftasche einsteckte. Eine Stimme brüllte: »He –« Der Wagen fuhr wieder an.

Ich holte ihn ein, als er gerade versuchte, über ein freies Grundstück zu entkommen. Als ich dabei war, ihm den Teufel aus dem Leib zu prügeln, tauchte der Wagen auf, und die Bullen erschienen auf der Bildfläche. Einer packte mich von hinten an meiner Jacke und zog mich von Bobby Reinhart fort. Dann schlug er mir mit dem Handrücken ins Gesicht.

»Hört auf, ihr Dreckskerle«, sagte er. »Ab zur Wache mit euch.«

Ich hätte gerne nach ihm getreten, aber das hätte nichts genützt.

Auf dem Weg zum Streifenwagen rang ich nach Atem, bis ich wieder genug Luft hatte, um klar denken zu können. Und dann begann ich zu reden.

»Das hier ist keine einfache Prügelei«, erklärte ich. »Hier geht's um einen Mordfall. Bassett vom Morddezernat sitzt zwei Häuserblocks entfernt von hier in einer Kneipe. Bringen Sie uns dorthin. Bassett möchte den Kerl hier sehen.«

Der Bulle, der mich festhielt, klopfte meine Taschen ab. »Das kannst du alles auf dem Revier erzählen.«

Der andere sagte: »Beim Morddezernat gibt's 'nen Burschen namens Bassett. Um was für einen Fall handelt es denn, Kid?«

»Mein Vater«, erklärte ich, »Wallace Hunter. Wurde in der letzten Woche in einer kleinen Seitenstraße bei der Franklin Street umgebracht.«

Er überlegte. »Da wurde letzte Woche einer umgebracht.« Dann sah er seinen Kollegen an, der mich festhielt, und zuckte die Achseln. »Wir könnten vorbeifahren. Zwei Blocks. Wenn es ein Mordfall *ist* –«

Wir wurden ins Auto verfrachtet. Man ging kein Risiko ein und hielt uns fest. Auch als wir das Lokal betraten, hielten sie uns fest im Griff. Es war fast wie bei der Parade.

Bassett und Onkel Am saßen immer noch in der Nische. Sie blickten auf, und keiner von beiden zeigte sich überrascht.

Der Bulle, der Bassett kannte, gab mir einen Stoß. Er sagte: »Wir haben die beiden Strolche bei einer Prügelei erwischt. Der Kerl hier meint, daß Sie das interessiert. Stimmt das?«

Bassett meinte: »Könnte sein. Auf alle Fälle können Sie ihn loslassen. Was ist passiert, Ed?«

Ich zog die Brieftasche aus meiner Tasche und warf sie auf den Tisch. »Pa's Brieftasche. Dieses Schwein hat sie gehabt.«

Bassett nahm die Brieftasche in die Hand und öffnete sie. Sie enthielt ein paar Geldscheine. Einen Fünfer und mehrere Ein-Dollar-Scheine. Er warf einen Blick auf den Ausweis unter der Plastikfolie und blickte dann Bobby an.

»Woher hast du das, Reinhart?« Seine Stimme klang milde und sehr ruhig.

»Gardie Hunter. Von der hab' ich das.«

Ich hörte, wie Onkel Am die Luft, die er bislang angehalten hatte, langsam ausstieß. Er blickte nicht zu mir auf. Er hielt die Augen starr auf die Brieftasche gerichtet.

Bassett fragte: »Wann war das?«

»Gestern abend. Wußte, daß sie ihrem Alten gehört hat. Sie hat's mir gesagt.«

Bassett klappte die Brieftasche zusammen und steckte sie vorsichtig ein. Er nahm sich eine Zigarette und zündete sie an.

Dann nickte er den Polizisten von der Streife zu. »Vielen Dank, Jungs. Hört mal, es wäre mir lieb, wenn ihr euch um diesen Bobby hier kümmern könntet, bis ich seine Geschichte überprüft habe. Würdet ihr ihn mitnehmen und wegen Unruhestiftung festsetzen?«

»Okay.«

»Wer hat heute Innendienst?«

»Norwald.«

Bassett nickte. »Den kenne ich. Sagt ihm, daß ich ihn wahrscheinlich schon bald anrufen und ihm mitteilen werde, daß er Reinhart laufen lassen kann.«

Er zog die Brieftasche wieder hervor und gab Bobby die Geldscheine und seinen Ausweis. Er sagte: »Das brauchen wir wohl nicht, Junge. Aber die Brieftasche gilt zunächst als Beweisstück.«

Bobby drehte sich noch mal zu mir um, während man ihn zur Tür führte.

Ich sagte: »Jederzeit, jederorts.«

Sie führten ihn ab.

Bassett erhob sich. Zu Onkel Am gewandt sagte er: »Nun, es war einen Versuch wert.«

Onkel Am meinte: »Sie wissen, daß das mit der Brieftasche nichts zu bedeuten hat.«

Bassett zuckte die Achseln.

Er drehte sich zu mir um. »Junge, ich fürchte, du kannst heute nacht nicht zu Hause schlafen. Du kannst doch bei deinem Onkel unterkriechen, oder?«

»Warum?« wollte ich wissen.

»Weil wir etwas tun müssen, was wir längst hätten tun sollen. Die Wohnung durchsuchen. Nach der Versicherungspolice und allem möglichen.«

Onkel Am nickte. »Er kann bei mir bleiben.«

Bassett verließ das Lokal. Onkel Am saß nur da und sagte kein Wort.

»Ich schätze«, begann ich, »daß ich zu früh zugeschlagen habe. Ich hab' mich wie ein Elefant im Porzellanladen benommen.«

Er wandte mir sein Gesicht zu. »Du siehst fürchterlich aus, Junge. Geh, wasch dir das Gesicht und mach dich frisch. Wahrscheinlich kriegst du ein blaues Auge.«

Ich grinste ein bißchen. »Da hättest du erst mal den anderen Burschen sehen sollen.«

Ein Schnauben war die Antwort, und ich wußte, daß wir wieder gut miteinander waren. Ich ging nach hinten zum Waschraum, um mich zu säubern.

Als ich wiederkam, fragte er mich: »Wie fühlst du dich?«

»Wegen dieser Sache? Großartig.«

»Ich meine, körperlich. Könntest du die ganze Nacht lang aufbleiben?«

»Wenn ich mich aufrappeln kann, kann ich auch aufbleiben.«

Er sagte: »Wir haben unsere Zeit vertrödelt. Wir haben uns weisgemacht, daß wir Nachforschungen anstellen. Wir waren blutige Anfänger. Wir sollten jetzt endlich mal zur Sache kommen.«

»Gut«, sagte ich. »Aber was hat Bassett vor? – Mom verhaften?«

»Er wird sie zum Verhör mitnehmen. Gardie auch, jetzt, wo die Sache mit der Brieftasche raus ist. Ich hatte ihn gerade rumgekriegt; er wollte uns noch ein paar Tage geben, um Kaufman zu knacken.«

»Wird er sie gehen lassen, wenn er sie verhört hat?«

»Keine Ahnung, Kid. Ich weiß es wirklich nicht. Wenn er diese Police findet, vielleicht nicht. Er hat diese Nacht zweimal eins aufs Dach bekommen: einmal mit dieser Quittung und dann mit der Brieftasche. Beide Spuren führen in die falsche Richtung, aber erzähl Bassett das mal.«

Ich hielt den roten Gummiball wieder in der Hand und spielte damit. Mein Onkel langte über den Tisch, nahm ihn mir weg und quetschte ihn in der Faust. Jedesmal, wenn er zudrückte, wurde der Ball fast flach wie ein Teller. Er hatte erschreckend kräftige Hände.

Er sagte: »Ich wünschte, wir hätten dieses Zeug nie gefunden. Es – oh, verdammt, ich kann's nicht erklären. Ich wünschte einfach, daß Wally diese Sachen nicht aufbewahrt hätte.«

»Ich glaube, ich weiß, was du meinst.«

»Er muß furchtbar runtergekommen sein, Ed. Ich hab' ihn seit zehn Jahren nicht mehr gesehen. Mein Gott, was mit einem Menschen in zehn Jahren passieren kann –«

»Hör zu, Onkel Am«, sagte ich, »gibt es irgendeine Möglichkeit, daß er es selbst getan haben könnte? Sich selbst eins auf den Schädel gegeben hat. Mit einer der Flaschen zum Beispiel? Oder daß er einen dieser anderen Tricks probiert hat – die Flasche in die Luft geworfen und versucht hat, sie mit dem Kopf aufzufangen? Ich weiß, es klingt verrückt, aber –«

»Überhaupt nicht, Junge. Aber es gibt da etwas, was du nicht weißt: Wally kann sich nicht selbst umgebracht haben. Er hatte

– nun ja, so etwas wie eine Phobie, eine Blockierung. Er kann sich nicht getötet haben. Es war zwar keine eigentliche Angst vor dem Tod – vielleicht wäre er gerne gestorben. Ich kann mich daran erinnern, als er sterben wollte.«

»Ich verstehe nicht, wieso du dann so sicher sein kannst. Vielleicht hat er es damals nur nicht richtig gewollt.«

»Es war auf unserem Mexiko-Trip, südlich von Chihuahua. Er wurde von einer Cugulla-Natter gebissen. Wir waren alleine auf einer verlassenen Straße, eher einem Pfad, mitten in der Wildnis. Wir hatten keinen Verbandskasten bei uns, und wenn, dann hätte es auch wenig genutzt. Gegen die Cugulla gibt's kein Serum. Du stirbst innerhalb von zwei Stunden, und es ist einer der schrecklichsten, schmerzhaftesten Tode, die's gibt. Es ist die reinste Hölle.

Seine Beine begannen sofort anzuschwellen und zu schmerzen. Er hatte unser einziges Schießeisen, und wir – nun ja – wir sagten Adieu, und er versuchte, sich zu erschießen. Er konnte es aber einfach nicht – seine Reflexe funktionierten nicht. Er bat mich, es zu tun. Ich – ich weiß nicht. Vielleicht hätte ich es getan, wenn es noch schlimmer geworden wäre, aber wir hörten etwas näher kommen. Es war ein Mestize auf einem alten Esel.

Er erklärte uns, daß es sich bei der Schlange nicht um eine Cugulla handelte – wir hatten sie erschossen, und der Kadaver lag auf der Straße. Sie gehörte zu einer besonderen Spezies, die fast genauso aussah. Und auch sie war giftig, ja, aber nicht so wie das andere Biest. Also packten wir Wally auf den Esel und brachten ihn zum nächsten Dorfarzt, drei Meilen entfernt. Und wir konnten ihn retten, oder besser der Doktor.«

Ich sagte: »Aber –«

»Wir mußten einen Monat dort bleiben. Der Doc war ein prima Kerl. Ich arbeitete für ihn, um unseren Aufenthalt dort während Wallys Genesung zu bezahlen, aber an den Abenden las ich seine Bücher, vor allem über Psychologie und Psychiatrie. Er hatte davon ganze Stapel in Englisch und Spanisch.

Bei dieser Gelegenheit hab' ich eine Menge von dem Zeug aufgeschnappt, und danach hab' ich noch viel darüber gelesen,

– mal ganz abgesehen von den Erfahrungen, die man in der Wahrsagerbude macht. Wie auch immer, Junge, wir psychoanalysierten Wally, und er war so. Es gibt Leute, die sich nicht umbringen können – es liegt an ihrer physischen und geistigen Verfassung. So was gibt's zwar nicht sehr oft, aber selten ist es auch nicht. Es ist so eine Art Anti-Suizid-Psychose. Und das ändert sich auch nicht mit zunehmendem Alter.«

Ich fragte: »Das stimmt doch? Du nimmst mich nicht auf den Arm?«

»In keiner Weise.«

Er quetschte den Gummiball noch ein bißchen mehr zusammen.

Er sagte: »Kid, wenn wir reingehen, lehnst du dich gegen die Innenseite der Tür. Du sagst keinen Ton.«

»Wo reingehen?«

»Kaufmans Zimmer. Er ist unverheiratet. Lebt in einer Pension auf der La Salle Street, nördlich der Oak. Er läuft nach Hause. Ich bin da gewesen und kenne das Terrain. Wir haben schon zu lange mit ihm herumgespielt. Wir werden ihn uns heute vorknöpfen, ehe die Spur kalt wird.«

»Okay. Wann geht's los?«

»Montags macht er ziemlich früh Schluß. Irgendwann nach eins kommt er nach Hause. Wir werden uns beeilen müssen. Ist schon nach zwölf.«

Wir tranken noch etwas und brachen dann auf. Pa's Koffer deponierten wir unterwegs im Wacker-Hotel. Dann marschierten wir zu La Salle.

Mein Onkel hatte einen Torbogen ausgeguckt, in dem wir fast eine Stunde warteten. Es kamen nur wenige Leute vorbei.

Dann erschien Kaufman. Er blickte nicht in die dunkle Einfahrt.

Wir warteten, bis er mit uns auf einer Höhe war, traten dann auf den Bürgersteig und nahmen ihn in die Mitte.

Er blieb so abrupt stehen, als wäre er gegen eine Wand gelaufen. Aber wir hatten ihn jeder beim Arm gepackt und zwangen ihn, weiterzugehen. Ich blickte ihm ins Gesicht und sah dann nicht weiter hin. Es war kein schöner Anblick. Er hatte den Ausdruck eines Mannes, der glaubt, er sei tot, und dem das gar nicht gefällt.

Er sagte: »Hört mal zu, ihr Burschen, ich –«

»Wir reden in Ihrem Zimmer weiter«, unterbrach Onkel Am ihn.

Wir erreichten die Pension.

Onkel Ambrose ließ Kaufmans Arm los und ging als erster hinein. Zielsicher schritt er durch den Flur. Als würde er sich auskennen. Mir fiel ein, daß er schon einmal hier gewesen war.

Ich ging hinter Kaufman. Auf halbem Wege verlangsamte er den Schritt. Ich stieß ihn sachte mit dem Zeigefinger in den Rücken, und er hastete vorwärts. Fast hätte er Onkel Am auf der Treppe angerempelt.

In der dritten Etage kramte mein Onkel einen Schlüssel aus seiner Jackentasche und schloß eine Zimmertür auf. Er ging hinein und knipste das Licht an.

Wir folgten ihm, und ich schloß die Tür und lehnte mich dagegen.

Mein Part war soweit erledigt. Ich mußte nur an der Tür stehenbleiben.

Kaufman sagte: »Jetzt hören Sie mal, ich –«

»Ruhe«, befahl mein Onkel. »Setzen Sie sich.«

Er gab dem Kneipier einen kleinen Stoß, daß dieser sich auf die Bettkante setzen mußte.

Mein Onkel beachtete ihn nicht weiter. Er trat an die Kommode neben dem Fenster. Dann nahm er den darauf stehenden Wecker in die Hand. Er ging etwas vor, und mein Onkel drehte die Zeiger auf Viertel vor zwei. Dann zog er das Uhr- und das Leutwerk auf. Er hatte den Wecker auf zwei Uhr gestellt.

»Hübsche Uhr, die Sie hier haben«, meinte er. »Ich hoffe, Ihre Nachbarn stören sich nicht dran, wenn er um zwei klingelt. Wir müssen noch unseren Zug erreichen.«

Er zog die obere Schublade auf und griff hinein. Seine Hand tauchte mit einem versilberten zweiunddreißiger Revolver wieder auf.

»Es macht Ihnen doch nichts aus, George, wenn wir uns den

für einen Moment ausleihen, oder?« Er blickte zu mir hinüber. »Gefährliche Dinger, diese Waffen, Kid. Ich hab' nie eine besessen. Sie bringen dich schneller in Schwierigkeiten als sonst was.«

»Yeah«, sagte ich.

»Gib mir mal ein Kissen«, bat er.

Ich nahm ein Kissen vom Bett und warf es ihm zu.

Mein Onkel hatte den Abzug gespannt und drückte das Kissen gegen den Lauf.

Er lehnte sich gegen die Kommode.

Die Uhr tickte.

Kaufman schwitzte. Auf seiner Stirn sammelten sich dicke Tropfen. »Damit kommt ihr nicht durch.«

»Womit?« fragte mein Onkel. Er sah mich an und grinste. »Kid, hast du eine Idee, wovon der Kerl hier spricht?«

Ich meinte: »Vielleicht glaubt er, wir wollten ihm drohen.«

Mein Onkel sah mich überrascht an. »Warum? Das würden wir doch nie tun. Wir mögen George.«

Die Uhr tickte.

Kaufman zog ein Taschentuch aus der Hosentasche und wischte sich die Stirn.

Er sagte: »Na schön. Stellen Sie den verdammten Wecker ab. Was wollt ihr wissen?«

Ich bemerkte, wie die Spannung von Onkel Ambrose wich. Vorher hatte ich gar nicht gesehen, wie angespannt er war.

Er sagte: »Sie wissen, was wir wissen wollen, Kumpel. Erzählen Sie uns einfach Ihre Version.«

»Sagt Ihnen der Name Harry Reynolds etwas?«

»Reden Sie ruhig weiter.«

»Harry Reynolds ist ein Gangster. Vor drei Wochen war er in meinem Laden. Er saß hinten mit drei anderen Jungs, als dieser Wally Hunter auftauchte, um einen zu trinken. Bei Hunter waren auch ein paar Burschen.«

»Was für Burschen?«

»Ganz gewöhnliche Leute. Drucker. Ein Dicker und ein Kleiner. Den einen kannte ich nicht, aber Hunter nannte ihn

Jay. Der andere war schon früher mit Hunter bei mir gewesen. Er heißt Bunny.«

Mein Onkel warf mir einen Blick zu, und ich nickte. Ich wußte, um welchen Jay es sich handelte.

Kaufman sagte: »Sie tranken eine Runde und gingen dann. Und einer der Typen von Reynolds folgte ihnen hinaus. Dann kam dieser Reynold an die Theke und erkundigte sich bei mir nach dem Namen von dem Kerl, der in der Mitte des Trios gestanden hatte. Ich erklärte ihm, daß das Wally Hunter gewesen war.«

Mein Onkel fragte: »Kannte er den Namen?«

»Ja. Es kam mir so vor, als wär' er sich vorher nicht ganz sicher gewesen, nun ja, bis ich ihm den Namen nannte. Er fragte mich, wo dieser Hunter wohnt, und ich sagte: Keine Ahnung – was auch stimmte. Er kam ab und zu vorbei, aber ich wußte nicht, wo er wohnte.

Also ließ Reynolds es dabei, trank noch was, und dann gingen sie.

Am nächsten Tag kam er wieder. Sagte, er wollte mit diesem Hunter sprechen. Beim nächsten Mal sollte ich herausfinden, wo er wohnt. Außerdem gab er mir eine Telefonnummer. Wenn Hunter wieder auftauchte, sollte ich ihn sofort anrufen und Bescheid geben. – Aber zu Hunter sollte ich nichts davon sagen.«

»Wie lautet die Telefonnummer?«

Kaufman sagte: »Wentworth drei-acht-vier-zwei. Wenn er nicht da wär', sollte ich ihm eine Nachricht hinterlassen. Das gleiche galt auch für Hunters Adresse.«

Onkel Am fragte: »Kam Hunter nach dieser Nacht und vor der Nacht, in der er umgebracht wurde, noch mal zu Ihnen?«

»Nö. Zwei Wochen lang ließ er sich nicht blicken. Bis zu der Nacht, in der er getötet wurde. Und in dieser Nacht geschah alles so, wie ich es bei der Untersuchung erzählt hab'. Nur daß ich unter dieser Nummer angerufen habe. Himmel, das mußte ich. Reynolds hätte mich umgebracht.«

»Haben Sie direkt mit Reynolds gesprochen?«

»Nein, es ging niemand ans Telefon, als ich anrief. Ich rief zweimal im Abstand von zehn Minuten an. Niemand antwortete. Darüber war ich verdammt froh. Ich wollte sowenig wie möglich damit zu tun haben. Nur so, daß Reynolds mir nichts anhaben konnte. Was haben Sie eigentlich damit zu schaffen?«

Onkel Ambrose: »Kümmern Sie sich nicht darum. Wir werden Sie bei Reynolds nicht in Schwierigkeiten bringen. Was haben Sie Reynolds erzählt, als Sie mit ihm zusammenkamen?«

»Ich habe ihn seitdem nicht mehr gesehen. Er ist nicht mehr gekommen. Wozu auch. Er hat mit diesem Hunter auf andere Weise Kontakt aufgenommen. Er – oder einer seiner Jungs – muß Hunter in jener Nacht gefolgt sein. Er muß draußen auf ihn gewartet haben. Er muß –«

Der Wecker schrillte, und wir zuckten alle drei zusammen. Onkel Am griff hinter sich und schaltete ihn aus. Er warf das Kissen aufs Bett und legte den Revolver auf die Kommode.

»Wo wohnt Harry Reynolds?«

»Keine Ahnung. Ich kenne nur diese Telefonnummer. Wentworth drei-acht-vier-zwei.«

»In welcher Branche ist er?«

»Nur große Sachen. Banken, Geldtransporte zum Zahltag, so was. Sein Bruder brummt wegen eines Bankraubs, lebenslänglich.«

Traurig schüttelte mein Onkel den Kopf. Er sagte: »George, Sie sollten sich nicht mit solchen Leuten einlassen. Wie hießen die anderen Ganoven, die bei Reynolds waren, als Hunter in die Kneipe kam?«

»Einer nennt sich Dutch. Ein Schrank von einem Kerl. Der andere war ein kleiner Torpedo, den Namen kenne ich nicht. Dutch war derjenige, der Hunter folgte und ihn aus den Augen verlor – jedenfalls nehme ich das an, sonst wäre Reynolds nicht am nächsten Tag wiedergekommen.«

Mein Onkel fragte: »Ist das alles, was Sie uns zu sagen haben, George? Wo wir schon einmal soweit sind – je mehr, desto besser –, wenn Sie verstehen, was ich meine.«

Kaufman sagte: »Ich versteh', was Sie meinen. Ich habe Ihnen alles erzählt. Ich hoffe, Sie finden ihn jetzt. Sie haben eine Telefonnummer. Erzählen Sie ihm bloß nicht, woher Sie die haben.«

»Das werden wir nicht, George. Wir werden niemandem was erzählen. Wir werden jetzt gehen und Sie in Ruhe schlafen lassen.« Er ging auf die Tür zu, drehte sich aber noch einmal zu Kaufman um.

»Hören Sie, George, ich hab' so getan, als würde ich mit der Polizei zusammenarbeiten. Vielleicht muß ich den Bullen etwas bieten. Sie können Reynolds leichter als wir finden, wenn sich die Telefonnummer als ein Windei erweist. Wenn Bassett Sie aufsuchen sollte, erzählen Sie ihm alles, was Sie mir erzählt haben. Nur die Telefonnummer, die behalten Sie für sich. Kein Wort, daß Sie sie mir gegeben haben. Nur, daß Sie Reynolds die Adresse von Wally verschaffen sollten und daß er deswegen noch mal bei Ihnen vorbeikommen wollte, es aber nicht getan hat.«

Damit ließen wir ihn allein. Wir stiegen die Treppe hinunter und traten hinaus in die frische Nachtluft.

Ich dachte, jetzt haben wir einen Namen. Wir wissen, nach wem wir suchen. Einen Namen und eine Telefonnummer. Und diesmal kämpften wir gegen die ganz Großen. Gangster, keine Strauchdiebe wie Kaufman.

Und wir würden die Sache alleine in die Hand nehmen. Onkel Am hatte nicht vor, Bassett die Telefonnummer zu verraten.

Unter einer Laterne auf der Oak Street sah Onkel Ambrose mich an. »Angst, mein Junge?«

Meine Kehle war ein bißchen trocken. Ich nickte.

Er sagte: »Ich auch. Schlapp vor Angst. Sollen wir mit Bassett zusammenarbeiten – oder wollen wir unseren Spaß haben?«

Ich sagte: »Versuchen wir's mal – mit dem Spaß.«

9

Die kühle Nachtluft tat jetzt richtig gut. Ich hatte geschwitzt. Der Kragen drückte mich, und ich öffnete den obersten Hemdknopf. Dann schob ich meinen Hut ein Stückchen aus der Stirn.

Auch dies war wieder eine Reaktion auf die Ereignisse. Aber diesmal war es anders, ich fühlte mich gewachsen. Ich zitterte nicht wie nach der kniffligen Situation in der Kneipe.

Als wir die Wells Street in südlicher Richtung entlangschlenderten, sprachen wir kein Wort. Das war nicht nötig. Nachdem, was wir erlebt hatten, schien Onkel Ambrose irgendwie ein Teil von mir geworden zu sein, genauso, wie ich ein Teil von ihm geworden war.

Und ich erinnerte mich wieder an seine Worte – *Wir sind die Hunters* – und ich dachte, wir werden es schaffen. Die Bullen können das nicht, aber wir. Mir wurde bewußt, daß ich vorher nicht daran geglaubt hatte. Jetzt glaubte ich es. Jetzt *wußte* ich es. Ich fürchtete mich, ja, aber es war keine unangenehme Furcht – eher so wie die Gänsehaut beim Lesen eines Gruselromans.

Wir bogen in die Chicago Avenue ein und passierten die Polizeiwache. Als wir an dem blau beleuchteten Eingang vorbeikamen, fühlte ich mich nicht mehr so gut. Mom und Gardie würde es dort drinnen gar nicht so gutgehen. Oder hatte man sie zur Mordkommission in die City gebracht?

Aber meine Stiefmutter hatte es nicht getan. Da war Bassett auf dem Holzweg.

Wir bogen um die Ecke zur Clark Street. Onkel Am fragte: »Eine Tasse Kaffee, mein Junge?«

»Gut«, sagte ich. »Aber wir müssen diese Nummer noch anrufen. Es wird immer später.«

»Von jetzt an wird's früher«, meinte er. »Ein paar Minuten machen den Kohl nicht fett.«

Wir gingen zum Mexikaner und bestellten jeder Chili und

Kaffee. Wir saßen ganz allein am einen Ende der Theke. Am anderen unterhielten sich zwei Frauen in voller Lautstärke über einen Kerl namens Carey.

Obschon der Chili gut war, schmeckte er mir nicht. Immerzu mußte ich an Mom denken. Ich dachte, na, jedenfalls bearbeiten sie Frauen nicht mit dem Gummischlauch.

Onkel Am sagte: »Denk an was anderes, Ed.«

»Ja. Was?«

»Irgendwas. Himmel.« Er blickte sich um und sah eine Handtasche auf der Theke liegen. »Denk mal an Handtaschen. Hast du je über Handtaschen nachgedacht?«

»Nein«, sagte ich. »Warum sollte ich?«

»Stell dir vor, du wärst Designer für Lederwaren. Dann würde dich das mächtig interessieren. Wozu sind Handtaschen gut? Sie dienen als Ersatz für andere Taschen, Jackentaschen, Hosentaschen. Das ist alles. Ein Mann hat Taschen, und eine Frau nicht. Wieso? Weil Taschen, wenn was drin wär', die Figur der Frau verunstalten würden. Sie würde an falscher Stelle ausgebeult werden oder an den richtigen Stellen zuviel. Stimmt's?«

»Doch, ich glaube schon.«

»Nehmen wir zum Beispiel das Taschentuch. Frauen tragen manchmal Taschentücher bei sich, aber kleinere, während der Mann große Taschentücher hat. Und das kommt nicht daher, weil Frauen sich weniger schneuzen als Männer, sondern weil ein großes Taschentuch eine Beule machen würde. Denn wenn sie große Taschentücher hätten, dann gleich mehrere. Und das bringt uns zurück zur Handtasche.«

»Gut«, meinte ich. »Laß uns zur Handtasche zurückkommen.«

»Je mehr in eine Handtasche hineinpaßt, desto besser, und je kleiner eine Handtasche aussieht, desto besser. Also, wie würdest du eine Handtasche gestalten, die groß ist und klein aussieht? Die eine Frau dazu veranlaßt, entzückt zu rufen: ›Toll, die Tasche enthält mehr, als man denkt‹?«

»Keine Ahnung. Wie?«

»Ich denke, du würdest empirisch vorgehen. Du würdest

eine Menge von ihnen nach äußerlichen Gesichtspunkten zeichnen, bis eine Frau käme und von einer sagte, daß da mehr reinpaßt, als du glaubst. Dann würdest du sie dir genau ansehen, die Tasche, und versuchen herauszufinden, warum. Wie steht's bei dir mit Algebra, Ed?«

»Nicht besonders«, erklärte ich ihm, »und zum Teufel mit den Handtaschen. Die bringen mich auf Brieftaschen. Hat Bobby Reinhart die Wahrheit gesagt, als er behauptete, Gardie hätte sie ihm gegeben?«

»Klar, Junge. Wenn er gelogen hätte, hätte er sich etwas einfallen lassen, das man nicht sofort überprüfen kann. Er hätte behauptet, daß er sie gefunden hat oder so. Aber laß dir darüber keine grauen Haare wachsen.«

»Ich mach' mir aber Gedanken.«

»Mein Gott, warum? Du glaubst doch nicht, daß Gardie ihn umgebracht, seine Brieftasche geklaut und die dann Bobby Reinhart geschenkt hat, oder? Oder daß Madge Wally gekillt und die Brieftasche irgendwo hat rumliegen lassen? Oder sie Gardie gegeben hat, hm?«

Ich sagte: »Ich weiß, daß es keine der beiden war, aber es sieht verdammt schlecht für sie aus. *Wie ist* Gardie an die Brieftasche gekommen?«

»Er hatte sie nicht bei sich, das ist alles. Die meisten Männer lassen ihre Brieftasche zu Hause, wenn sie einen Kneipenbummel machen. Sie stecken ein paar Scheinchen in die Tasche und lassen die Brieftasche vorsichtshalber zu Hause. Gardie hat sie gefunden und sich das Geld unter den Nagel gerissen. Davon hat sie natürlich nichts gesagt. Aber selbst dann war es blöd von ihr, die Brieftasche zu verschenken. Sie hätte sie im Ofen verbrennen sollen.«

»Sie ist eben verdammt blöd.«

Onkel Am meinte: »Da bin ich mir nicht so sicher, Kid. Sie wird sich schon vom Leben holen, was sie will. Die meisten Menschen tun das. Nicht alle, aber die meisten.«

»Pa nicht«, sagte ich.

»Nein«, stimmte mein Onkel zu, »Wally nicht. Er wog die Worte sorgfältig ab. Aber da besteht ein Unterschied. Gardie ist selbstsüchtig; sie würde ihr Leben niemals aus demselben Grund ruinieren wie Wally. Wenn sie den falschen Kerl heiratet, dann läßt sie ihn einfach sitzen.

Wally gehörte immer zu der loyalen Sorte, Ed, selbst in hoffnungslosen Fällen. Auch gehört er zu der Sorte, die überhaupt nicht heiraten sollte. Aber deine Mutter war eine prächtige Frau, Ed, mit der er wirklich glücklich war. Und sie starb, ehe ihn die Unrast wieder packte, falls du weißt, was ich meine. Und Madge hat ihn vom Gegenteil überzeugt und ihn festgehalten.«

Ich sagte: »Mom ist – oh, hör auf damit.«

Mir fiel auf, daß ich für sie aus reiner Loyalität in die Bresche sprang. Wenn ich an Pa und Mom zurückdachte, erinnerte ich mich an mancherlei. Ich mußte zugeben, daß Onkel Am recht hatte. Ich war weich geworden, weil sie in Schwierigkeiten steckte und weil sie sich verändert hatte – sehr verändert hatte, seit Pa tot war. Aber ich würde mich selbst zum Narren machen, wenn ich glaubte, daß dies von Dauer wäre.

Mom war Gift für ihn gewesen. Sie wäre für jeden anständigen Mann Gift gewesen.

Ich aß meinen Chili auf und schob die Schüssel beiseite.

Onkel Am meinte: »Laß uns noch einen Kaffee trinken.« Er gab die Bestellung auf. »Ich überlege, wie ich das mit dem Anruf mache. Am besten ist wohl, ich spreche über etwas anderes. Reden wir mal über etwas anderes.«

»Damenhandtaschen?« schlug ich vor.

Er lachte. »Das langweilt dich, was? Kid, das liegt daran, weil du davon nichts verstehst. Je mehr du über etwas weißt, über irgend etwas, desto interessanter wird es. Ich kannte mal einen Lederwarenhersteller, der konnte die ganze Nacht darüber reden. So wie ein Schausteller über den Jahrmarkt.«

»Erzähl mal«, sagte ich. »Ich hör' lieber was vom Rummelplatz als was über Handtaschen. Ich erinnere mich, wie du Hoagy gebeten hast, dein Wurfspiel zu übernehmen. Und dann war da auch was mit Springfield.«

»Du hast ein Gedächtnis, Junge.« Er lachte.

»Ja«, sagte ich. »Ich erinnere mich auch an unser Gespräch

heute nacht. Wentwort drei-acht-vier-zwei. Hast du schon eine Idee?«

»Noch nicht, Kid. Aber wir werden es herausfinden.«

Er seufzte und stand auf. »Also komm, auf geht's.«

Wir gingen die Clark Street entlang zum Wacker und fuhren zu seinem Zimmer hinauf.

Ehe er sich setzte, rückte er den Stuhl etwas von der Wand ab. Er sagte: »Stell dich hinter mich, Ed, und komm mit dem Ohr dichter an den Hörer heran. Ich werde ihn so halten, daß du jedes Wort genausogut verstehen kannst wie ich. Speicher alles in deinem Gedächtnis, was er sagt.«

»Okay«, sagte ich. »Was für einen Vorwand hast du gefunden?«

»Zur Hölle damit. Ich werde improvisieren. Was ich sage, hängt davon ab, was der andere sagt.«

»Was, wenn er nur ›Hallo‹ sagt?« fragte ich.

Er schmunzelte. »Daran hab' ich noch nicht gedacht. Ich werd's abwarten.«

Er hob den Hörer ab. Als er dem Operator die Nummer durchgab, klang seine Stimme verändert. Sie klang tiefer, barsch, hatte einen ganz anderen Tonfall. Aber ich hatte sie schon mal gehört. Für einen Moment war ich verwirrt, dann wußte ich, wem sie gehörte. Er ahmte Hoagys Stimme nach. Ich hatte Hoagy erwähnt, und das war das erste, was ihm einfiel. Die Imitation klang perfekt.

Ich hörte, wie die Nummer angewählt wurde. Ich beugte mich dichter zu ihm hinunter. Ich stützte mich auf die Rücklehne des Stuhls, damit ich mein Ohr so dicht an den Hörer halten konnte wie möglich.

Es läutete dreimal. Dann sagte eine weibliche Stimme: »Hallo?«

Manchmal ist es schon komisch, wieviel man aus einer Stimme heraushören kann – oder herauszuhören glaubt. Nur ein Wort, aber man wußte, daß sie jung und hübsch war. Und klug. Klug im weitesten Sinne. Und nur wegen der Art, wie sie ein einziges Wort aussprach, mochte man sie.

Mein Onkel fragte: »Wer is' da?«

»Claire. Wentworth drei-acht-vier-zwei.«

»Wie geht's, Baby?« fragte mein Onkel. »Erinnerste dich? Hier is' Sammy.« Er klang ziemlich besoffen.

»Ich fürchte, nein«, sagte die Stimme. Jetzt merklich kühler. »Sammy Wer?«

»Komm schon. Du erinners' dich. *Sammy.* In der Bar damals. Ich weiß, Claire, es is' fürchterlich spät, aber, Schatz, ich hab' grad beim Crapspiel abges–sahnt. Hab' den Jungs zwei Riesen abgeluchst. Und jetzt brennt mir der Zaster ein Loch in die Tasche. Will 'ne Sause machen. Möchte, daß das hübscheste Mädchen von Chi mitkommt. Nichts is' mir zu teuer. Kauf' dir auch 'n Pelz. Wie isset, soll ich mit dem Taxi –«

»Nein«, sagte die Stimme. Es knackte im Hörer.

»Verdammt«, sagte mein Onkel.

»Es war einen Versuch wert«, meinte ich.

Er legte den Hörer wieder auf. »Für einen Versuch kann ich mir nichts kaufen. Schätze, ich bin nicht mehr so'n heißer Romeo. Ich hätte sie dir überlassen sollen.«

»Mir? Mein Gott, ich verstehe nichts von Frauen.«

»Genau das mein' ich ja. Du könntest jede Frau haben, die du willst. Sieh mal in den Spiegel.«

Ich lachte, drehte mich aber zum Spiegel über der Kommode um.

Ich sagte: »Ich kriege ein Veilchen. Verdammter Bobby Reinhart.«

Onkel Am grinste mich im Spiegel an. »Bei dir sieht's romantisch aus. Spar's dir auf; leg kein Steak drauf. Also, jetzt versuchen wir etwas, das wahrscheinlich sowieso nicht klappt.«

Er wählte eine Nummer und fragte bei der Auskunft, welcher Anschluß zu Wentworth drei-acht-vier-zwei gehörte. Er wartete eine Minute und legte dann mit einem »Okay, danke« enttäuscht auf.

»Nicht offiziell registriert«, sagte er. »Dachte mir schon, daß die nicht im Telefonbuch stehen.«

»Und was machen wir jetzt?«

Er seufzte. »Jetzt rollen wir die Sache vom anderen Ende auf.

Wir versuchen herauszufinden, was über diesen Harry Reynolds bekannt ist. Bassett müßte etwas über ihn wissen oder zumindest in der Lage sein, etwas aus dem Archiv herauszukramen. Ich hatte nur gehofft, daß uns diese Telefonnummer einen Vorsprung vor Bassett verschafft. Nun, morgen können wir ja noch mehr aus der Trickkiste holen. Wir könnten einen Hunderter als Belohnung aussetzen für den, der die Hauptstadt von Illinois weiß. So wie dieser Telefonquiz im Radio, wo man irgendeine Nummer anwählt. Der Teilnehmer müßte seine Adresse nennen und –«

»Hör zu«, sagte ich. »Ich kann den Teilnehmer, der zu dieser Nummer gehört, herauskriegen.«

»Ha? Wie denn, Junge? Diese nicht registrierten Teilnehmer kann man nur schwer herauskriegen.«

»Bunny Wilsons Schwägerin, die Frau seines Bruders, arbeitet bei der Telefongesellschaft. In der Abteilung, wo diese Nummer bearbeitet werden. Er hat Jake, dem Vorarbeiter in der Firma, mal eine besorgt. Damit wir seiner Schwägerin keinen Ärger machen müssen, könnte er die Sache für uns erledigen.«

»Kid, das ist ja großartig. Wie schnell könnte Bunny da rankommen?«

»Wenn ich Bunny diese Nacht noch finde, könnten wir die Adresse morgen mittag haben. Er könnte es seiner Schwägerin sagen, ehe sie zur Arbeit geht. Und sie könnte ihn dann in ihrer Mittagspause anrufen. Sie kann ihn deswegen nicht direkt vom Büro aus anrufen.«

»Hat Bunny Telefon?«

»Seine Wirtin hat – aber er kann es nur tagsüber benutzen. Aber ich könnte bei ihm vorbeigehen. Er wohnt in der Halsted Street.«

»Ist er denn jetzt von der Arbeit zurück?«

»Müßte er eigentlich. Wenn nicht, dann warte ich eben auf ihn.«

»Okay, Junge. Dann trennen wir uns solange. Hier sind zehn Dollar. Gib Bunny das Geld für seine Schwägerin, damit sie sich einen neuen Hut oder sonst was kaufen kann. Ich mach' mich auf die Socken und frag' Bassett, was bei dem Verhör rausgekommen ist. Er wird umgänglicher sein, wenn er hört, daß wir Kaufman ausgequetscht haben. Oder vielleicht ist er schon selber darauf gekommen, daß er auf dem falschen Weg ist.«

»Wo treffen wir uns?«

»Komm wieder ins Hotel zurück. Ich geb' dem Portier Bescheid, daß er dir meinen Schlüssel aushändigen soll, wenn ich noch nicht zurück bin. Du machst dich jetzt auf den Weg. Ich versuche zunächst mal per Telefon herauszufinden, wo Bassett steckt.«

Als ich das Haus in der Halsted Street erreichte, sah ich, daß in Bunnys Zimmer kein Licht brannte. Das bedeutete, daß er entweder nicht zu Hause war oder schon schlief. Trotzdem stieg ich die Treppe hinauf. Die Sache war wichtig genug, um ihn zu wecken.

Er war nicht da. Ich klopfte so lange an, bis ich ganz sicher sein konnte.

Ich setzte mich auf die Treppe, um zu warten, bis mir einfiel, daß Bunny meistens vergaß, seine Tür abzuschließen. So war es auch diesmal. Ich ging in sein Zimmer und nahm mir ein Magazin zum Lesen.

Als es kurz vor vier war, bereitete ich in seiner kleinen Kitchenette Kaffee. Ich machte ihn extra stark.

Als ich gerade den Kaffee fertig hatte, kam er die Treppe heraufgestolpert. Er war nicht total betrunken, aber es fehlte nicht viel.

Ehe ich ihm erklärte, weshalb ich da war, füllte ich zwei Becher mit Kaffee. Ich erzählte ihm nicht die ganze Geschichte, aber doch so viel, daß er begriff, wie wichtig die Besitzer dieser Telefonnummer für uns waren.

Er sagte: »Klar, Ed, klar. Und zur Hölle mit den zehn Bucks. Sie schuldet mir noch einen Gefallen.«

Ich stopfte ihm den Schein in die Tasche und mahnte ihn, ihr das Geld trotzdem zu geben.

»Kannst du sie sprechen, ehe sie heute früh zur Arbeit geht?«

»Kein Problem. Sie wohnt ein Stückchen weiter weg – Steht um halb sechs auf. Ich bleib' solange auf und ruf' sie dann an. Dann stell' ich den Wecker auf elf, damit ich wach bin, wenn sie mich in der Mittagspause anruft. Du kannst mich jederzeit nach zwölf anrufen. – Ich bleib' solange hier.«

»Das ist prima, Bunny. Danke.«

»Schwamm drüber. Gehst du jetzt nach Hause?«

»Zurück zum Wacker.«

»Ich begleite dich ein Stück.« Er blickte auf die Uhr. »Dann bin ich genau zur rechten Zeit zurück, um vom Drugstore an der Ecke aus anzurufen.«

Wir schlenderten über die Grand Avenue und über die Brücke.

Bunny sagte: »Du bist in letzter Zeit so verändert, Ed. Was ist passiert? Du bist so anders.«

»Ich weiß es nicht«, sagte ich. »Vielleicht macht das der neue Anzug.«

»Blödsinn. Vielleicht bist du erwachsen geworden oder so. Was auch immer, mir gefällt's. Ich – ich glaube, du könntest was aus dir machen, woanders hingehen. Nicht in diesem ewig gleichen Trott landen wie ich.«

»Du bist nicht im ewig gleichen Trott«, meinte ich. »Du wolltest dich doch selbständig machen.«

»Ich weiß nicht, Ed. Allein die Betriebsausstattung verschlingt ein Vermögen. Ich hab' zwar was gespart, ja, aber wenn ich daran denke, wieviel ich brauche . . . Teufel auch, wenn ich nur genug Verstand hätte, weniger zu saufen, aber den hab' ich eben nich'. Jetzt bin ich vierzig und habe vielleicht die Hälfte von dem angespart, was ich benötige. Wenn ich so weiter mach', bin ich alt, ehe ich überhaupt was Neues angefangen habe.«

Er lachte leicht, es klang verbittert. »Manchmal hätte ich Lust, bei einem dieser Glücksspiele mitzumachen und meine kleinen Ersparnisse auf eine Karte zu setzen, alles oder nichts. Dann hätte ich entweder genug oder gar nichts mehr. Und nichts wäre nicht so schlimm wie nur die Hälfte. Vielleicht sogar viel besser.«

»Besser, wieso?«

»Dann könnte ich wenigstens aufhören, mir darüber Gedanken zu machen. Dann würde mich kein Quarter für einen Whisky und kein Dime für ein Glas Bier reuen. Ich habe keine Angst, zur Hölle zu fahren, Ed, aber mir ist der Preis fürs Ticket zu hoch.«

Für eine Weile gingen wir schweigend weiter, dann sagte er: »Es ist allein meine Schuld, Ed. Mir fehlt der richtige Drall, wirklich. Ein Kerl kann alles erreichen, fast alles, wenn er es nur richtig will. Verdammt, bei meinem Einkommen und als Junggeselle, dreißig Bucks die Woche hätte ich bestimmt sparen können. Schon vor Jahren hätte ich genug Geld zusammen haben können. Aber ich wollte auch meinen Spaß im Leben haben. Nun, ich hab' ihn gehabt. Also, warum quake ich rum.«

Wir waren schon fast bei der Hochbahn. Er sagte: »So, ich werde jetzt wieder zurückgehen.«

Wir blieben stehen. Ich bat: »Komm doch mal bei uns vorbei, Bunny, nachmittags oder an deinem freien Abend. Mom – Mom hat nicht viele Freunde. Sie wird sich bestimmt freuen, dich zu sehen.«

»Das mach' ich, Ed. Danke. Ah – sag mal, wie wär's noch mit 'nem Drink? Dort drüben ist noch geöffnet.«

Ich überlegte einen Moment, dann sagte ich: »Na gut, Bunny.«

Mir war eigentlich nicht nach einem Drink zumute, aber ich spürte, daß ihm wirklich daran lag, noch einen mit mir zu trinken. Das konnte ich aus der Art, wie er es sagte, heraushören.

Wir genehmigten uns einen, nur einen, und verabschiedeten uns dann vor der Kneipe. Ich unterquerte die Hochbahn und stiefelte Richtung Clark Street.

Ich machte mir Gedanken, ob Mom und Gardie wohl zu Hause sein mochten. Deshalb bog ich in die Franklin ein und ging dann durch die schmale Gasse, die hinter unser Haus führte. Ich konnte das erleuchtete Küchenfenster sehen.

Da ich nicht wußte, ob die Polizei immer noch unsere Wohnung durchsuchte oder ob Mom zu Hause war, blieb ich so lange stehen, bis ich Mom am Fenster vorbeigehen sah. Sie war noch angezogen, konnte also noch nicht lange zu Hause sein. Gardie war auch da. Mom lief vor dem Herd hin und her. Ich nahm an, daß sie sich noch schnell etwas zu essen machten, ehe sie zu Bett gingen.

Ich wollte nicht hinaufgehen. Bassett hatte Mom sicher gesagt, daß ich bei Onkel Ambrose bliebe. Sie würde sich also keine Sorgen machen. Wenn sie wüßte, daß ich immer noch herumstreunte, vielleicht schon.

Ich kehrte wieder zur Clark Street zurück. Der Himmel wurde allmählich heller. Der Morgen graute.

Im Wacker erkundigte ich mich beim Portier, ob ein Schlüssel für mich hinterlegt wurde. Das war nicht der Fall. Onkel Am mußte also schon zurück sein.

Bassett war bei ihm. Sie hatten den Schreibtisch umgestellt, so daß jeder von ihnen an einer Seite sitzen konnte, und spielten Karten.

Zwischen ihnen auf dem Tisch stand eine Flasche, und Bassett hatte glasige Augen.

Onkel Am fragte: »Geht's dir jetzt besser, wo du was im Magen hast, Kid?«

Mir war sofort klar, daß dies eine Lüge war, die er Bassett aufgetischt hatte, und die Sache mit der Telefonnummer immer noch unser Geheimnis war.

Ich behauptete: »Drei Portionen hab' ich gefrühstückt. Ich bin für den ganzen Tag satt.«

»Gin-Rommé«, erklärte Onkel Am. »Pro Punkt einen Penny. Sei also still.«

Ich hockte mich auf die Bettkante und sah ihnen zu. Onkel Ambrose war dabei zu gewinnen, er hatte bereits dreißig Punkte und zwei Häuser. Ich warf einen Blick auf den Zettel, auf dem sie alles notierten, und sah, daß es ihr drittes Spiel war. Onkel Am hatte die ersten zwei gewonnen.

Aber dieses Blatt gewann Bassett. Er genehmigte sich einen großen Schluck aus der Flasche und wandte sich zu mir, um mich anzusehen, während Onkel Am die nächsten Karten austeilte. Seine Augen waren eulenhaft aufgerissen. Er sagte: »Ed, diese Schwester da von dir – jemand müßte –«

»Nimm dein Blatt auf, Frank«, meinte mein Onkel. »Laß uns zusehen, daß wir mit dem Spiel zuende kommen. Ich werd' Ed später auf den neuesten Stand bringen.«

Bassett nahm seine Karten auf. Dabei ließ er eine fallen, und ich hob sie für ihn auf. Schließlich hatte er sein Blatt geordnet und nahm noch einen Schluck aus der Flasche. Es war eine Viertelgallone, und sie war fast leer.

Bassett gewann auch diese Runde, aber Onkel Am schaffte in der nächsten ein »gin« und war damit bis über hundert aus dem Schneider.

Bassett sagte: »Das langt. Zähl's zusammen. Herrje, bin ich müde.« Er griff nach seiner Brieftasche.

Onkel Am meinte: »Laß das. Setz es auf die Spesenrechnung. Hör mal, Frank, ich will jetzt was essen gehen. Warum ruhst du dich nicht hier aus? Ed kann jetzt genausogut nach Hause gehen. Falls du eingeschlafen bist, wenn ich zurückkomme, weck' ich dich.«

Bassetts Augen waren ganz schön trübe und halb geschlossen. Mit einem Mal hatte der Whisky seine volle Wirkung getan, und er war ziemlich betrunken. Schwankend saß er auf der Bettkante.

Mein Onkel rückte den Tisch wieder an seinen Platz. Mit einem leichten Grinsen blickte er zu Bassett hinüber. Dann versetzte er ihm einen kleinen Schubs, und Bassett fiel aufs Bett. Direkt mit dem Kopf auf das Kissen.

Onkel Am packte ihn an den Füßen und schwang seine Beine ebenfalls aufs Bett. Dann zog er Bassett die Schuhe aus und nahm ihm Brille und Hut ab, die er auf die Kommode legte. Er lockerte die Krawatte und öffnete dem Detective den obersten Hemdknopf.

Dabei schlug Bassett noch einmal die Augen auf. »Du verdammter Hund.«

»Aber klar doch, Frank«, säuselte mein Onkel. »Aber klar doch.«

Wir knipsten das Licht aus und verließen das Zimmer.

Auf dem Weg zum Lift erzählte ich ihm von Bunny und der Telefonnummer und daß wir ab Mittag erfahren könnten, zu wem sie gehörte.

Er nickte beifällig und sagte: »Bassett weiß, daß wir ihm etwas vorenthalten. Er ist ein kluges Kerlchen. Würde mich nicht wundern, wenn er Kaufman selbst ein bißchen Dampf macht.«

Ich meinte: »Du hast Kaufman ganz schön Angst eingejagt. Er wird ihm verdammt viel Dampf machen müssen, wenn er ihn knacken will. Mir scheint, er hat jetzt mehr Angst vor uns als vor diesem Reynolds.« Ich überlegte einen Moment und fragte dann: »Sag mal, was hätten wir eigentlich gemacht, wenn der Wecker losgeklingelt hätte, *bevor* wir Kaufman zermürbt hatten.«

Onkel Am zuckte die Achseln. »Dumm aus der Wäsche geschaut, schätze ich. Wie wär's mit einem Frühstück? Einem wirklichen diesmal?«

»Ich könnte einen Ochsen verschlingen«, meinte ich.

Wir gingen zu Thompson's Ecke Clark und Chicago. Während wir unsere Rühreier mit Schinken verspeisten, erzählte er mir, was er von Bassett in Erfahrung gebracht hatte.

Gardie hatte zugegeben, dem Reinhart-Jungen die Brieftasche zugesteckt zu haben. Ihre Erklärung lautete genauso, wie Onkel Ambrose vermutet hatte. Pa hatte eine zweite Brieftasche – eine alte. Das war mir bekannt. Was ich nicht gewußt hatte, Gardie dafür aber, war, daß er seit kurzem die gute zu Hause ließ, wenn er einen trinken ging, und sich nur ein paar Scheine herausnahm. Die neue Brieftasche mit dem restlichen Geld versteckte er zwischen den Büchern im Wohnzimmerschrank.

Ich sagte: »Das machte er vermutlich seit dem ersten Überfall. Damals hat er seine Sozialversicherungskarte, den Gewerkschaftsausweis und sonst was, außerdem eine gute Brieftasche eingebüßt. Wahrscheinlich hat er sich überlegt, daß er so bei einem nächsten Überfall nur Geld verlieren würde. Ich schätze, auf der Clark Street kann man leicht unter die Räder kommen.«

»Yeah«, brummte Onkel Am. »Wie auch immer, Gardie hat jedenfalls mal beobachtet, wie er die Brieftasche versteckte, und wußte seitdem davon. Also sah sie jetzt nach und fand sie im Bücherschrank. Zwanzig Bucks waren noch drin. Sie meinte, daß es keinem weh täte, wenn sie das Geld einsteckte.«

Ich sagte: »So was wie Finderlohn, ja. Darum geht's mir nicht. Das hätte ich von ihr erwartet, aber warum mußte sie die Brieftasche verschenken – und dafür sorgen, daß ich mich zu einem verdammten Narren mache? Oh, schon gut, sag's nicht. Es war höchst unwahrscheinlich, daß ich Reinharts Brieftasche sehen würde. Hat Bassett ihr geglaubt?«

»Nachdem er sich den Schrank angesehen hatte. Hinter den Büchern lag Staub, und dort, wo die Brieftasche gesteckt hatte, konnte man die Spuren seh'n. Genau, wo sie gesagt hatte.«

»Und – was war mit Mom?«

»Ich denke mir, daß er selber nicht an ihre Schuld glaubt, Kid. Auch schon vor meinem Hinweis auf Reynolds. Im übrigen haben sie die Wohnung äußerst gründlich durchsucht. Sie fanden weder die Versicherungspolice noch sonst etwas von Interesse.«

»Was weiß Bassett denn über diesen Reynolds, wenn überhaupt.«

»Er kannte ihn. Es gibt diesen Kerl, und alles, was Kaufman über ihn erzählt hat, paßt zu dem, was Bassett über ihn weiß. Bassett meint, daß ein Haftbefehl gegen die drei läuft: Harry Reynolds, Dutch und Torpedo. Bassett wird sich danach erkundigen und sich ihre Namen und Vorstrafenregister besorgen. Er glaubt, daß sie wegen eines Raubüberfalls in Wisconsin gesucht werden. Muß erst kürzlich gewesen sein. Jedenfalls interessiert ihn diese Spur jetzt mehr als das Einschüchtern von Madge.«

»Hast du Bassett mit Absicht betrunken gemacht, heute abend?«

»Ein Mann ist wie ein Pferd, Ed. Du kannst ihn zur Tränke führen, aber du kannst ihn nicht zwingen zu trinken. Oder hast du gesehen, daß ich ihm irgendwelchen Whisky eingeflößt habe?«

»Nein«, mußte ich zugeben. »Ich hab' aber auch nicht gesehen, wie du ihn weggestellt hast.«

»Du bist ein fürchterlich mißtrauischer Kerl«, sagte er. »Aber warum auch immer, wir haben den Morgen frei. Er wird bis zum Mittag schlafen, und wir werden vor ihm bei der Versicherungsgesellschaft anklopfen.«

»Warum kümmerst du dich überhaupt noch darum – jetzt, wo wir Reynolds' Fährte aufgenommen haben?«

»Kid, wir wissen nicht, warum sich dieser Reynolds für deinen Vater interessiert hat. Ich hab' so ein Gefühl, als ob wir weiterkämen, wenn wir die Hintergründe dieser Versicherung und warum Wally sie geheimgehalten hat, kennen würden. Und wir könnten das genausogut in Erfahrung bringen, ehe wir weiter gegen Reynolds vorgehen. Ohne den zur Telefonnummer gehörenden Anschluß können wir ohnehin nichts unternehmen. Was haben wir also zu verlieren außer Schlaf?«

»Zur Hölle mit dem Schlaf«, meinte ich.

»Okay. Du bist jung, du wirst es überleben. *Ich* sollte mehr Verstand haben, aber da ist wohl Hopfen und Malz verloren. Sollen wir uns noch was Kaffee kommen lassen?«

Ich blickte auf die Uhr über der Theke. »Wir haben noch eine gute Stunde Zeit, bis die Büros in der City öffnen. Ich hol' uns den Kaffee, und dann kannst du mir noch mehr von dem erzählen, was du und Pa getrieben habt, als ihr gemeinsam unterwegs wart.«

Die Stunde ging wie im Flug vorbei.

10

Die Central Mutual erwies sich als mittelgroße Niederlassung eines Unternehmens, dessen Hauptsitz sich in St. Louis befand. Das war ein Pluspunkt für uns. Je kleiner die Firma, desto größer die Wahrscheinlichkeit, daß man sich an Pa erinnern können würde.

Wir fragten nach dem Geschäftsführer und wurden in sein Büro geführt. Onkel Am übernahm das Reden und erklärte, wer wir waren.

Der Geschäftsführer sagte: »Nein, auf Anhieb kann ich mich nicht daran erinnern. Aber ich werde in unseren Unterlagen nachsehen lassen. Sie sagten, die Police sei noch nicht gefunden worden. Das macht nichts, solange wir sie in unseren Akten finden und regelmäßig bezahlt wurde.«

Er lächelte leicht, etwas mißbilligend. »Wir sind schließlich keine Halsabschneider, wie Sie wissen. Die Kopie des mit uns geschlossenen Vertrags kann dem Klienten abhanden gekommen oder vernichtet worden sein, solange wir die Police in unseren Akten haben, ändert sich nichts.«

Onkel Am sagte: »Ich verstehe. Was uns interessiert, ist, ob Sie sich in irgendwelche Besonderheiten hinsichtlich dieser Police erinnern. Zum Beispiel, warum die Existenz dieses Vertrages vor seiner Familie geheimgehalten wurde. Er muß dem Versicherungsagenten, der ihm die Police verkauft hat, doch irgend etwas, *irgend etwas* gesagt haben.«

Der Geschäftsführer sagte: »Eine Minute, bitte.« Er ging ins Großraumbüro und kehrte wenige Minuten später zurück. »Der Abteilungsleiter sucht die Akte heraus. Er wird sie persönlich bringen. Vielleicht kann er sich ja an die näheren Umstände erinnern.«

Mein Onkel fragte: »Ist es sehr ungewöhnlich, daß ein Mann seine Versicherung derart geheimhält?«

»Es ist nicht normal. Es *ist* höchst ungewöhnlich. Der einzige andere Fall, der mir auf Anhieb in den Sinn kommt, ist der eines Mannes, der einen leichten Verfolgungswahn hatte. Er fürchtete, daß seine Angehörigen ihn aus dem Weg schaffen würden, wenn sie von der Versicherung wüßten. Aber, paradoxerweise, liebte er seine Familie und wollte sie auch nach seinem Tod versorgt wissen. Ah – ich wollte damit nicht andeuten, daß dieser Fall hier –«

»Natürlich nicht«, sagte Onkel Ambrose.

Ein hochgewachsener, grauhaariger Mann betrat mit einem Aktenordner in der Hand das Büro. Er sagte: »Hier ist die Akte von Wallace Hunter, Mr. Bradbury. Ja, ich erinnere mich an ihn. Er kam immer persönlich vorbei, um seine Beiträge zu bezahlen. An seine Akte ist ein Vermerk geheftet, daß ihm keine Auszüge zugeschickt werden sollten.«

Der Geschäftsführer nahm ihm die Akte ab. Er fragte: »Haben Sie je mit ihm gesprochen, Henry? Ihn mal gefragt, *warum* ihm diese Auszüge nicht mit der Post zugeschickt werden sollten, zum Beispiel?«

Der große Mann schüttelte den Kopf. »Nein, Mr. Bradbury.«

»Schon gut, Henry.«

Der großgewachsene Mann verließ das Büro.

Der Manager blätterte die Akte durch. Er stellte fest: »Ja, sie ist bezahlt. Zweimal ist sie geringfügig beliehen worden, aber das wird sich nicht sonderlich auswirken.«

Er drehte ein paar Blätter um und sagte: »Oh, diese Police ist nicht von uns abgeschlossen worden. Sie ist von Gary, Indiana, an uns übertragen worden.«

»Kann es sein, daß sie dort noch irgendwelche Unterlagen besitzen?«

»Nein, abgesehen von einem Duplikat dieser Akte, das sich bei unserer Muttergesellschaft in St. Louis befindet, gibt es keine anderen Unterlagen. Diese Akte wurde uns übergeben, als Mr. Hunter von Gary nach Chicago zog. Den Datierungen entnehme ich, daß die Police nur wenige Wochen zuvor ausgestellt worden ist.«

Onkel Am fragte: »Könnte man aus der Police einige Details ersehen, die nicht in der Akte stehen?«

»Nein, es handelt sich um das Standard-Formular unserer normalen Lebensversicherung, in das nur noch Name und Versicherungssumme eingetragen werden. In der Innenseite ist die Fotokopie des Versicherungsantrags eingeklebt – das Original befindet sich hier im Ordner. Wenn Sie möchten, können Sie ihn einsehen.«

Er reichte Onkel Am die Akte, die bei dem mit Tinte ausgefüllten Formular aufgeschlagen war. Ich trat hinter meinen Onkel, so daß ich ihm über die Schulter sehen konnte. In Gedanken notierte ich mir das Datum des Antrags und den Namen des Versicherungsagenten – Paul B. Anderz.

Onkel Ambrose fragte: »Wissen Sie, ob dieser Anderz noch für Ihre Niederlassung in Gary arbeitet?«

»Nein, das weiß ich nicht. Wir könnten dorthin schreiben und uns erkundigen.«

Onkel Am sagte: »Das ist nicht nötig, aber vielen Dank. Sicher benötigen Sie eine Kopie des Totenscheins, oder?«

»Ja, sonst können wir der Begünstigten keinen Scheck ausstellen. Der Mutter dieses jungen Mannes, nehme ich an.«

»Seine Stiefmutter.« Onkel Ambrose gab ihm die Akte zurück und stand auf. »Haben Sie vielen Dank. Oh, beinahe hätte ich's vergessen, wurde die Police vierteljährlich bezahlt?«

Wieder blätterte der Geschäftsführer die Akte durch. Er sagte: »Ja, nach der ersten Zahlung. Er hatte gemäß dem Antrag eine Jahresprämie im voraus bezahlt.«

Onkel Am bedankte sich, und wir verließen das Büro.

»Gary?« fragte ich.

»Yeah. Dorthin kann man auch mit der Hochbahn fahren, oder?«

»Dauert 'ne knappe Stunde, glaube ich.« Ich dachte einen Moment nach. »Himmel, nicht mal eine Stunde vom Lopp aus, und ich war kein einziges Mal dort, seit wir fortgezogen sind.«

»Sind Wally oder Madge noch einmal hingefahren? Auf Besuch oder so?«

Ich überlegte und schüttelte dann den Kopf. »Nicht, soweit ich mich erinnern kann. Ich glaube, keiner von uns ist je wieder dorthin gefahren. Natürlich, ich war erst dreizehn, als wir nach Chicago zogen, aber ich denke noch, daß ich mich erinnern würde.«

»Erzähl mir doch – warte, warten wir, bis wir im Zug sitzen.«

Er sagte nichts mehr, bis wir im Gary Express Platz genommen hatten. Dann forderte er: »Also mal los, Kid. Entspann dich und erzähl mir alles, das dir zu Gary einfällt.«

Ich sagte: »Ich besuchte die Schule in der Zwölften Straße. Genau wie Gardie. Ich war in der achten Klasse und sie in der vierten. Als wir umzogen, meine ich. Wir wohnten in einem kleinen Holzhaus auf der Holman Street, drei Blocks von der Schule entfernt. Die Schule hatte ein eigenes Orchester, und da hätte ich gerne mitgemacht. Sie verliehen auch Instrumente, und ich lieh mir eine Posaune. Ich brachte es so weit, daß ich einfache Stücke darauf spielen konnte, aber Mom haßte das. Sie nannte die Posaune nur ›dieses verdammte Horn‹, und ich mußte in den Holzschuppen gehen, um zu üben. Als wir dann nach Chicago kamen, bezogen wir eine Wohnung, und ich hätte nicht mal mehr üben können, wenn Mom es gemocht hätte. Also –«

»Vergiß die Posaune«, sagte Onkel Ambrose. »Komm wieder zu Gary zurück.«

Ich fuhr fort: »Wir hatten zeitweilig ein Auto und dann wieder nicht. Pa arbeitete zeitweise bei zwei oder drei Druckereien gleichzeitig. Eine Zeitlang hatte er wegen der Arthritis gar keinen Job, und wir lebten auf Pump. Ich glaube nicht, daß wir unsere Schulden je losgeworden sind. Manchmal habe ich den Verdacht, daß wir deswegen so plötzlich umgezogen sind.«

»Ihr seid plötzlich weggezogen?«

»Mir kommt es jedenfalls so vor. Ich meine, ich kann mich nicht daran erinnern, daß darüber gesprochen wurde. Auf einmal war der KKW da, und unsere Möbel wurden aufgeladen. Und Pa hatte einen Job in Chicago, und wir mußten sofort – warte mal –«

»Laß dir Zeit, Junge. Ich glaube, du bist ganz dicht dran. Mein Gott, was für ein Idiot ich doch gewesen bin.«

»Du? Wieso?«

Er lachte. »Ich habe meinen besten Zeugen übersehen, weil er mir so nah ist. Vergiß es. Kommen wir wieder zurück zu Gary.«

Ich sagte. »Jetzt fällt es mir wieder ein. Etwas, das mir damals sehr komisch vorgekommen ist, aber ich hatte es total vergessen, bis ich auf den Umzug zu sprechen kam. Ich wußte gar nicht, daß wir nach Chicago zogen, bis wir dort ankamen. Pa hatte uns gesagt, daß wir nach Joliet zögen. Das ist ungefähr fünfundzwanzig Meilen von Gary entfernt, genauso wie Chicago, aber in westlicher Richtung statt in nordwestlicher. Und ich kann mich erinnern, all meinen Schulfreunden erzählt zu haben, daß wir nach Joliet zögen. – Und dann stellte sich heraus, daß wir in Chicago waren. Pa sagte, er hätte einen guten Job in Chicago gekriegt und sich deshalb anders entschieden. Ich weiß noch, daß es mir seltsam vorkam, sogar damals schon.«

Onkel Am hatte die Augen geschlossen. Er sagte: »Sprich weiter, Junge. Grab so tief du kannst. Du machst das prima.«

»Als wir nach Chicago kamen, zogen wir in die gleiche Wohnung, in der wir noch jetzt leben. Aber Pa kann, was den Job in Chicago angeht, nicht die Wahrheit gesagt haben, denn in den ersten Wochen hing er zu Hause rum. Nicht die ganze Zeit über, aber doch so oft, daß ich merkte, er war arbeitslos. Dann bekam er die Stelle bei der Elwood Press.«

»Komm wieder auf Gary zurück, Ed. Immer landest du in Chicago.«

»Nun, das taten wir ja auch«, sagte ich. »Was erwartest du? Soll ich dir von der Zeit erzählen, als Gardie Mumps hatte, oder was?«

»Ich glaube, darauf können wir verzichten. Aber versuch es weiter. Grab noch tiefer in der Vergangenheit.«

»Ich erinnere mich vage an eine Gerichtsverhandlung. Ich weiß nicht, um was es ging.«

»Ein Gläubiger, der ein Verfahren gegen euch angestrengt hat?«

»Wäre möglich. Ich erinnere mich nicht. Ich glaube nicht, daß Pa in den letzten zwei Wochen, die wir noch in Gary waren, Arbeit hatte. Aber ich kann mich nicht erinnern, ob er seinen Job verloren oder geschmissen hat oder was sonst. Mir fällt ein, das war die Woche, als er uns in den Zirkus einlud.«

Onkel Am nickte. »Und ihr habt auf den reservierten Plätzen gesessen?«

»Ja, wir – wie kommst du darauf?«

»Siehst du nicht, was du mir die ganze Zeit erzählst, Junge? Nimm das, was wir heute morgen bei der Versicherung in

Erfahrung bringen konnten, als Teil eines Puzzles und füge das, was du mir gerade erzählt hast, hinzu. Und was ergibt das?«

Ich sagte: »Wir sind aus Gary getürmt. Wir sind ganz plötzlich weggezogen, ohne jemanden zu erzählen, wohin. Wir haben sogar eine falsche Fährte gelegt. Aber das geschah alles nur, weil wir so hochverschuldet waren, nicht?«

»Kid, ich wette mit dir jeden Dollar. Erinnere dich an jedes Geschäft, jeden Supermarkt, bei dem ihr gekauft habt. Geh heute mal hin und erkundige dich – ich wette, Wally hat alles, was er schuldete, bar bezahlt, ehe ihr weggingt.«

»Wie konnte er das, wenn er doch keine Arbeit hatte? Himmel, wir waren fast immer pleite. Und – oh.«

»Merkst du etwas, Ed?«

»Die Versicherungspolice. Zu der Zeit hat er sie abgeschlossen und für ein Jahr im voraus bezahlt, in bar. Bei fünftausend macht das rund hundert Dollar. Und er brauchte Bargeld, um den Umzug nach Chicago zu bezahlen, und auch für die Miete der neuen Wohnung.«

»Und«, fügte Onkel Am hinzu, »als Lebensunterhalt für die letzten Wochen ohne Arbeit in Gary und die ersten Wochen in Chicago. Und dann der Zirkusbesuch mit eurer ganzen Bande. Wo du jetzt auf der richtigen Spur bist, was fällt dir noch ein?«

»Gardie und ich bekamen neue Sachen zum Anziehen, als wir in Chicago zur Schule kamen. Du hast die Wette gewonnen, Onkel Am. Pa muß irgendeinen Glückstreffer gelandet haben, und zwar mindestens drei Wochen vor unserem Umzug. Und wenn du recht hast und er seine Schulden davon bezahlt hat, dann müssen es mindestens – hmmm – fünfhundert Bucks gewesen sein, wenn nicht sogar tausend.«

»Ich geh' davon aus, daß es tausend waren. Wally mußte seine Schulden begleichen. In der Hinsicht war er immer komisch. Nun, Ed, wir sind in Gary. Mal sehen, was wir herauskriegen.«

Wir suchten uns als erstes direkt im Bahnhof eine Telefonzelle und schlugen im Telefonbuch die Nummer der Central Mutual nach. Onkel Am rief gleich an.

Voller Enttäuschung kam er aus der Telefonzelle. »Anderz ist nicht mehr bei ihnen. Er hat vor etwa drei Jahren gekündigt. Zuletzt haben sie aus Springfield, Illinois, von ihm gehört.«

»Das ist ganz schön weit weg«, meinte ich. »Hundertfünfzig Meilen. Aber vielleicht hat er dort Telefon und ist unter seinem Namen eingetragen. Der Name ist so ungewöhnlich, daß wir es versuchen sollten.«

Onkel Am sagte: »Ich glaube nicht, daß wir unsere Zeit damit verschwenden sollten. Je mehr ich darüber nachdenke, desto weniger halte ich davon. Wally würde ihm nicht erzählt haben, woher der plötzliche Geldsegen rührte. Er mußte zwar irgendwelche Gründe dafür angeben, daß man ihm keine Post schickte, aber ich wette eins zu zehn, daß er den wahren Grund nicht genannt hat. Ich denke, wir haben eine bessere Spur.«

»Welche?«

»Du, Ed. Ich möchte, daß du weiter nachdenkst. Weißt du noch, wie man zu eurem früheren Haus kommt?«

Ich nickte. »Die East End Band. Die Haltestelle ist eine Straße weiter.«

Wir fuhren hinaus, und ich erinnerte mich an die Ecke, wo wir aussteigen mußten. Es hatte sich kaum etwas verändert. Es gab immer noch den gleichen Drugstore an der Ecke, und die Häuser sahen fast alle noch so aus wie früher.

Das Haus lag auf der anderen Straßenseite. Es kam mir kleiner vor als in der Erinnerung. Es hatte dringend einen neuen Anstrich nötig. Offenbar war es nicht mehr gestrichen worden, seit wir fortgezogen waren.

Ich sagte: »Der Zaun ist neu. Wir hatten einen höheren.«

Onkel Am schmunzelte. »Sieh mal genauer hin, Kid.«

Das tat ich, natürlich war es der alte Zaun. Ich kam mir komisch vor, weil ich einen Zaun, der mir bis zur Brust reichte, in Erinnerung hatte. Nicht der Zaun hatte sich verändert, sondern ich.

Wir überquerten die Straße.

Ich legte die Hände auf den Zaun, und ein großer Wachhund

kam um die Ecke gerannt. Er bellte nicht; er war gut dressiert. Ich zog die Hände zurück, und der Hund sprang nicht am Zaun hoch. Er blieb einfach da stehen und knurrte.

»Sieht so aus, als wäre ich hier nicht mehr willkommen.«

Langsam schlenderten wir weiter, während der Hund innerhalb der Umzäunung mit uns auf gleicher Höhe blieb. Ich sah mir weiter das Haus an. Es war ganz schön heruntergekommen. Die Veranda hing durch, und die Holzstufen waren krumm, eine sogar zerbrochen. Im Hof türmte sich der Abfall.

Wir gingen weiter. Das Lebensmittelgeschäft weiter unten an der Ecke hatte immer noch den gleichen Namen auf der Fensterscheibe stehen. Ich sagte: »Laß uns reingehen.«

Der Mann, der uns bedienen wollte, kam mir bekannt vor. Aber ich hatte wieder dieses komische Gefühl. Er hätte größer sein müssen. Wenn man jedoch davon absah, erkannte ich ihn wieder. Ich fragte nach Zigaretten und sagte: »Erinnern Sie sich noch an mich, Mister Hagendorf? Ich wohnte früher ein Stück weiter die Straße entlang.«

Er betrachtete mich eingehend. Nach ein paar Sekunden fragte er: »Doch nicht der Hunter-Junge, oder?«

»Doch«, sagte ich. »Ed Hunter.«

Er brummte: »Verdammich.« Er streckte mir die Hand hin. »Zieht ihr wieder hier in die Gegend?«

»Nein«, erklärte ich. »Aber mein Onkel zieht hier ganz in die Nähe. Darf ich Ihnen meinen Onkel vorstellen, Mr. Hagendorf? Ambrose Hunter. Er wird hier in der Gegend wohnen. Ich dachte, ich zeig's ihm mal und mach' ihn bekannt.«

Onkel Am schüttelte dem Lebensmittelhändler die Hand und sagte: »Yeah, Ed erzählte mir, daß er hier immer eingekauft hat. Dachte, daß ich hier vielleicht ein Konto eröffne.«

Hagendorf sagte: »Wir lassen hier nicht gerne anschreiben, aber ich denke, das geht in Ordnung.« Er grinste mich an und meinte: »Dein Vater hat bei mir oft in der Kreide gestanden, aber er hat alles beglichen, ehe ihr weggezogen seid.«

Ich sagte: »Die Rechnung war wohl ganz schön hoch, was?«

»So hoch wie immer. Irgendwas über hundert Dollar. Genau

weiß ich es nicht mehr. Aber er hat alles bezahlt, in Ordnung. Wie geht's sonst so in Joliet, Ed?«

»Ziemlich gut«, behauptete ich. »Also, bis später Mr. Hagendorf.«

Wir verließen das Geschäft, und ich sagte: »Du hast den richtigen Riecher, Onkel Sam. Bist du der siebte Sohn eines siebten Sohnes? Und danke, daß du so schnell mitgespielt hast. Ich dachte, es wäre besser, wenn wir uns erkundigen, ohne mit der Wahrheit herauszurücken . . .«

»Natürlich. Nun, was –«

Ich sagte: »Geh du rüber zur Haltestelle. Warte beim Drugstore auf mich.«

Mehrere Male wanderte ich alleine um den Block. Bei unserem Haus wechselte ich auf die andere Straßenseite, damit mich der Hund nicht irritierte. Ich blieb stehen und lehnte mich gegen einen Baum, so daß ich das Haus im Auge behalten konnte. Ich sah die Fenster meines Schlafzimmers oben im Haus und das Fenster des Eßzimmers.

Gerne hätte ich ein bißchen geweint, aber ich schluckte den Kloß in meiner Kehle herunter und versuchte mich wieder zu erinnern. Der letzte Monat, ehe wir fortzogen.

Mir fiel ein, daß Pa in einer jener letzten Wochen mit Sicherheit nicht gearbeitet hatte. Aber trotzdem war er fort gewesen. Ein paar Tage war er Tag und Nacht fort und machte irgend etwas. Außerhalb der Stadt? Nein. Oder doch? Nein.

Jetzt hatte ich es, und ich wunderte mich, weshalb es mir nicht schon früher eingefallen war. Vielleicht, weil wir aus irgendwelchen Gründen nie darüber gesprochen hatten. Wenn ich jetzt so daran dachte, schien es mir, als hätte Pa das Thema absichtlich vermieden.

Ich ging zu Onkel Ambrose hinüber, der unter der Markise vorm Drugstore wartete. Gerade kam die Straßenbahn. Ich nickte ihm zu, und wir stiegen ein.

Als wir in die Innenstadt zurückfuhren, erzählte ich ihm: »Schöffenamt. Pa war Jurymitglied. Kurz, bevor wir weggingen.«

»Um was für einen Fall handelte es sich, Kid?«

»Keine Ahnung. Er hat nie darüber gesprochen. Wir können im Zeitungsarchiv nachsehen, was damals los war. Ich glaube, deshalb hab' ich's vergessen: weil wir nie darüber gesprochen haben.«

Er sah auf seine Armbanduhr. »Es ist gleich Mittag. Du könntest Bunny vorher wegen des Anschlußnehmers anrufen.«

Wir hatten eine Menge Kleingeld, so daß es keine Probleme mit der Gesprächsdauer geben würde. Ich rief Bunny von der Lobby eines kleinen Hotels aus an und ließ die Tür der Sprechzelle offen, damit Onkel Ambrose mithören konnte.

Bunny sagte: »Ich hab' sie dir besorgt, Ed. Der Anschluß gehört jemandem namens Raymond. Apartement dreiundvierzig, Milan Towers. Das ist ein Apartmenthotel auf der Ontario Street, drüben zwischen Michigan Boulevard und dem See.«

Ich sagte: »Ich glaube, ich weiß, wo das ist. Tausend Dank, Bunny.«

»Nicht der Rede wert, Ed. Ich wünschte, ich könnte mehr tun. Wenn ich irgend etwas für euch tun kann, laß es mich wissen. Ich kann mir auch frei nehmen, wenn du mich brauchst. Was treibst du? Hör mal, Mrs. Horth sagte, es sei ein Ferngespräch. Von wo rufst du an?«

»Gary«, erklärte ich ihm. »Wir sind hierher gefahren, um einen Kerl namens Anderz aufzusuchen, der Pa die Versicherung verkauft hat.«

»Welche Versicherung, Ed?«

Ich hatte nicht daran gedacht, daß ich ihm noch nichts davon erzählt hatte. Ich erklärte ihm alles, und er sagte: »Mich laust der Affe, Ed. Nun, das sind ja gute Neuigkeiten für Madge. Ich hab' mir schon Sorgen gemacht, wie sie zurechtkommt. Das wird ihr sehr helfen, einen neuen Anfang zu finden. Habt ihr den Mann schon gesprochen?«

»Nein, Anderz ist nach Springfield gezogen. Wir wollen ihm nicht bis dahin folgen. Wahrscheinlich brächte es sowieso nichts. Wir kommen zurück. Also, nochmals vielen Dank und bis später.«

Bei der *Gary Times* erreichten wir, daß man uns den Jahrgang heraussuchte, den wir brauchten.

Eine penible Suche war überflüssig. Es stand auf der Titelseite. In jener Woche fand die Verhandlung gegen Steve Reynolds wegen Bankraub statt. Die Verhandlung hatte drei Tage gedauert und mit dem Schuldspruch geendet. Er hatte lebenslänglich bekommen. Ein gewisser Harry Reynolds, sein Bruder, hatte als Zeuge der Verteidigung ausgesagt und versucht, ihm ein Alibi zu verschaffen. Offensichtlich hatte man das Alibi für falsch gehalten, aber aus einem Grund, der nicht in der Zeitung erwähnt wurde, verzichtete man auf eine Anklage wegen Meineid.

Bei dem Verteidiger hatte es sich um einen gewissen Schweinberg gehandelt, einem bekannten Sprachrohr der Unterwelt, der, wie mir wieder einfiel, vor ungefähr einem Jahr aus der Anwaltschaft ausgeschlossen worden war.

Es gab Fotos von den Verhandlungen. Eins von Steve Reynolds. Eins von Harry. Ich studierte sie eingehend, bis ich mir sicher war, daß ich sie wiedererkennen würde. Vor allem Harry.

Wir waren fertig und gaben den gebundenen Jahrgang zurück. Dann bedankten wir uns und gingen.

Onkel Am meinte: »Ich glaube, wir können jetzt nach Chicago zurückfahren, Ed. Wir kennen zwar die genauen Hintergründe nicht, aber wir wissen genug. Den Rest können wir uns wohl denken.«

»Was können wir uns denken?«

»Warum er drei Wochen nach der Verhandlung warten konnte, bis er verduftete. Hör mal, wie ich mir das denke: Wally wird in die Reynolds-Jury gewählt. Dieser Schweinberg ist aus der Kammer ausgeschlossen worden, weil er Juroren bestochen hat; das war seine krumme Tour. Irgendwie ist er auf Wally gekommen und hat ihm tausend Bucks gegeben, mehr oder weniger, damit er für Freispruch votierte. Er konnte sich nicht mehr erhoffen, als eine Umstimmigkeit in der Jury zu erzielen und die Einstellung des Verfahrens wegen Fehler in der Beweisaufnahme zu erzwingen.

Wally hat das Geld genommen und ihn reingelegt. Wally hatte Nerven; es wäre ihm zuzutrauen. Himmel, so muß es gewesen sein. Er hat tausend Dollar von irgendwoher gekriegt. Direkt nach der Verhandlung benutzte er einen Großteil der Summe, um eine Lebensversicherung abzuschließen, damit Madge die Kinder gut durch die Schule bringen könnte. Dann verschwand er aus Gary und verwischte seine Spuren. Ich weiß nicht, warum er drei Wochen gewartet hat. Irgend etwas muß ihn geschützt haben. Vielleicht hat man Reynolds solange wegen der Meineidsache festgesetzt oder weil man wegen Mittäterschaft gegen ihn ermittelte, ich weiß es nicht. Dann mußte man ihn laufen lassen. Und mit Harry auf freiem Fuß gab es für Wally nur noch eine Chance.«

Ich fragte: »Glaubst du, daß Mom eine Ahnung hatte?«

Er zuckte die Achseln. »Ein bißchen was muß sie gewußt haben. Wahrscheinlich nicht alles. Wir wissen ja, daß er ihr nichts von der Lebensversicherung erzählt hat. Vielleicht wußte sie auch gar nichts. Vielleicht ließ er sie in dem Glauben, daß ihr wegen der unbezahlten Rechnungen aus Gary verschwinden mußtet. – Er könnte sie beglichen haben, ohne daß sie davon wußte.«

Ich sagte: »Das ergibt doch keinen Sinn. Er ist ehrenhaft genug, Rechnungen zu bezahlen, die er nicht bezahlen *müßte*, weil er ohnehin verduftet, aber auch unehrenhaft genug, um Bestechungsgeld von Gangstern anzunehmen.«

»Ah, das ist ein Unterschied, Kid. So, wie Wally die Sache sah, war es nicht unehrenhaft, einen Gauner zu leimen. Herrje, ich weiß nicht, ob er das richtig gesehen hat. Es ist mir auch egal. Es gehört verdammt viel Mut dazu, Zaster von Gangstern anzunehmen und dann *keine* Ware zu liefern.«

Auf der Fahrt nach Chicago sprachen wir nicht viel.

In der Loop Station stiegen wir in den Howard Express und fuhren bis zur Grand. Ich meinte: »Besser, ich geh' jetzt nach Hause und nehm' ein Bad. Ich muß mir was Frisches anziehen.«

Onkel Am nickte. »Junge, wir können beide nicht auf ewig ohne Schlaf auskommen. Leg dich auch mal ein Weilchen hin. Es ist ungefähr zwei. Gönn dir eine Mütze voll Schlaf und komm so um sieben oder acht heute abend ins Hotel. Wir werden uns mal den Milan Tower ansehen. Aber dazu müssen wir munter sein.«

Ich stieg zu unserer Wohnung hinauf, während Onkel Am sich auf den Weg zum Wacker machte.

Die Tür war verschlossen, und ich mußte meinen Schlüssel benutzen, um in die Wohnung zu kommen. Mir war es nur recht, daß keiner zu Hause war. Binnen zwanzig Minuten hatte ich ein Bad genommen und lag im Bett. Ich stellte den Wecker auf sieben Uhr.

Als er schrillte und mich aufgeweckt hatte, hörte ich Stimmen aus dem Wohnzimmer. Ich zog mich rasch an und ging hinüber. Mom und Gardie waren zu Hause, und Bunny saß bei ihnen. Sie hatten gerade zu Abend gegessen, und Mom sagte: »Hallo, Fremder«, und wollte wissen, ob ich auch etwas essen mochte. Ich sagte, daß ich mir eine Tasse holen würde und gern etwas Kaffee hätte.

Ich holte die Tasse und zog für mich einen Stuhl heran. Ich mußte Mom immerzu ansehen. Sie war in einem Schönheitssalon gewesen und sah ganz verändert aus. Sie trug ein schwarzes Kleid, ein neues, in dem sie besser aussah als je zuvor. Sie hatte etwas Make-up aufgelegt, aber nicht zuviel.

Mensch, dachte ich, sie ist wirklich hübsch, wenn sie sich zurechtgemacht hat.

Gardie sah auch gut aus. Aber ihr Gesicht nahm einen leicht verdrießlichen Gesichtsausdruck an, als sie mich ansah. Ich hatte das Gefühl, daß sie wegen der Sache mit der Brieftasche und der Schlägerei mit Bobby Reinhart sauer auf mich war.

Bunny sagte: »Sie überlegen, ob sie nach Florida gehen sollen, Ed, wenn sie das Geld von der Versicherung haben. Ich hab' ihnen gesagt, daß sie hierbleiben sollen, wo sie Freunde haben.«

»Freunde, so'n Quatsch«, sagte Mom. »Wen denn außer dir, Bunny? Ed, ich hörte, daß du heute in Gary warst. Hast du unser Haus gesehen?«

Ich nickte. »Aber nur von außen.«

»Das war vielleicht eine Bruchbude«, meinte sie. »Die

Wohnung hier ist schon schlimm genug, aber das war eine Bruchbude da in Gary.«

Ich erwiderte nichts.

Ich gab Zucker und Sahne in den Kaffee, den meine Stiefmutter mir eingeschenkt hatte. Er war nicht mehr richtig heiß, so daß ich die Tasse in einem Zug leeren konnte. Ich sagte: »Bin mit Onkel Am verabredet. Ich kann nicht bleiben.«

Bunny sagte: »He, Ed, wir haben mit dir gerechnet. Wir wollen Karten spielen. Als wir merkten, daß du zu Hause bist, hat Madge auf deinen Wecker geguckt. Weil er auf sieben gestellt war, dachten wir, du wolltest mal einen Abend hier verbringen.«

»Vielleicht kann ich Onkel Am nachher mitbringen.«

Ich stand auf, und Gardie fragte: »Was hast du denn vor, Eddie? Ich meine nicht jetzt, sondern überhaupt. Kehrst du wieder zu deiner alten Arbeit zurück?«

»Sicher«, sagte ich. »Ich werde wieder zur Arbeit gehen. Warum nicht?«

»Ich dachte, daß du vielleicht mit uns nach Florida kommen möchtest, das ist alles. Aber du willst nicht, oder?«

»Ich glaube nicht.«

Sie sagte: »Das Geld gehört Mom. Ich weiß nicht, ob du das weißt, aber die Police ist auf sie ausgestellt. Es gehört ihr.«

Mom sagte: »Gardie!«

»Das weiß ich«, sagte ich. »Ich will nichts von dem Geld.«

Meine Stiefmutter meinte: »Gardie hätte das so nicht sagen sollen, Ed. Aber worauf sie hinauswollte ist, daß du einen Job hast und all das. Und ich muß sehen, daß ich sie durch die Schule bringe, und –«

»Ist schon gut, Mom«, beruhigte ich sie. »Ehrlich, ich habe nie daran gedacht, etwas von dem Geld zu beanspruchen. Ich komme schon zurecht. Also, bis später. Bis später, Bunny.«

Bunny rief mir nach: »Warte einen Moment, Ed«, und holte mich im Hausflur ein. Er zog eine Fünf-Dollar-Note aus der Tasche. »Bring deinen Onkel mit, Ed. Ich würde ihn gerne kennenlernen. Und bring hiervon Bier mit.«

Ich nahm das Geld nicht und sagte: »Ehrlich, Bunny, ich

kann nicht. Ich würde mich freuen, wenn ihr euch kennenlerntet, aber ein andermal. Wir haben heute abend etwas zu erledigen. Wir – nun, du weißt, was wir versuchen wollen.«

Langsam schüttelte er den Kopf. »Du gehst ein hohes Risiko ein, Ed. Ihr solltet die Finger davon lassen.«

»Vielleicht«, sagte ich. »Vielleicht hast du recht, Bunny. Aber wo wir einmal damit angefangen haben, werden wir es auch zu Ende bringen. Es ist verrückt, schätze ich, aber so ist es nun einmal.«

»Wie wär's denn dann, wenn ich euch helfe?«

»Das hast du bereits. Du hast uns sehr geholfen, indem du uns den Namen besorgt hast. Wenn sich noch etwas ergibt, laß ich es dich wissen. Hab vielen Dank, Bunny.«

Im Hotel war Onkel Ambrose gerade dabei, sich mit dem Elektrorasierer zu rasieren, der beim Spiegel der Kommode angebracht war.

Er fragte: »Hast du geschlafen?«

»Natürlich, ziemlich lange.«

Ich warf ihm im Spiegel einen Blick zu. Sein Gesicht war ein wenig verquollen und die Augen rotgerandet. Ich fragte: »Du aber nicht?«

»Ich hab's versucht, aber Bassett kam vorbei und weckte mich. Wir sind gemeinsam einen trinken gegangen und haben uns gegenseitig ausgequetscht.«

»Bis aufs Blut?«

»Ich weiß nicht, wieweit ich bei ihm gekommen bin. – Ich denke, er verheimlicht etwas, aber ich weiß nicht, was. Mich würde nicht wundern, Ed, wenn er uns einen Schatten verpaßt hätte. Aber mir ist nichts aufgefallen.«

»Und wie ist er bei dir vorangekommen?«

»Ganz gut, ich habe ihm von Gary erzählt, über die Verhandlung, über den Sonderzuschlag, den Wally eingesackt hat – ich hab' ihm alles gesagt, nur die Adresse im Milan Towers und die Telefonnummer nicht.«

Er runzelte die Stirn. »Aber ich hab' so das Gefühl, daß er mir irgendwas hinter dem Berg hält, was viel wichtiger ist als das.«

»Zum Beispiel?«

»Ich wünschte, ich wüßte das, Kid. Hast du Madge gesehen?«

»Sie zieht nach Florida«, erzählte ich. »Mit Gardie. Sobald sie das Geld von der Versicherung haben.«

Er sagte: »Ich wünsche ihnen alles Gute. Jemand wie sie landet immer wieder auf den Füßen. Mit dem Geld kommt sie nicht weiter als ein Jahr, aber bis dahin wird sie einen neuen Ehemann gefunden haben. Sie hat immer noch eine gute Figur, und sie ist sechs oder sieben Jahre jünger als Wally, wenn ich mich recht erinnere.«

»Ich glaube, sie ist sechsunddreißig.«

Onkel Ambrose sagte: »Bassett und ich haben also was getrunken, und als ich ihn endlich los war, reichte die Zeit nicht mehr zum Schlafen. Deshalb bin ich zum Milan Towers gegangen und habe mich umgesehen.«

Er kam zu mir herüber, setzte sich aufs Bett und lehnte sich gegen das Kissen. Er sagte: »Im Apartment dreiundvierzig lebt eine alleinstehende junge Frau. Sie heißt Claire Raymond. Luxusweibchen, meinte der Portier. Ihr Mann ist verschwunden, sie sollen getrennt sein. Der Portier glaubt, daß er sie sitzengelassen hat. Aber die Miete ist bis Ende des Monats bezahlt, und solange bleibt sie auf jeden Fall dort wohnen.«

»Hast du rausgekriegt, ob –«

»Ja, Raymond ist Reynolds. Die Beschreibung paßt jedenfalls. In der Kneipe vom Milan ist er auch mal mit zwei Typen aufgekreuzt, die Dutch und Benny gewesen sein könnten.«

»Benny?«

»Der Torpedo. Den Namen habe ich von Bassett. Bassett hat sich erkundigt, was gegen sie vorliegt, und mir etwas Zucker gegeben. Benny Rosso. Dutch heißt Reagan mit Nachnamen, wenn du das behalten kannst. Keiner der drei hat sich in den letzten acht Tagen im Milan blicken lassen. – Das wäre ein oder zwei Tage vor Wallys Tod.«

»Denkst du, das hat was zu bedeuten?«

Er gähnte. »Ich habe keine Ahnung. Wir werden sie wohl danach fragen müssen. Ich glaube, wir sollten uns jetzt auf den Weg machen.«

Ich sagte: »Ruh dich noch etwas aus. Ich muß mal nach unten in die Lobby.«

»Okay, Kid. Verlauf dich nicht.«

Ich fuhr nach unten, und als ich wieder zurückkam, schlief er tief und fest.

Einen Moment stand ich da und überlegte. Zu neunzig Prozent hatte er alles erledigt, mit mir im Schlepptau. Besaß ich nicht die Courage und das Hirn, mal selber etwas auf die Beine zu stellen? Besonders, wo er Schlaf nötig hatte und ich nicht?

Ich atmete tief durch und sagte mir: »Hier läuft nichts.« Dann schaltete ich das Licht aus.

Ohne ihn zu wecken, verließ ich das Zimmer und machte mich auf den Weg zum Milan Towers.

11

Unterwegs verlangsamte ich meinen Schritt, weil mir bewußt wurde, daß ich noch keine Ahnung hatte, wie ich vorgehen sollte. Es war noch ziemlich früh am Abend, und ich hatte Hunger.

Also ging ich erst mal etwas essen. Als ich damit fertig war, hatte ich immer noch keine Idee.

Aber ich ging trotzdem zum Milan Towers.

Neben der Eingangshalle befand sich eine Cocktailbar. Ich ging hinein und setzte mich an die Bar. Alles war verdammt elegant. Ich wollte mir eigentlich ein Bier bestellen, aber ich wäre mir dämlich vorgekommen, wenn ich in einem solchen Lokal ein Bier bestellt hätte.

Ich stieß meinen Hut ein wenig in den Nacken und versuchte, mich etwas cooler zu fühlen.

»Key«, erklärte ich dem Barkeeper. Ich dachte an George Raft in dem Film *The Glass Key,* der immer Whisky bestellt hatte.

Mit geübtem Griff schnappte sich der Barkeeper ein Glas und füllte es aus einer Old Overholt-Flasche. »Wasser?«

»Einfach klares Wasser«, erklärte ich.

Ich bekam fünfunddreißig Cent Wechselgeld von dem Dollar zurück, den ich auf die Theke gelegt hatte.

Du mußt ja nicht schnell trinken, dachte ich. Ohne mich umzudrehen, studierte ich das Innere des Lokals im Spiegel hinter der Bar. Ich fragte mich, warum in allen Bars Spiegel hingen. Ich hätte gedacht, daß das letzte, was ein Mann im betrunkenen Zustand zu sehen wünscht, sein besoffenes Gesicht wäre. Zumindest die, die trinken, um sich selbst zu entfliehen.

Im Spiegel konnte ich die Tür sehen, die zur Lobby führte. Dort konnte ich eine Uhr erkennen. Ich brauchte einen Moment, um im Spiegel die Zeit zu lesen. Es war Viertel nach neun.

Um halb zehn kam ich zu dem Schluß, daß ich etwas unternehmen mußte. Was wußte ich nicht, aber ich mußte etwas tun.

Zuerst würde ich zum Telefon in der Lobby gehen und im Apartment anrufen. Aber was sollte ich sagen?

Ich hätte Onkel Am doch wecken sollen. Vielleicht war ich dabei, alles zu verderben. Wie bei der Schlägerei mit Reinhart.

Wieder sah ich mich mittels des Spiegels um. An anderen Ende der Theke saß ein Mann. Er wirkte wie ein erfolgreicher Geschäftsmann. Ob er das auch war? Er konnte genausogut ein Gangster sein. Und der kleine, dunkle italienische Typ in der Nische konnte Handelsreisender sein, obwohl er wie ein Torpedo aussah. Vielleicht war er Benny Rosso. Ich konnte ihn fragen, aber wenn er's war, dann wäre er bewaffnet und ich nicht. Und außerdem würde er es mir wohl kaum auf die Nase binden.

Ich trank einen Schluck Whisky, und er schmeckte widerlich. Deshalb trank ich ihn in einem Zug aus, um es hinter mich zu bringen. Ich konnte den Schnaps gerade noch hinunterwürgen, ehe ich die schöne glänzende Theke damit besudelt hätte. Ich hoffte nur, daß niemand meine Schwierigkeiten bemerkt hatte.

Ich blickte wieder auf die Uhr im Spiegel, die etwa drei Uhr einunddreißig anzeigte. Daraus schloß ich, daß es einundzwanzig Uhr neunundzwanzig sein könnte.

Der Barkeeper kam wieder zu mir, aber ich schüttelte den Kopf. Ich fragte mich, ob ihm aufgefallen war, daß ich den Drink beinahe ausgekotzt hatte. Ich kam mir albern vor, aber ich blieb noch eine Minute sitzen, ehe ich in die Lobby ging. Mir war, als hinge mir das Hemd aus der Hose, und jedermann würde mich deshalb anstarren.

Ich würde in den Hörer stottern und alles ruinieren.

Die Juke-box rettete mich. Sie stand silbrig gänzend zwischen der Bar und dem Ausgang zur Lobby. Ich blieb stehen und überflog die einzelnen Musiktitel. Dann fischte ich einen Nickel aus meiner Hosentasche.

Ich entschied mich für Benny Goodman. Fasziniert beobachtete ich, wie die Maschine die Platte heraussuchte und die Nadel aufsetzte.

Ich schloß die Augen, als die Musik einsetzte, und lauschte den ersten Klängen, ohne einen Muskel zu rühren, aber dennoch mit dem ganzen Körper der Musik hingegeben.

Dann öffnete ich die Augen wieder und marschierte in die Lobby, ritt auf der hohen Woge der Klarinette, betrunken wie ein Lord. Nicht vom Whisky.

Ich fühlte mich großartig. Ich fühlte mich nicht wie ein dummer Junge, und mein Hemd steckte wieder in der Hose. Ich konnte mit allem fertig werden, was auch immer passieren mochte.

Ich trat in die Telefonzelle und wählte W-E-N-3-8-4-2. Ich hörte das Läuten am anderen Ende.

Das Klicken des Hörers und dann die Stimme einer jungen Frau. »Hallo?«

Die Stimme, die mir letzte Nacht so gut gefallen hatte.

Ich sagte: »Hier spricht Ed, Claire.«

»Ed, welcher Ed?«

»Sie kennen mich nicht. Sie haben mich nie gesehen. Aber ich rufe von der Lobby aus an. Sind Sie allein?«

»J–ja. Wer sind Sie?«

Ich fragte: »Sagt Ihnen der Name Hunter etwas?«

»Hunter? Nein.«

Ich fragte: »Wie steht es mit Reynolds?«

»Wer *sind* Sie?«

»Das würde ich Ihnen gern erklären«, sagte ich. »Darf ich hinaufkommen? Oder ziehen Sie es vor, nach unten zu kommen und mit mir in der Bar einen Drink zu nehmen?«

»Sind Sie ein Freund von Harry?«

Ich sagte: »Ich bin ein Feind von Harry.«

»Oh.« Das machte sie für eine Minute sprachlos.

Ich sagte: »Ich werde jetzt raufkommen. Öffnen Sie die Tür, aber lassen Sie die Kette vorgelegt. Sollte ich nicht wie ein Werwolf – oder irgend ein anderer Wolf – aussehen, könnten Sie ja vielleicht die Kette fortnehmen.«

Ich legte auf, ehe sie mich aufhalten konnte. Hoffentlich war sie neugierig genug, um mich einzulassen.

Ich wollte ihr weder Zeit lassen nachzudenken, noch Zeit zu telefonieren. Deshalb wartete ich nicht auf den Lift, sondern eilte die drei Treppen zu Fuß hinauf.

Sie hatte niemanden angerufen, denn sie erwartete mich bereits an der Tür. Sie hatte die Kette vorgelegt, in Ordnung, und die Tür einen Spaltbreit geöffnet, damit sie auf den Flur sehen konnte. Dadurch konnte sie sich schon früher ein Bild von mir machen, als wenn sie die Tür erst auf mein Klopfen hin geöffnet hätte.

Sie war jung und sie war eine Wucht. Selbst durch einen zehn Zentimeter breiten Spalt konnte ich das erkennen. Sie gehörte zu der Sorte Mädchen, nach der man zweimal pfeift.

Ich brachte es fertig, den Flur entlangzugehen, ohne über den Teppich zu stolpern.

Ihre Augen blickten neutral, aber sie nahm die Kette fort, als ich die Tür erreichte. Sie öffnete, und ich trat ein. Niemand stand hinter der Tür, um mich niederzuschlagen, also marschierte ich weiter ins Wohnzimmer. Es war ein hübscher Raum, wenn man davon absah, daß er wie eine Filmkulisse wirkte. Da war der Kamin mit einem Feuerbock aus Messing und einem Ständer, an dem sauber glänzend das Kaminbesteck hing. Aber in dem Kamin hatte nie ein Feuer gebrannt. Davor stand ein bequem aussehendes Sofa. Es gab Lampen und Vorhänge und was weiß ich. Ich kann's nicht beschreiben, aber es war ein hübsches Zimmer.

Ich ging um das Sofa herum und setzte mich. Ich streckte die Hände zum Kamin und rieb sie gegeneinander, als wollte ich sie wärmen.

Ich sagte: »Es ist eine eisige Nacht. Der Schnee auf dem Trottoir ist sieben Fuß hoch. Meine Huskies haben schlappgemacht, ehe ich Ontario erreichte. Die letzte Meile bin ich auf allen vieren gekrochen, Lady.«

Ich rieb mir noch kräftiger die Hände.

Sie stand am Sofaende und blickte auf mich hinunter. Die Arme hatte sie vor der Brust verschränkt. Es waren hübsche Arme, wie geschaffen für ein ärmelloses Kleid. Und sie trug ein ärmelloses Kleid.

Sie sagte: »Ich verstehe, daß Sie nicht in Eile sind.«

Ich sagte: »Ich muß den Zug nächste Woche Mittwoch noch erwischen.«

Sie gab ein Geräusch von sich, das wie ein leises Schnauben klang. Dann sagte sie: »Ich denke, daß wir dann ebensogut etwas trinken können.«

Sie bückte sich, um das Schränkchen neben dem Kamin zu öffnen, in dem sich eine Reihe Flaschen und eine Reihe Gläser befanden. Es gab einen Meßbecher, einen Shaker, einen Löffel zum Umrühren und – Gott sei mein Zeuge – ein Miniatureisfach mit drei Eiswürfelbehältern darin.

Ich meinte: »Wie, kein Radio drin?«

»Auf der anderen Seite vom Kamin.«

Ich blickte dorthin.

Ich sagte: »Ich wette, Sie haben keine Schallplatten.«

»Möchten Sie jetzt einen Drink oder nicht?«

Ich blickte wieder auf die Flaschensammlung und entschied mich gegen Cocktails. Könnte sein, daß sie erwartete, ich würde mir meinen Drink selber mixen, und dann hätte ich keine Ahnung. Ich sagte: »Burgunder paßt gut zum kastanienbraunen Teppich. Man sieht keine Flecken, wenn etwas verschüttet wird.«

»Wenn Sie keine anderen Sorgen haben, dürfen Sie getrost Pfefferminzlikör nehmen. Die Möbel gehören mir nicht.«

»Aber sie müssen damit leben.«

»Nicht mehr nach nächster Woche.«

Ich sagte: »Dann zum Teufel mit dem Burgunder. Wir trinken Pfefferminzlikör. Ich jedenfalls.«

Sie nahm zwei kleine Likörgläser aus dem oberen Regal und füllte sie mit Pfefferminzlikör. Eins reichte sie mir.

Ich sah ein Zigarettenkästchen aus Teakholz auf dem Kaminsims. Ich bot ihr eine ihrer Zigaretten an und gab ihr Feuer. Dann zündete ich mir auch eine an, setzte mich wieder und trank ein Schlückchen Likör. Er schmeckte wie Pfefferminzbonbon und sah aus wie grüne Tinte. Ich stellte fest, daß ich das mochte.

Sie blieb an den Kamin gelehnt stehen und musterte mich.

Immer noch wirkte sie völlig unbeteiligt.

Sie hatte jettschwarzes Haar, dem es gelang, gleichzeitig glatt und gewellt zu sein. Sie war schlank und fast so groß wie ich. Sie hatte klare, ruhige Augen.

Ich sagte: »Sie sind wunderschön.«

Einer ihrer Mundwinkel zuckte ein wenig. Sie fragte: »Haben Sie mich deshalb aufgesucht, um mir das zu sagen?«

Ich sagte: »Da wußte ich es noch nicht. Ich habe Sie noch nie gesehen. Nein, deshalb wollte ich nicht mit Ihnen sprechen.«

»Was muß ich tun, damit Sie endlich anfangen zu reden?«

»Alkohol hilft immer. Und ich bin wild auf Musik. *Haben* Sie irgendwelche Schallplatten?«

Sie nahm einen tiefen Zug aus ihrer Zigarette und blies den Rauch langsam durch die Nase aus. Sie sagte: »Wenn ich Sie frage, woher Sie das blaue Auge haben, werden Sie mir bestimmt erzählen, ein Berhardiner hätte Sie gebissen.«

»Nur die reine Wahrheit. Ein Mann hat mich geschlagen.«

»Warum?«

»Er mochte mich nicht.«

»Haben Sie zurückgeschlagen?«

Ich sagte: »Ja.«

Sie lachte. Es war ein wohltönendes, ehrliches Lachen. Sie meinte: »Ich weiß nicht, ob Sie verrückt sind oder nicht. Ich kann's nicht feststellen. Also, was wollen Sie wirklich?«

Ich sagte: »Die Adresse von Harry Reynolds.«

Sie runzelte die Stirn. »Ich weiß nicht, wo er ist, ich habe sie nicht. Und es ist mir auch egal.«

Ich sagte: »Wir sprachen gerade von Schallplatten. Haben Sie –«

»Hören Sie damit auf. Ich will wissen, was Sie von Harry wollen. Warum suchen Sie ihn?«

Ich atmete tief ein und beugte mich vor. Dann sagte ich: »Letzte Woche wurde ein Mann in einer kleinen Nebenstraße umgebracht. Er war mein Vater. Ein Drucker. Ich bin noch in der Ausbildung, angehender Drucker. Ich bin nicht so alt, wie ich vielleicht aussehe. Mein Onkel ist Schausteller. Wir beide versuchen, Harry Reynolds zu finden, um ihn der Polizei zu übergeben, weil er meinen Vater getötet hat. Mein Onkel wollte mit mir hierher kommen, aber er mußte sich hinlegen. Er ist ein prima Kerl. Sie würden ihn mögen.«

Sie sagte: »Ihre Einsilbigkeit gefällt mir besser. Sie haben die Wahrheit über Ihr blaues Auge gesagt.«

»Sollen wir es weiter in Kurzform versuchen?«

Sie trank noch ein Schlückchen Likör und beobachtete mich über den Glasrand hinweg.

»Na gut«, sagte sie. »Wie heißen Sie?«

»Ed.«

»Ist das alles? Wie lautet der Rest?«

»Hunter«, erklärte ich ihr. »Das wären zwei Silben. Ich habe versucht, es auf Ed zu verkürzen. Es ist bloß Ihre Schuld.«

»Sie suchen wirklich Harry? Deshalb sind Sie gekommen?«

»Ja.«

»Was haben Sie mit ihm vor?«

»Das wären drei Silben.«

»Nun reden Sie schon.«

»Ihn töten.«

»Für wen arbeiten Sie?«

»Einen Mann. Sein Name sagt Ihnen nichts. Wenn ich anderer Ansicht wäre, würde ich ihn nennen.«

Sie sagte: »Ihre Zunge sitzt noch nicht locker genug. Wir werden es mit noch etwas Likör versuchen müssen.« Sie schenkte nach.

»Und Musik«, erinnerte ich sie, »besänftigt die wilden Gemüter. Wie steht's mit den Schallplatten, wenn Sie überhaupt welche haben?«

Sie lachte wieder und durchquerte das Zimmer. Dann zog sie einen Vorhang aus Cretonne beiseite und brachte ein Bord mit Plattenalben zum Vorschein.

»Was wünschen Sie, Ed. Es ist fast alles da.«

»Dorsey?«

»Beide. Welchen Dorsey?«

»Den Posaunen-Dorsey.«

Sie wußte, daß ich Tommy meinte.

Nachdem sie einige Platten aus einem der Alben gesucht hatte, legte sie sie auf den Plattenteller und stellte ihn auf Automatic.

Sie kam zurück und stellte sich vor mich. »Wer hat Sie hergeschickt?«

»Es würde sich hübsch anhören, wenn ich sagte: ›Benny schickt mich‹. Aber das tat er nicht. Ich mag Benny oder Dutch ebensowenig wie Harry. Niemand hat mich geschickt, Claire. Ich bin einfach gekommen.«

Sie beugte sich vor und betastete beide Seiten neben den Revers, dort, wo das Holster stecken müßte. Dann richtete sie sich wieder auf und runzelte die Stirn.

Sie sagte: »Nicht mal ein –«

»Seien Sie still«, unterbrach ich sie. »Ich will Dorsey hören.«

Sie zuckte die Achseln, holte ihr Glas vom Kaminsims und setzte sich aufs Sofa. Der Abstand war gerade so groß zu signalisieren: nur keine Annäherungsversuche. Ich unternahm auch nichts dergleichen. Ich hätte es gerne getan, unterließ es aber.

Ich wartete, bis der Plattenspieler die vierte Scheibe abgespielt hatte und sich ausschaltete.

Dann fragte ich: »Wie wär's, wenn für Sie Geld dabei herausspringen würde? Für Harrys Adresse, meine ich.«

Sie sagte: »Das weiß ich nicht, Ed.«

Sie wandte sich zu mir und sah mich an. »Hören Sie, das ist die Wahrheit, und mir ist egal, ob Sie sie glauben oder nicht. Ich bin mit Harry durch – und mit allem, was er bedeutet. Ich habe hier zwei Jahre gelebt, und alles, was ich zuwege gebracht habe, ist das Geld für die Fahrkarte nach Hause. Zu Hause, das heißt Indianapolis.

Ich werde von hier verschwinden und dorthin zurückkehren. Ich werde mir einen Job suchen und ein einfaches Zimmer mit nur einem Kissen auf dem Bett. Ich kann durchaus wieder lernen, mit fünfundzwanzig Bucks die Woche auszukommen. Oder so. Vielleicht klingt das komisch für Sie.«

»Nicht unbedingt«, sagte ich. »Aber würde eine kleine Rücklage auf der Bank keine gute Starthilfe sein?«

»Nein, Ed. Aus zwei sehr guten Gründen. Erstens wäre ein doppeltes Spiel kein guter Anfang. Zweitens, ich weiß nicht, wo Harry steckt. Ich habe ihn seit einer Woche nicht gesehen – seit fast zwei Wochen. Ich weiß nicht mal, ob er in Chicago ist. Und es ist mir gleich.«

Ich stand auf. »Wenn das so ist –«

Ich ging zu den Plattenalben hinüber. Es war eines mit Oldtimern dabei, darunter Jimmy Noone. Wangwang Blues, Wabash Blues – ich hatte schon viel über Jimmy Noone gehört, aber noch nie eine seiner Platten. Ich nahm das Album mit zum Plattenspieler, stellte fest, wie er funktionierte, und legte die erste Scheibe auf. Es war ein ganz, ganz toller Sound.

Ich streckte meine Hand nach Claire aus, und sie stand auf und kam zu mir. Wir tanzten. Die Musik zauberte eine blaue Stunde herbei, so blau wie der Likör grün gewesen war. So spielte man heutzutage nicht mehr. Es ging mir unter die Haut.

Erst als die Musik aufhörte, wurde mir wirklich bewußt, daß ich Claire in meinen Armen hielt. Und daß sie sich nicht dagegen wehrte und daß sie zu küssen die natürlichste Sache der Welt war.

So war es. Und es war genau dann, in jener Stille zwischen

den Schallplatten, in jenem seligen Schweigen des Kusses, als wir hörten, wie ein Schlüssel sich im Türschloß drehte.

Claire hatte sich aus meiner Umarmung gelöst, noch ehe ich überhaupt richtig begriff, was los war.

Sie legte einen Finger an die Lippen, damit ich still bliebe, und deutete dann auf eine kleine Tür neben dem Barschrank. Dann wirbelte sie zur Diele hinaus, die zu der Außentür des Apartments führte, jener Tür, die sich jetzt öffnete.

Auch ich war nicht langsam. Ich klaubte mein Glas und meine Zigarette vom Sims, nahm meinen Hut vom Sofa und verschwand durch die Tür, auf die sie gewiesen hatte. Und all das, ehe sie die Diele erreicht hatte!

Ich befand mich in einem dunklen Raum. Ich stieß die Tür wieder so weit zu, wie sie gewesen war. Einen Spaltbreit offen.

Ich hörte sie ausrufen: »Dutch! Was, zum Teufel, denkst du dir dabei, hier so reinzuschneien wie –«

Der Plattenspieler hatte sich wieder eingeschaltet. Es war die zweite Jimmy-Noone-Platte, und ich konnte den Rest des Satzes nicht hören. Die Platte hieß Margie. *»Margie, I'm always thinking of you, Margie –«*

Durch den Türspalt konnte ich Claire sehen, die durchs Zimmer kam, um den Apparat abzustellen. Ihr Gesicht war weiß vor Zorn, und ihre Augen. Nun, ich war froh, daß sie mich nicht so angesehen hatte.

Sie stellte mit einem Ruck den Plattenspieler ab. »Zur Hölle mit dir, Dutch. Hat Harry dir den Schlüssel gegeben, oder hast du –«

»Jetzt mach mal Pause, Claire. Nein, Harry hat mir den Schlüssel nicht gegeben. Du weißt verdammt gut, daß er das niemals getan hätte. *Ich* hab' mir diesen Schlüssel besorgt, Schätzchen. Ich habe mir diesen Dreh schon vor einer Woche einfallen lassen.«

»Was für einen Dreh? Hör damit auf. Ich will erst gar nicht wissen, wovon du sprichst. Verschwinde jetzt. Raus!«

»Jetzt, Schätzchen.« Er war weiter ins Zimmer gekommen. Zum erstenmal konnte ich ihn sehen. Aus seiner Stimme hatte ich keine Schlüsse ziehen können. Nur so viel, daß er kein

Sopran war. Jetzt sah ich ihn. Er sah so riesig aus wie eine Felswand.

Und wenn er Holländer oder Ire sein sollte, dann war ich ein Hottentotte. Für mich sah er wie ein Grieche aus. Ein Grieche oder ein Syrer oder ein Armenier. Vielleicht gar Türke oder Perser oder sonst ein Orientale. Aber wie er an den Familiennamen Reagan oder den Spitznamen Dutch gekommen sein mochte, wollte ich gar nicht erst erraten. Seine Haut war dunkel, und wenn man ihn entkleidet hätte, wären etliche Morgen davon zum Vorschein gekommen. Er sah aus wie ein Ringer, als würde er nur aus Muskeln bestehen.

»Jetzt, Schätzchen«, sagte er, »halt mal die Luft an und geh nicht gleich an die Decke. Nimm's leicht. Wir haben was Geschäftliches zu besprechen.«

»Verschwinde hier!«

Er stand mitten im Zimmer, drehte seinen Hut in den Händen und lächelte. Seine Stimme wurde sanfter.

Er sagte: »Meinst du, ich wüßte nicht, daß Harry mich reinlegen will? Mich und Benny? Nun, ich mache mir keine Sorgen um Benny, aber um mich. Mir schmeckt es gar nicht, wenn man mich übers Ohr haut. Das werde ich Harry klarmachen.«

»Ich weiß nicht, wovon du sprichst.«

»Nein?« Er zog eine dicke Zigarre aus seiner Brusttasche, steckte sie zwischen seine dicken Lippen und ließ sich beim Anzünden mit einem silbernen Feuerzeug Zeit. Er schob seinen Hut weiter in den Nacken. Dann wiederholte er: »Nein?«

Claire sagte: »Nein. Und wenn du nicht von hier verschwindest, werde ich –«

»Was wirst du?« Er grinste. »Willst du die Bullen rufen? Mit vierzig Riesen aus Waupaca im Gepäck? Daß ich nicht lache. Nun hör mal gut zu, Schätzchen. Erstens, ich kenn' die Sorte. Harry tut zwar so, als sei zwischen euch beiden alles aus; klug von ihm, daß er die Schau schon *vor* dem Waupaca-Job abgezogen hat. Und blöd wie Schlemihl haben wir Harry mit dem Zaster verduften lassen, als wir uns trennten. Also, wo steckt Harry? Ich weiß es nicht, aber ich werde es herausfinden. Und ich weiß, wo die vierzig heißen Riesen sind, hier.«

»Du bist verrückt. Und verdammt dämlich.«

Wenn ich gedacht hatte, daß er vor lauter Kraft nicht gehen könnte, hatte ich mich geirrt. Seine Hand stieß wie der Kopf einer Schlange vor und umklammerte Claires Handgelenk. Er zog sie mit einem Ruck zu sich heran, daß sie mit dem Rücken vor ihm stand. Er hielt sie fest im Griff, dicht an seine Brust gepreßt, und drückte ihre Arme herunter.

Mit der anderen Hand hielt er ihr den Mund zu.

Die meiste Zeit hielt er mir den Rücken zugewandt. Ich wußte nicht, was ich tun sollte. Ich wußte nicht, was ich gegen so einen Muskelprotz tun *konnte,* aber ich öffnete die Tür. Ich sah mich nach etwas Geeignetem um. Das einzige, was ich entdecken konnte, war der leichte Feuerhaken neben dem falschen Kamin.

Ich setzte mich in Bewegung, ging ganz leise.

Seine Stimme hatte sich nicht auch nur um einen halben Ton verändert. Er fuhr fort, als redete er über das Wetter. Er sagte: »Nur eine Sekunde, Schätzchen. Ich werde dir genug Luft lassen, damit du Ja oder Nein sagen kannst. Im ersten Fall sacken wir den Zaster ein, du und ich, Schätzchen, denn Harry lebt nicht mehr hier. Im anderen Fall, nun . . . Es würde dir nicht gefallen.«

Ich hatte den Schürhaken inzwischen zu fassen bekommen. Meine Schritte hatten keine Geräusche gemacht. Aber, mein Gott, es war bloß ein Spielzeug. Der Schürhaken diente nicht dazu, ein Feuer zu schüren oder einem Hünen den Schädel einzuschlagen. Er wog kaum etwas. Es würde ihn nur wild machen.

Der Feuerbock war festgeschraubt.

Mir fiel etwas ein. Ich hatte mal von einem Jiu-Jitsu-Schlag gelesen, der gegen den Hals, unmittelbar unter dem Kieferknochen geführt wurde. Es war ein Handkantenschlag, der das Opfer zeitweilig außer Gefecht setzte oder sogar töten konnte.

Es war einen Versuch wert. Ich stellte mich in Positur. Mit dem Schürhaken hatte ich zu einem weiten Schlag ausgeholt.

Ich sagte: »Halt, Dutch!«

Die Ereignisse überschlugen sich. Er ließ Claire mit beiden Händen los und drehte den Kopf genau so, wie ich es mir vorgestellt hatte. Ich schlug mit dem Haken zu, mit voller Wucht. Er traf genau dort, wo ich im Geiste die Linie gezogen hatte.

Claire stürzte, und Dutch stürzte, und der doppelte Aufprall ließ das Milan Towers erzittern. Es war ein richtiges Beben. Es ließ Claires Likörglas vom Sims fallen, das auf den Fliesen vorm Kamin zersplitterte und hellgrüne Spritzer verteilte. Zumindest auf dem kanstanienbraunen Teppich würden Flecken bleiben.

Mein erster Gedanke galt seinem Schießeisen. Ich wußte nicht, ob Dutch wirklich bewußtlos war, und wenn, für wie lange. Die Knarre steckte nicht im Holster. Er hatte einen kurzläufigen Police-Positive-Revolver in der Jackettasche.

Als ich ihn in der Hand hielt, fühlte ich mich wohler. Ich konnte sogar wieder hören, was sich so tat. Und was sich so tat, war ein schallendes Gelächter. Claire war auf den Knien, hatte sich mit den Händen aufgestützt und lachte, während sie versuchte, aufzustehen. Sie lachte wie besessen. Ein leicht trunkenes Lachen.

Ich verstand es einfach nicht; sie war nicht betrunken gewesen. Es klang aber auch nicht hysterisch.

Es war nicht hysterisch. Als sie merkte, wie ich sie ansah, hörte sie auf. Sie sagte: »Stell den Plattenspieler an, *rasch.*«

Dann begann sie wieder zu Lachen. Nur daß jetzt lediglich ihr Mund lachte. Ihr Gesicht war kalkweiß, in ihren Augen stand Furcht. Sie kam auf die Beine und torkelte durchs Zimmer, ganz bewußt.

Ich kapierte es einfach nicht. Ich war blöd. Aber ich kann gehorchen. Ich stellte den Plattenspieler an. Claire ließ sich ins Sofa plumpsen und schluchzte. Aber sie schluchzte leise, sehr leise.

Der Plattenspieler sang: »*Margie, I'm always thinking of you, Margie; you mean the world –*«

Über die Musik hinweg sagte sie: »Rede, Ed. Rede laut. *Laut*, damit man dich hören kann.« Sie hörte auf zu schluchzen und senkte die Stimme: »Verstehst du nicht, du Trottel? Ein solches Poltern, solcher Lärm? Entweder bedeutet das Mord oder einen Unfall – oder ein Betrunkener ist gestürzt. Wenn man im Anschluß daran Geschwätz, Gelächter und Herumgetrampel hört, dann wird man sich sagen, daß es bloß ein Betrunkener war. Wenn nach einem solchen Poltern tödliche Stille eintritt, wird man den Portier –«

»Natürlich«, sagte ich. Ich flüsterte. Ich räusperte mich und wiederholte: »Natürlich.« Lauter, zu laut. Ein drittes Mal versuchte ich es erst gar nicht.

Ich hielt immer noch die Waffe in der Hand. Ich steckte sie ein, um die Hände frei zu haben, und ging zu Dutch hinüber, der immer noch ausgestreckt dalag. Mein Gott, dachte ich, wieso ist er so still? Er kann doch nicht von dem einen Schlag tot –

Aber er war es. Als ich meine Hand auf seine Brust legte, konnte ich keinen Herzschlag fühlen, sosehr ich auch danach suchte. Ich konnte es nicht fassen. Ein Spezialschlag, den man in einem Buch gelesen hat, aber von dem man nicht annimmt, daß er wirklich funktioniert. Jedenfalls nicht bei dir. Bei einem Jiu-Jitsu-Kämpfer vielleicht, aber nicht bei dir.

Ich hatte solche Angst gehabt, ihn durch mein Eingreifen bis aufs Blut zu reizen. Aber es hatte funktioniert. Er war tot wie eine Makrele.

Jetzt begann *ich* zu lachen. Und nicht, um die Nachbarn zu beruhigen.

Claire kam zu mir und schlug mir ins Gesicht. Ich hörte auf.

Wir setzten uns auf Sofa. Ich hatte mich gefangen und zog für uns Zigaretten aus der Tasche. Ich hatte mich wieder gefangen, und als ich ein Streichholz anriß und für uns hochhielt, zitterte meine Hand kein bißchen.

Sie fragte: »Möchtest du was trinken, Ed?«

»Nein«, antwortete ich.

Sie meinte: »Ich auch nicht.«

Der Plattenspieler war jetzt beim Wangwang Blues angelangt. Ich stand auf und schaltete ihn aus. Wenn die Nachbarn unter oder neben uns die Absicht hatten, die Polizei zu rufen, war dies bereits geschehen.

Ich setzte mich wieder aufs Sofa. Claire legte ihre Hand auf die meine, und wir saßen da, ohne uns anzusehen oder zu reden, und starrten in einen Kamin ohne Feuer.

Jedenfalls brauchten wir dann nicht auf Dutch zu schauen, der hinter uns auf dem Fußboden lag.

Aber er war da. Er würde nicht aufstehen und verschwinden. Nie mehr.

Er würde überhaupt nichts mehr tun. Er war tot.

Und seine Anwesenheit wuchs zu einer bedrohlichen Wolke, die das ganze Zimmer erfüllte.

Claires Hand verkrampfte sich in meiner, und sie begann wieder zu weinen, sehr leise.

12

Ich wartete, bis sie aufgehört hatte zu weinen. Dann sagte ich: »Wir müssen etwas unternehmen. Wir können die Polizei anrufen und ihr die Wahrheit sagen. Das wäre eine Möglichkeit. Die andere wäre: wir verduften von hier und lassen sie die Leiche irgendwann entdecken. Die dritte wäre wohl die beste: Wir könnten sie irgendwohin schaffen, wo man sie finden darf.«

»Wir *können* die Polizei nicht anrufen, Ed. Sie werden herauskriegen, daß Harry hier gewohnt hat. Sie werden alles herauskriegen. Sie werden mich wegen Beihilfe bei jeder krummen Sache, die er gemacht hat, festnageln. Sie werden –«

Ihr Gesicht wurde weiß wie ein Laken. »Ed, die *haben* mich einmal bei einem Job mitgenommen. Ich mußte im Wagen warten und Schmiere stehen. Gott, was war ich doch für eine blöde Gans, daß ich nicht gemerkt habe, wie er mich mit

Absicht da reingezogen hat, damit ich nicht quatschen konnte. Die Bullen wissen, daß Dutch bei jedem Coup dabei war, und wenn –«

»Könnten sie dich identifizieren und mit diesem Job in Verbindung bringen?«

»Ich – ich glaube schon.«

Ich sagte: »Dann rufen wir sie wohl besser nicht an. Aber du verschwindest auf alle Fälle von hier. Geh zurück nach Indianapolis. Könntest du nicht einfach heute nacht zurückfahren?«

»Ja, aber . . . Man wird nach mir *fahnden.* Sie könnten mir auf die Spur kommen, wenn sie Dutch hier tot finden. Sie können herausbekommen, wer ich bin und woher ich stamme. Ich könnte nicht nach Indianapolis zurück. Mein Foto wird überall hängen. Den Rest meines Lebens würde ich –«

Ich unterbrach sie. »Okay«, sagte ich. »Wir können weder die Bullen anrufen noch ihn hier liegenlassen. Wie können wir ihn von hier fortschaffen?«

»Er ist entsetzlich schwer, Ed. Ich weiß nicht, ob wir das schaffen, aber am Ende des Flurs ist ein Lastenaufzug, der zu einem Hinterausgang an einer Seitenstraße führt. Und es ist schon nach Mitternacht. Aber wir bräuchten ein Auto, wenn wir ihn erst mal zur Straße gebracht haben. Und er ist furchtbar schwer, Ed. Meinst du, daß wir es schaffen?«

Ich erhob mich und sah mich im Zimmer um, bis ich das Telefon entdeckte.

»Ich werde sehen, was sich machen läßt, Claire«, sagte ich. »Warte.«

Ich rief im Wacker an und nannte Onkel Ams Zimmernummer.

Als ich seine Stimme hörte, wurden mir die Knie weich vor Erleichterung. Ich setzte mich in den Sessel neben dem Telefon.

Ich sagte: »Hier ist Ed, Onkel Am.«

»Du junger Spund, was sollte das, einfach so ohne mich zu verschwinden? Ich hab' schon auf deinen Anruf gewartet. Du sitzt wohl in der Tinte, stimmt's?«

»Das kann man wohl sagen. Ich rufe von – von der Telefonnummer aus an, die wir gefunden haben.«

»Teufel auch. Du machst ja tolle Sachen, Junge. Oder nicht?«

»Ich weiß nicht. Es kommt wohl auf den Standpunkt an. Hör mal, wir brauchen ein Auto oder –«

Er unterbrach mich. »Wer ist wir?«

»Claire und ich«, erklärte ich ihm. »Hör mal, dieser Anruf läuft über die Hotelzentrale nicht?«

»Soll ich zurückrufen, Kid?«

»Das wäre eine Idee«, meinte ich.

Binnen weniger Minuten kam der Anruf. Er sagte: »Ich spreche von einer Zelle aus, Ed. Erzähl weiter.«

Ich sagte: »Claire und ich waren alleine, aber wir bekamen Besuch. Ein Kerl namens Dutch. Dutch – ah – trank ein bißchen viel und ist so was wie weggetreten. Wir möchten ihn nach Hause bringen, ohne daß er durch die Empfangshalle müßte. Es ist das beste für ihn, wenn man ihn hier nicht findet. Wenn jemand uns also behilflich sein könnte und sein Auto beim Lieferanteneingang in der Seitenstraße parken und uns zur Hand gehen könnte, wenn wir ihn in den Lastenaufzug schleppen –«

»Okay, Kid. Geht's auch mit einem Taxi?«

Ich sagte: »Der Fahrer könnte sich vielleicht Sorgen wegen Dutch machen. Er ist ganz schön steif, – wenn du weißt, was ich meine.«

Onkel Am sagte: »Ich denke, ich weiß, was du meinst. Okay, Kid, halte die Stellung. Die Marines kommen.«

Ich fühlte mich entschieden besser, als ich den Hörer auflegte und zu Claire zurückkehrte.

Sie sah mich seltsam an. »Ed, du hast da diesen Burschen *Onkel Am* angerufen. Ist er wirklich dein Onkel?«

Ich nickte.

Sie sagte: »Dieses verworrene Garn, was du da gesponnen hast, über deinen Vater, daß Harry – ihn getötet hat und daß du und dein Onkel ihn deswegen jagen, bloß daß dein Onkel eingeschlafen war – gehörte das nicht zu dem sieben Fuß hohen

Schnee auf dem Michigan Boulevard und den Schlittenhunden, die schlappgemacht hatten, und –«

»Nein. Das war die echte Geschichte. Zuerst habe ich es mal so erzählt, daß du mir nicht glauben mußtest, da wußte ich ja noch nicht, wo du stehst.«

Sie nahm wieder meine Hand. »Du hättest es mir sagen sollen.«

»Das hab' ich doch, nicht wahr? Hör zu, Claire, denk mal scharf nach. Hast du Harry – oder Dutch oder Benny – je den Namen Hunter erwähnen hören?«

»Nein, Ed. Nicht daß ich wüßte.«

»Seit wann kennst du sie?«

»Seit zwei Jahren. Das habe ich dir schon gesagt.«

Ich wollte ihr glauben. Ich wollte ihr ums Verrecken alles glauben, was sie mir erzählte. Aber ich mußte sichergehen.

Ich fragte: »Hast du den Namen Kaufman schon mal gehört? George Kaufman?«

Sie zögerte keine Sekunde. »Ja, vor – ich glaube, vor zwei oder drei Wochen. Harry sagte mir, daß ein Mann namens Kaufman vielleicht hier anrufen würde, um eine Nachricht zu hinterlassen. Er sagte, daß es sich dabei um eine Adresse handeln könnte, die ich dann aufschreiben und ihm geben sollte. Oder daß jemand, für den sich Harry interessierte, in Kaufmans Kneipe sein könnte. In dem Fall sollte ich ihm schnell Bescheid geben, wenn ich wüßte, wo er steckt.«

»Hat Kaufman angerufen?«

»Jedenfalls nicht, als ich hier war.«

»Könnte jemand anders die Nachricht erhalten haben?«

»Harry vielleicht – wenn es länger als eine Woche her ist. Es kam durchaus vor, daß er hier war und ich nicht. Sonst kommt niemand infrage. Ed, dieser Mann, nach dem Harry gesucht hat, den er treffen wollte, wenn er bei Kaufman war – könnte das dein Vater gewesen sein?«

Ich nickte. Es stimmte überein. Es paßte zu Kaufmans Geschichte wie ein Handschuh und bewies, daß die beiden, Claire und Kaufman, die Wahrheit sagten.

Ich fragte sie: »Weißt du etwas über Harrys Bruder Steve?«

»Nur, daß er im Knast sitzt. Ich glaube in Indiana. Aber das war, ehe ich Harry begegnete. Ed, ich *will* jetzt was zu trinken. Wie steht's mit dir? Darf ich dir einen Martini mixen? Oder möchtest du lieber etwas anderes?«

»Ein Martini wäre prima.«

Als sie aufstand, konnte ich sie im Spiegel über dem Kamin sehen. Sie holte tief Luft und sagte dann: »Ich – ich bin gleich wieder da, Ed.«

Sie verschwand hinter der Tür, hinter der ich mich noch vor gar nicht langer Zeit versteckt hatte, und ich hörte, wie eine andere Tür geöffnet und wieder geschlossen wurde. Dann hörte ich Wasser laufen. Es ging ihr besser, das wußte ich. Wenn ein Mädchen anfängt, sich um sein Aussehen zu kümmern, geht es ihr besser.

Sie kam zurück und sah wie eine Million Bucks in frischen Scheinchen aus.

Sie hielt gerade ein Glas mit Eiswürfeln und eine Flasche Wermut in der Hand, als es an der Tür klingelte.

Ich sagte: »Das ist Onkel Am. Ich mach' auf.«

Aber ich hatte meine Hand auf den Revolver in meiner Jackentasche gelegt, als ich die Tür öffnete. Die Kette war vorgelegt.

Es war Onkel Am. Er trug die Mütze eines Taxifahrers und grinste.

Er fragte: »Haben Sie ein Taxi bestellt?«

Ich löste die Kette. »Ja. Komm rein. Wir müssen noch ein bißchen packen.«

Ich schloß die Tür hinter ihm und drehte den Schlüssel wieder um.

Er sagte: »Yeah, das hast du schon gut gemacht. Trotzdem, wisch dir den Lippenstift vom Maul, dann siehst du besser aus. Wo ist er?«

Wir gingen ins Wohnzimmer. Seine Augenbrauen hoben sich ein wenig, als er Claire sah. Ich bemerkte, daß seine Lippen sich ein wenig spitzten, als wollte er pfeifen. So wie Männer es beim Anblick eines Mädchens wie Claire eben so machen.

Dann drehte er den Kopf und erblickte Dutch. Er fuhr ein bißchen zusammen.

»Kid, du hättest mir sagen sollen, daß wir einen Kran brauchen.«

Er trat an den leblosen Körper und blickte auf ihn hinunter. Er stellte fest: »Kein Blut, keine Spuren. Das ist immerhin etwas. Was hast du gemacht, ihn zu Tode erschreckt?«

»Es war eher andersrum«, sagte ich. »Onkel Am, darf ich dir Claire vorstellen.«

Sie reichte ihm die Hand, und er nahm sie. Er fand: »Selbst unter diesen Umständen ist es mir ein Vergnügen.«

Sie sagte: »Danke, Am. Einen Martini?«

Sie war schon dabei, ein drittes Glas zu holen. Onkel Am drehte sich zu mir um und sah mich an. Ich wußte, was er dachte.

»Ich bin okay«, sagte ich. »Ich hatte bloß zwei Fingerhüte voll grüner Tinte, aber das liegt schon Wochen zurück. Und einen Rye unten in der Bar, aber das war letztes Jahr.«

Claire hatte die Cocktails fertig und reichte jedem von uns ein Glas. Ich nippte an meinem. Er schmeckte gut; ich mochte das.

Onkel Am fragte: »Wieviel hast du erzählt, Ed?«

»Genug«, meinte ich. »Claire weiß, worum es geht. Sie ist auf unserer Seite.«

Er sagte: »Ich hoffe, du weißt, was du tust, Ed.«

»Das hoffe ich auch«, gestand ich.

»Nun, du kannst mir ja morgen alles erzählen. Es kommt immer wieder ein neuer Tag.«

Ich sagte: »Zunächst kommt noch die restliche Nacht.«

Er grinste. »Da habe ich meine Zweifel. Also los. Glaubst du, daß du unseren Betrunkenen zur Hälfte schleppen kannst?«

»Ich kann's versuchen.«

Er wandte sich zu Claire um. »Das Taxi steht in der Nebenstraße vor dem Lieferanteneingang. Aber die Tür ist zu. Ich bin durch den Haupteingang gekommen. Haben Sie einen Schlüssel?«

»Die Tür läßt sich von innen öffnen. Wir könnten ein Stück Pappe nehmen und dazwischenklemmen, damit sie nicht wieder zuschnappen kann. Der Lift wird im ersten Stock stehen. Ich glaube, daß ich ihn bedienen kann. Ich werde nach unten gehen und ihn raufholen.«

»Nein«, entschied Onkel Am. »Fahrstühle machen Krach – besonders solche, von denen man nicht erwartet, daß sie sich mitten in der Nacht in Bewegung setzen. Wir werden ihn über die Hintertreppe nach unten schaffen. Sie gehen einfach vor, damit wir niemandem versehentlich über den Weg laufen. Wenn Sie jemandem begegnen, sprechen Sie ihn an. Sobald wir Ihre Stimme hören, bleiben wir stehen und warten.«

Claire nickte.

Onkel Am nahm Dutch bei den Schultern, und ich packte ihn an den Füßen. Er war einfach zu schwer, um ihn zwischen uns wie einen hilflosen Betrunkenen abzuschleppen. Wir mußten ihn tragen und unser Glück versuchen.

Wir schleiften ihn über den Flur und die Treppe hinunter. Es war kein Job, den ich öfter machen möchte.

Wir überwanden alle Hindernisse. Die Tür war angelehnt, wie Claire versprochen hatte. Die kleine Straße war menschenleer. Wir schoben ihn ins Taxi und legten ihn zusammengeklappt wie ein Taschenmesser auf den Boden vor den Rücksitzen. Dann breiteten wir eine Decke über ihn, die Claire zu diesem Zweck mitgenommen hatte.

Ich wischte mir den Schweiß von der Stirn. Onkel Am tat es mir nach.

Dann setzte er sich ans Steuer, und Claire und ich kletterten nach hinten.

Mein Onkel fragte: »Habt ihr schon einen bestimmten Platz für seine letzte Ruhe ausgewählt?«

Ich sagte: »Es gibt da eine kleine dunkle Straße bei der Franklin – vergiß es. Das ist der letzte Ort, wo ich ihn abladen möchte.«

Claire mischte sich ein. »Ich kenne die Ecke, wo er gewohnt hat. Bis vor ein paar Wochen jedenfalls. Ein Apartmenthaus an der Division. Wenn wir ihn dort in der Seitenstraße abladen . . .«

»Kluges Mädchen«, meinte Onkel Am. »Wenn es eine

Verbindung zwischen ihm und dem Fundort seiner Leiche gibt, wird man nicht so leicht darauf kommen, daß er andernorts das Zeitliche gesegnet hat. Das wird die Nachforschungen vom Milan fernhalten.«

Er legte den Gang ein.

Die Nebenstraße führte uns zur Fairbanks. Wir fuhren nordwärts, überquerten die Erie und blieben dann auf dem Boulevard. Wir blieben im dichten Verkehrsgewühl des Boulevards bis zur Division Street.

Claire nannte meinem Onkel die Adresse, und zehn Minuten später waren wir Dutch los. Wir machten so schnell wir konnten, daß wir fortkamen.

Während der ganzen Aktion hatten wir kein Wort miteinander gesprochen. Wir schwiegen immer noch, als wir schon wieder auf dem dichtbefahrenen Boulevard waren, diesmal in südlicher Richtung. Irgendwo schlug eine Uhr zweimal.

Claire lehnte sehr still in ihrer Ecke im Fond des Taxis. Ich hatte den Arm um sie gelegt.

Onkel Am fragte: »Hast du die Knarre noch, Junge?«

»Yeah. Hab' ich noch.«

Er lenkte in die Seitenstraße und parkte das Taxi wieder vorm Lieferanteneingang.

»Ihr zwei bleibt hier«, sagte er. »Ed, gib mir die Waffe. Ich werd' mal sehen, ob die Luft rein ist. Wenn ihr vorhin Besuch bekommen habt, könnte auch jetzt jemand auf euch warten. Claire, geben Sie mir die Schlüssel.«

Ich wollte mit ihm kommen, aber er verbot es.

Es war sehr, sehr still.

Claire sagte: »Küß mich, Ed.«

Später erklärte sie: »Ich werde morgen schon zeitig mit dem Zug fahren, Ed. Ich würde – ich würde mich hier ängstigen, so alleine. Kannst du bleiben und mich morgen zum Zug bringen?«

Ich sagte: »Chicago ist groß. Kannst du nicht irgendwoanders hinziehen, jedenfalls für eine Weile? Bis dies alles vorbei ist?«

»Nein, Ed. Und du mußt mir versprechen, daß du niemals

nach Indianapolis kommen und nach mir suchen wirst. Ich werde dir meine Adresse nicht geben. Morgen früh müssen wir Abschied nehmen. Für immer.«

Ich wollte dagegen aufbegehren, aber in meinem Innersten wußte ich, daß sie recht hatte. Ich weiß nicht, wieso, aber ich wußte es.

Onkel Am öffnete den Wagenschlag des Taxis. Er sagte: »Jetzt macht mal Schluß, ihr beiden. Hier ist die Knarre und der Schlüssel, Ed. Hört mal, ihr wißt nicht, wozu diese Waffe vorher benutzt wurde, also behalte sie noch diese Nacht, aber sieh zu, daß du sie morgen loswirst, ehe du zu mir ins Wacker kommst. Und ohne deine Fingerabdrücke darauf zu hinterlassen.«

»Ich bin nicht so blöd, Onkel Am.«

»Manchmal frage ich mich das, Junge. Aber du wirst auch älter. Wann werde ich dich sehen? So gegen Mittag?«

»Ich glaube.«

Claire fragte: »Wollen Sie nicht noch auf einen Drink mit nach oben kommen, Am?«

Wir stiegen bereits aus dem Taxi. Onkel Am öffnete die vordere Wagentür und schlüpfte auf den Fahrersitz. »Ich denke nein, Kids. Dieses Taxi und die Mütze kosten mich fünfundzwanzig Bucks die Stunde. Und jetzt sind's bereits zwei Stunden. Das ist ein bißchen viel für den Sohn meines Vaters.«

Claire sagte: »Good-bye, Am.«

Er trat aufs Gas und beugte sich noch einmal aus dem Fenster. Er sagte: »Gott segne euch, meine Kinder. Tut nichts, was ich nicht auch täte.«

Dann fuhr er davon.

Wir standen noch ein Weichen da, Hand in Hand in der dunklen Gasse. Es war eine laue Sommernacht.

Claire meinte: »Es ist schön, heute nacht.«

Ich sagte: »Es wird noch schöner.«

»Ja, es wird noch schöner, Ed.«

Sie schmiegte sich leicht an mich. Ich ließ ihre Hand los und nahm sie in die Arme. Ich küßte sie.

Nach einer Minute sagte sie: »Sollten wir nicht hineingehen? Raus aus dem Schnee?«

Wir gingen hinein. Raus aus dem Schnee.

Als ich erwachte, war Claire bereits angezogen und packte ihre Koffer. Ich blickte auf den Wecker neben dem Bett und sah, daß es gerade zehn war.

Sie lächelte mir zu und sagte: »Morgen, Eddie.«

Ich fragte: »Schneit es noch?«

»Nein, es hat aufgehört zu schneien. Ich wollte dich gerade wecken. Es gibt einen Zug, der um Viertel nach elf fährt. Wir werden uns beeilen müssen, wenn wir vorher noch frühstükken möchten.«

Sie trat an den Schrank, um noch einen Koffer zu holen.

Ich stand auf, duschte rasch und zog mich an. Inzwischen war Claire mit dem Packen fertig. Sie sagte: »Wir werden mit Kaffee und Doughnuts bis zum Bahnhof warten müssen. Wir haben nur noch eine Stunde Zeit.«

»Sollte ich nicht wegen eines Taxis anrufen?«

»Vor dem Hotel gibt es einen Stand. Um diese Tageszeit kriegen wir bestimmt eins.«

Ich nahm die beiden Koffer, sie die Reisetasche und ein kleines Päckchen, das für den Postversand mit Marken versehen war. Als sie meinen Blick bemerkte, sagte sie: »Ein Geburtstagsgeschenk für eine Freundin. Ich hätte es schon vor zwei Tagen aufgeben sollen. Erinnere mich unterwegs daran.«

Das Geburtstagsgeschenk war mir herzlich gleichgültig. Ich ging zur Tür, drehte mich zu ihr um und stellte die Koffer ab.

Ich streckte die Arme nach ihr aus, aber sie kam nicht.

Langsam schüttelte sie den Kopf. »Nein, Ed. Keine Abschiedsvorstellung, bitte. Die letzte Nacht war unser Abschied. Und du darfst nicht nach mir suchen. Du darfst nie versuchen, mich zu finden.«

»Warum nicht, Claire?«

»Du wirst noch verstehen, warum, Ed. Wenn du Zeit hast, darüber nachzudenken. Du wirst erkennen, daß ich recht habe.

Dein Onkel weiß das, vielleicht kann er es dir erklären. Ich kann's nicht.«

»Aber –«

»Wie alt bist du, Ed? Wirklich. Zwanzig?«

»Fast neunzehn.«

»Ich bin neunundzwanzig, Ed. Siehst du nicht, daß –«

Ich sagte: »Ja, du stirbst praktisch schon vor Altersschwäche. Arterienverkalkung. Dein –«

»Ed, du begreifst nicht, was ich meine. Neunundzwanzig ist nicht alt, nein, aber es ist auch nicht mehr jung. Für eine Fau jedenfalls. Und – Ed, ich habe dich gestern abend angelogen, was den Job und das schlichte Zimmer angeht. Wenn eine Frau an einen gewissen Komfort gewöhnt ist und an Geld, dann kann sie nicht zurück, Ed. Oder sie müßte stärker sein als ich. *Ich* werde nicht zu meinem früheren Leben zurückkehren, Ed.«

»Du meinst, du suchst dir einen neuen Gauner wie Harry?«

»Nicht wie Harry, nein. Soviel habe ich begriffen. Ein Typ mit Geld, aber auf andere Weise verdient. Soviel habe ich in Chicago gelernt. Besonders gestern nacht, als Dutch – ich bin froh, daß du hier warst, Eddie.«

Ich sagte: »Vielleicht verstehe ich das etwas mehr. Aber warum können wir nicht –«

»Wieviel verdienst du, Eddie, als Setzer? Begreifst du?«

»Okay.«

Ich nahm die Koffer und ging hinaus. Wir fanden vor dem Haus ein Taxi und fuhren zur Dearborn Station.

Im Taxi hielt sich Claire sehr gerade, aber ich konnte die Tränen in ihren Augen erkennen.

Ich weiß nicht, ob ich mich dadurch besser oder schlechter fühlte. Besser, nehme ich an, wegen der letzten Nacht. Schlechter ihretwegen. In mir war alles durcheinander. So ähnlich wie damals, als Mom so nett zu mir war, nachdem ich Onkel Ambrose geholt hatte.

Ich dachte, warum können Frauen nicht konsequent sein? Warum können sie nicht gut oder schlecht sein und sich zu einem von beiden entschließen? Wahrscheinlich sind die meisten von uns sowohl das eine wie das andere, überlegte ich, aber Frauen sind schlimmer, sie schwanken eher. Sie gehen bis zum Äußersten, um nett oder um scheußlich zu dir zu sein.

Claire sagte: »In fünf Jahren wirst du dich kaum noch an mich erinnern, Ed.«

»Ich werde mich an dich erinnern«, antwortete ich.

Wir fuhren über die Van Buren und unter der Hochbahn hindurch, dann durch den Loop. Noch zwei Blocks bis zum Bahnhof.

Sie bat: »Küß mich noch einmal, Ed – wenn – du noch willst.«

Ich wollte noch und ich tat es auch. Ich hielt sie noch in den Armen, als das Taxi bremste. Als sie sich bewegte, rutschte ihr das Päckchen vom Schoß. Ich hob es auf und reichte es ihr. Dabei merkte ich mir Name und Adresse.

»Wenn ich im Lotto gewinne, werde ich mich mit dir in Verbindung setzen. Ich hab' ja den Namen deiner Freundin in Miami.«

»Versuche es nicht, Ed. Es gibt weder für mich noch für dich irgendwelche Volltreffer im Lotto. Bleib bei deinem Job und sei, wie du bist. Und komm nicht mit mir in den Bahnhof. Da kommt schon ein Träger für mein Gepäck.«

»Aber du sagtest –«

»Es ist fast Abfahrtzeit, Ed. *Bitte,* bleib im Taxi. Mama weiß, was gut ist. Good-bye.«

Der Träger nahm das Gepäck und entfernte sich.

»Good-bye«, sagte ich.

Der Taxifahrer fragte: »Zurück zum Milan Towers?«

Ich sagte: »Ja«, und beobachtete, wie Claire wegging. Sie drehte sich nicht noch einmal um. Beim Briefkasten blieb sie stehen und warf das Päckchen ein. Sie drehte sich kein Mal um, als sie durch die Tür in die Bahnhofshalle trat.

Mein Taxi fuhr an, aber ich blickte immer noch hinaus. Dadurch fiel mir der kleine dunkelhaarige Mann auf, der in dem Taxi, das hinter uns gestanden hatte, gewesen war und der jetzt ins Bahnhofsgebäude eilte.

Irgend etwas störte mich. Er kam mir bekannt vor, aber ich wußte nicht, wo ich ihn unterbringen sollte.

Wir wendeten gerade und bogen in die Dearborn Street. Ich

sagte dem Fahrer: »Ach, ich wollte gar nicht zum Milan zurück. Ich wollte zum Wacker in der Clark Street.«

Er nickte und fuhr weiter.

An der nächsten Ecke mußten wir wegen einer Ampel halten. Und plötzlich fiel mir ein, wo ich den Kerl aus dem Taxi schon mal gesehen hatte. Das war gestern abend in der Bar des Milan Towers. Und er wirkte wie ein Italiener, und ich hatte noch gedacht, daß er wie ein Torpedo aussah. Ich hatte mich gefragt, ob er wohl Benny Rosso –

»Halt!« sagte ich zum Fahrer. »Lassen Sie mich hier raus. Schnell.«

Er überquerte noch die Kreuzung und hielt dann neben einer Reihe geparkter Fahrzeuge. »Wie Sie wünschen, Mister. Entschließen Sie sich nur.«

Ich fischte ein paar Eindollar-Noten aus meiner Brieftasche und reichte sie ihm. Auf das Wechselgeld wartete ich erst gar nicht. Ich war schon unterwegs zum Bahnhof. Zu Fuß war ich schneller als mit dem Taxi, das an jeder Ampel halten mußte.

Ich rannte, bis ich durch die Eingangstür war. Dann schritt ich rasch durch die Halle und sah mich um. Zuvor war mir nie aufgefallen, wie groß die Dearborn Station war. Ich sah weder Claire noch den Mann, der ihr möglicherweise gefolgt war.

Ich machte zweimal die Runde durch die Halle, ohne einen der beiden entdeckt zu haben. Dann eilte ich zum Informationsschalter.

»Von welchem Gleis fährt der Zug nach Indianapolis ab, wenn er nicht schon weg ist?«

»Man kann noch nicht einsteigen. Er fährt nicht vor fünf nach zwölf ein.«

»Der Elf-Uhr-Fünfzehner. Ist der schon fort?«

»Es gibt keinen Zug nach Indianapolis um elf Uhr fünfzehn, Sir.«

Ich blickte zur Bahnhofsuhr. Es war schon Viertel nach elf. Ich fragte: »Welche Züge *fahren* denn um Viertel nach elf?«

»Zwei: der St. Louis Flyer auf Gleis sechs und Number Nineteen auf Gleis eins – Fort Wayne, Columbus, Charleston –«

Ich wandte mich ab.

Es war hoffnungslos. Zwei lange Züge, die zur gleichen Zeit abfuhren. Ich würde kaum einen rechtzeitig erreichen. Beide schon gar nicht. Ich hatte nicht mal genug Geld übrig, um die Fahrt nach Fort Wayne zu bezahlen.

Ich blickte auf und sah, wie der Kontrolleur das Eisentor zu Gleis fünf schloß.

Eine letzte aussichtslose Chance, dachte ich. Der Gepäckträger. Wenn ich den Träger finden könnte, der – ich sah mich um. Es gab mindestens ein Dutzend Gepäckträger mit roten Mützen. Sie glichen sich zwar nicht wie ein Ei dem anderen, aber ich hatte mir den Mann, der Claires Gepäck genommen hatte, nicht mal richtig angesehen. Ich hatte nur Augen für Claire gehabt . . .

Einer kam direkt an mir vorbei, und ich packte ihn am Arm. »Haben Sie eine Reisetasche und zwei Koffer für eine Lady getragen, die ohne Begleitung war und vor ein paar Minuten aus einem Taxi gestiegen ist?«

Er stieß seine Kappe ein wenig zurück und kratzte sich am Kopf. »Hm, möglich. Welcher Zug?«

»Genau das möchte ich wissen. Es war vor einer Viertelstunde.«

»Ich – ich hab' 'ne Lady zum St. Louis gebracht. So ungefähr um die Zeit. Ich kann mich nich' genau erinnern, ob sie ein' oder zwei Koffer und 'ne Tasche hatte. Ich – ich glaub', da war ein Geigenkasten, ha?«

Ich sagte: »Okay, lassen Sie's gut sein«, und gab ihm eine Münze. Es würde kaum nützen, wenn ich jeden Träger im Bahnhof befragte. Bis ich den Richtigen erwischt hätte, würde er sich ohnehin nicht mehr erinnern.

Ich dachte, vielleicht hat sie überhaupt keinen Zug genommen, so wie ich sie jetzt kannte. Sie wollte nicht, daß ich sie in den Bahnhof begleite. Sie hat hinsichtlich ihres Reiseziels gelogen, warum sollte nicht auch der Rest Schwindel sein? Vielleicht ist sie einfach zum anderen Ausgang hinausmarschiert oder sonst was.

Ich setzte mich auf eine Bank und redete mich innerlich in

Wut, statt mir Sorgen zu machen. In Gedanken war ich meilenweit von dem Kerl entfernt, der uns möglicherweise im Taxi gefolgt war und der der gleiche sein mochte, den ich schon im Milan gesehen hatte.

Nur, daß ich auf Claire einfach nicht wütend sein konnte.

Gut, sie hatte mich an der Nase herumgeführt, aber sie hatte mir auch gesagt, daß sie es tat. Und auch, warum.

Ich dachte, nach letzter Nacht könnte ich ihr nie wirklich böse sein. Und wenn ich verheiratet und etabliert wäre und Kinder und Enkelkinder hätte. Immer würde ein Quentchen Liebe für die Erinnerung an Claire übrig sein.

Ich verließ die Bahnhofshalle, ehe ich noch einen Narren aus mir machte. Ich marschierte zur South Clark hinüber und erwischte gerade noch eine Straßenbahn.

13

Ich klopfte an Onkel Ams Zimmertür, und seine Stimme rief von drinnen: »Komm rein.«

Ich gehorchte. Er lag noch im Bett.

»Habe ich dich geweckt, Onkel Am?«

»Nein, Kid, ich bin schon seit einer halben Stunde oder so wach. Ich habe hier gelegen und nachgedacht.«

»Claire ist fort«, sagte ich. »Sie hat die Stadt verlassen – glaube ich.«

»Was soll das heißen: glaubst du?«

Ich hockte mich auf die Bettkante. Onkel Am klappte sein Kopfkissen zusammen, damit er höher lag, und sagte: »Erzähl mir alles, Ed. Nicht die privaten Dinge. Die kannst du weglassen. Aber erzähl mir alles, was die Kleine dir über Harry Reynolds gesagt hat und was mit Dutch passiert ist letzte Nacht. Fang einfach mit dem Anfang an. Von dem Zeitpunkt, als du hier weggingst.«

Ich erzählte es ihm. Als ich fertig war, sagte er: »Mein Gott, Junge, hast du ein Gedächtnis. Aber siehst du nicht die Lücken?«

»Welche Lücken? Du meinst, Claire hat ihre eigene Geschichte ein bißchen getürkt, ja, aber was hat das mit unserer Sache zu tun, an der wir arbeiten?«

»Keine Ahnung, Kid, vielleicht gar nichts. Heute morgen komme ich mir sehr alt vor. Oder heute nachmittag, wie auch immer. Es kommt mir vor, als hätten wir uns in den Schwanz gebissen und wären immer im Kreise gegangen. Himmel, vielleicht hast du mehr Grips als ich. Ich weiß nicht. Ich mach' mir Sorgen wegen Bassett.«

»War er hier?«

»Nein, das beunruhigt mich ja, Das beunruhigt mich zumindest auch. Irgend etwas stimmt nicht, und ich weiß nicht, was.«

»Was meinst du damit, Onkel Am?«

»Ich weiß nicht, wie ich's erklären soll. Nehmen wir mal an, jemand ist verrückt nach Musik. Und da ist eine falsche Note im Stück, die er nicht finden kann. Er hört jede Note für sich, und sie stimmt. Aber dann hört er wieder das Stück, und irgend etwas klingt falsch. Es ist keine halbe Note oder ein falscher Takt. Es macht Krach.«

»Kannst du das Instrument näher bestimmen?«

»Jedenfalls ist es nicht die Posaune, Kid. Nicht du. Aber hör auf mich. Es steckt mir in den Knochen. Irgend jemand führt etwas gegen uns im Schilde. Ich weiß nicht, was. Ich glaube, es ist Bassett. Aber ich weiß nicht, was es sein könnte.«

Ich sagte: »Dann sollten wir uns nicht weiter den Kopf darüber zerbrechen, sondern etwas unternehmen.«

»Unternehmen, und was bitte?«

Ich öffnete den Mund und klappte ihn wieder zu. Mein Onkel grinste mich an.

Er sagte: »Junge, du fängst an, erwachsen zu werden. Wird Zeit, daß du etwas lernst.«

»Was?« wollte ich wissen.

»Wenn du eine Frau küßt, wisch dir den Lippenstift ab.«

Ich wischte ihn ab und grinste zurück.

»Ich versuche, es nicht zu vergessen, Onkel Am. Was machen wir denn heute?«

»Hast du eine Idee?«

»Ich glaub' nicht.«

»Ich auch nicht. Laß uns heute blau machen und ein bißchen durch den Loop bummeln. Wir könnten uns einen Film ansehen, gut essen gehen und uns dann eine Show in einem Nightclub ansehen. Ja, wir suchen uns einen mit 'ner guten Band, falls es so was gibt. Laß uns den Tag und den Abend freinehmen, damit wir wieder einen klaren Kopf kriegen.«

Es war eine komische Sache, dieser Nachmittag und dann der Abend. Wir besuchten Lokale und amüsierten uns, und dann doch wieder nicht. Es lag etwas in der Luft, wie die Ruhe vor dem Sturm, wenn das Barometer fällt. Sogar ich konnte es spüren. Onkel Am war unruhig wie ein Mensch, der auf etwas wartet und nicht weiß, worauf. Zum erstenmal, seit ich ihn kannte, war er leicht gereizt. Dreimal rief er beim Morddezernat an und versuchte Bassett zu sprechen. Aber Bassett war nicht da.

Wir sprachen nicht darüber. Wir unterhielten uns über die Vorstellung, über die Band, und er erzählte mir mehr über den Jahrmarkt. Über Pa wurde nicht gesprochen.

Ungefähr um Mitternacht machten wir Schluß und brachen auf. Ich ging nach Hause. Ich fühlte mich immer noch unwohl. Vielleicht lag es an der Hitze. Die Hitzewelle kehrte zurück. Es war eine schwüle Nacht, und morgen würde es heiß wie die Hölle werden.

Mom rief aus dem Schlafzimmer: »Bist du's, Ed?«

Als ich antwortete, schlüpfte sie in ihren Bademantel und kam heraus. Sie mußte sich gerade hingelegt haben; sie hatte noch nicht geschlafen.

Sie sagte: »Ich bin froh, daß du zur Abwechslung mal nach Hause kommst, Ed. Ich möchte mit dir reden.«

»Um was geht's, Mom?«

»Ich war heute bei der Versicherungsgesellschaft. Ich habe ihnen die Sterbeurkunde gebracht, und sie bearbeiten die

Angelegenheit, aber der Scheck soll aus St. Louis kommen, und man hat mir gesagt, daß es noch ein paar Tage dauern wird. Aber ich bin blank, Ed. Hast du ein bißchen Geld?«

»Bloß ein paar Dollar, Mom. Ich habe gerade zwanzig Bucks oder so auf dem Sparkonto, das ich kürzlich eröffnet habe.«

»Könntest du mir die leihen? Ed, ich geb' sie dir zurück, sobald der Scheck von der Versicherung hier ist.«

»Klar, Mom. Klarer Fall, daß ich dir zwanzig Dollar pumpe. Die paar anderen Bucks hätte ich gerne für mich behalten. Ich heb' das Geld morgen ab. Wenn du mehr brauchst, ich geh' jede Wette ein, daß Bunny dir was leiht.«

»Bunny war heute abend hier, aber ich wollte ihn damit nicht belästigen. Er hat schon andere Sorgen: Seine Schwester in Springfield wird Anfang nächster Woche operiert. Scheint 'ne üble Sache zu sein. Er will sich nächste Woche freinehmen und hinfahren, meint er.«

»Oh«, sagte ich.

»Aber wenn du mir die zwanzig geben könntest, Ed, käme ich schon hin. Der Mann meinte, daß es mit dem Scheck höchstens ein paar Tage dauern würde.«

»Okay, Mom. Ich werde morgen früh gleich als erstes zur Bank gehen. Nacht.«

Ich ging in mein Zimmer und legte mich schlafen. Es war ein sonderbares Gefühl.

Ich meine, es war, als ob ich nach etlichen Jahren zurückgekehrt wäre. Dennoch kam es mir nicht wie mein Zuhause oder etwas Ähnliches vor. Es war einfach ein vertrautes Zimmer. Ich zog den Wecker auf, stellte aber nicht den Alarm ein.

Irgendwo draußen schlug es eins, und mir fiel ein, daß es Mittwochnacht war. Ich dachte, genau vor einer Woche wurde Pa umgebracht.

Irgendwie kam es mir vor, als wäre dies alles länger her. Eher wie ein Jahr; so vieles war seitdem geschehen. Aber es war nur eine Woche her. Ich mußte auch daran denken, daß ich wieder zur Arbeit gehen sollte. Aber an meinen Arbeitsplatz zurückzukehren würde mir noch seltsamer vorkommen als in dieses Zimmer. Ich konnte nicht mehr länger unbezahlten Urlaub nehmen. Jetzt war es schon eine Woche. Am nächsten Montag würde ich wieder anfangen.

Ich versuchte, nicht an Claire zu denken. Und schließlich schlief ich ein.

Es war fast elf, als ich erwachte. Ich zog mich an und ging in die Küche. Gardie war irgendwohin gegangen. Mom kochte Kaffee. Sie sah aus, als wäre sie eben erst aufgestanden.

Sie sagte: »Wir haben nichts im Haus. Wenn du jetzt zur Bank gehen solltest, könntest du dann auf dem Heimweg ein paar Eier und Speck mitbringen, Ed?«

»Sicher«, antwortete ich und machte mich auf zur Bank. Auf dem Rückweg besorgte ich alles fürs Frühstück.

Mom bereitete das Essen, und wir waren fast mit dem Frühstück fertig, als das Telefon läutete. Ich ging an den Apparat. Es war Onkel Am.

»Bist du schon auf?«

»Ich habe gerade gefrühstückt.«

Er sagte: »Endlich habe ich Bassett gefunden – oder er mich. Er hat vor ein paar Minuten angerufen. Er will gleich vorbeikommen. Irgend etwas ist da im Busch, Ed. Er klang wie der Kater, der den Kanarienvogel verspeist hat.«

»Ich komme rüber«, sagte ich. »Bin schon unterwegs.«

Ich trat an den Küchentisch und leerte meine Kaffeetasse, ohne mich noch einmal hinzusetzen. Ich erklärte Mom, daß ich sofort zu Onkel Am müßte.

Sie sagte: »Ich hab' was vergessen, Ed. Als Bunny gestern abend hier war, wollte er dich sprechen. Und weil er nicht wußte, wie und wann er dich treffen könnte, hat er dir eine Nachricht dagelassen. Irgendwas, das mit seinem Besuch bei seiner Schwester in der nächsten Woche zu tun hat.«

»Wo ist der Zettel?«

»Ich glaub', ich hab' ihn aufs Sideboard im Wohnzimmer gelegt.«

Ich holte ihn rasch, ehe ich die Wohnung verließ, und las ihn auf der Treppe.

Bunny hatte geschrieben: »Ich schätze, Madge hat dir erzählt, weshalb ich nächstes Wochenende nach Springfield muß. Du sagtest, daß ein Kerl namens Anderz, der Wally in Gary die Versicherung verkauft hat, nach Springfield gezogen ist. Und daß ihr ihn sprechen wollt. Soll ich ihn aufsuchen und mit ihm reden? Wenn ja, dann laßt es mich bis Sonntag wissen und sagt mir, was ich ihn fragen soll.«

Ich stopfte den Zettel in die Tasche. Onkel Am würde bestimmt sagen, daß der Versicherungsvertreter uns nichts Neues erzählen könnte. Dennoch erschien es mir einen Versuch wert, wenn Bunny ohnehin dort war.

Als ich im Wacker eintraf, war Bassett bereits da. Er saß auf dem Bett. Seine Augen blickten müder und farbloser, als ich sie je gesehen hatte. Seine Kleidung war zerknittert, als hätte er darin geschlafen. In seiner Jackentasche steckte ein in braunes Papier gewickelter Flachmann.

Mein Onkel grinste mich an. Er sah direkt fröhlich aus.

»Hi, Kid, mach die Tür zu. Frank ist drauf und dran, vor lauter Neuigkeiten zu platzen. Aber ich bat ihn zu warten, bis du hier bist.«

Es war heiß und stickig im Hotelzimmer. Ich warf meinen Hut aufs Bett, lockerte meinen Kragen und setzte mich an den Schreibtisch.

Bassett sagte: »Wir haben die Bande, nach der ihr gesucht habt. Wir haben Harry Reynolds. Wir haben Benny Rosso. Dutch Reagan ist tot. Nur –«

»Nur«, unterbrach mein Onkel, »daß keiner von denen Wally Hunter umgebracht hat.«

Bassett öffnete den Mund, um etwas zu erwidern. Schloß ihn dann aber. Onkel Am grinste ihn an. Er sagte: »Das liegt doch auf der Hand, mein lieber Bassett. Welch wundervolle, fröhliche Botschaft sonst hätten Sie uns in diesem Ton und mit diesem Ausdruck auf Ihrer häßlichen Visage zu überbringen. Sie ließen uns die Kastanien für Sie aus dem Feuer holen.«

»Schwachsinn«, knurrte Bassett. »Sie sind nie an Reynolds herangekommen. Sie haben ihn nie gesehen. Oder?«

Onkel Am schüttelte den Kopf. »Sie haben recht. Soweit waren wir nicht.«

Bassett sagte: »Ich hätte mehr von Ihnen erwartet, Am. Ich

habe Sie für einen klugen Burschen gehalten. Als sie herausfanden, daß Harry sich für Ihren Bruder interessiert hat, und Sie begannen, nach ihm zu suchen, ließ ich Ihnen die lange Leine. Ich hoffte, daß ihr uns vielleicht zu ihm führen könntet.«

»Aber das taten wir nicht.«

»Nee, das tatet ihr nicht. Sie haben mich enttäuscht, Am. Sie sind nicht mal zum Kern vorgedrungen. Wir haben ihn gefunden. Sehen Sie, Am, in dem Augenblick, als Sie mit dieser Bande ankamen, wußte ich, daß sie nichts damit zu tun hatten. Vielleicht war es ein schmutziger Trick, daß ich es Ihnen verschwiegen habe, aber sie wurde wegen des Banküberfalls in Waupaca, Wisconsin, gesucht. Sie sind inzwischen von Zeugen identifiziert worden. Eine Belohnung war ausgesetzt. Und der Waupaca-Coup fand an dem Abend statt, an dem Ihr Bruder getötet wurde.«

Onkel Am sagte: »Reizend von Ihnen, Frank. Sie haben meine hundert Bucks und die Belohnung dazu, oder nicht?«

»Natürlich nicht, verdammt. Ich war nicht derjenige, der sie erwischt hat. Wenn es Sie glücklicher macht, Am, ich bin auch verschaukelt worden. Niemand kassiert für Dutch; er ist tot. Benny ist außerhalb der Staatsgrenze geschnappt worden. Und wer hat Reynolds gefaßt: eine Fußstreife!«

»Haben Sie viel verloren? Ich hoffe.«

»Einen halben Riesen für jeden. Aber man hat das Waupaca-Geld noch nicht. Vierzig Riesen. Darauf gibt's eine Belohnung von zehn Prozent. Vier Riesen.« Er leckte sich die Lippen. »Aber, zum Teufel, es wird wahrscheinlich eines Tages bei einer Routineüberprüfung in einem Banksafe auftauchen. Es gibt keine Spur, die ich verfolgen könnte.«

»Wie hübsch«, sagte Onkel Am. »Wie wär's, wenn Sie mir meine hundert Eier zurückgäben? Mir geht langsam das Kleingeld aus.«

Er öffnete die Brieftasche und blickte hinein. »Ich hab' nur noch hundert von den vierhundert übrig, mit denen ich herkam.«

»Quatsch«, sagte Bassett. »Ich war auf eurer Seite, Jungs; ich hab' euch was für euer Geld geliefert. Ich habe euch über alles informiert, was ich unternommen habe.«

Onkel Am sagte: »Ich wette, Sie werden es zurückgeben.«

»Sie *wetten?*«

»Zwanzig Bucks«, bot Onkel Am. Er holte wieder seine Brieftasche heraus und nahm zwanzig Dollar heraus. Dann reichte er mir das Geld.

Er sagte: »Der Junge hält den Pott. Zwanzig darauf, daß Sie mir die hundert freiwillig zurückgeben, noch heute.«

Bassett sah erst ihn, dann mich an. Seine Lider waren halbgeschlossen, verschlagen. Er sagte: »Ich sollte eigentlich nicht auf Ihr Spiel eingehen. Aber –«. Er nahm einen Zwanziger und gab ihn mir.

Onkel Am grinste. »Wie wär's jetzt mit 'nem Schluck aus dieser Flasche?«

Bassett zog sie aus der Tasche und öffnete sie. Onkel Am nahm einen langen Zug und ich einen kleinen Schluck aus Solidarität. Bassett genehmigte sich einen großen Schluck und stellte dann die Flasche neben dem Bett auf den Boden.

Onkel Am lehnte neben mir an der Wand. Er fragte: »Wie wurde die Bande geschnappt?«

»Was soll das ändern?« wollte Bassett wissen. »Ich sagte doch schon, daß keiner von denen –«

»Sicher, aber wir sind neugierig. Erzählen Sie's uns.«

Bassett zuckte die Achseln. »Dutch ist heute morgen tot aufgefunden worden. In einer Gasse hinter der Division. Reynolds fand man tiefschlafend in dem Haus, hinter dem Dutchs Leiche lag. Dutch lag direkt unter seinem Fenster.«

Ich beugte mich vor, und Onkel Am packte mich am Arm und zog mich zurück. Er hielt mich weiterhin fest.

»Wie reimen Sie sich das zusammen?« fragte er Bassett.

»Reynolds war's nicht, das steht fest. Wahrscheinlich Benny. Reynolds hätte die Leiche niemals unter seinem eigenen Fenster liegen lassen. Aber die ganze Bande hat sich gegenseitig aufs Kreuz gelegt. Reynolds Geliebte – wir wissen, daß sie im Milan Towers gewohnt hat – legte den ganzen Haufen rein.«

»Wer ist sie?« fragte Onkel Am.

»Ein Dämchen, das unter dem Namen Claire Redmont in Chicago bekannt war. Wir glauben, daß sie in Wirklichkeit Elsie Coleman heißt. Sie stammt aus Indianapolis. Nach den Aussagen zu urteilen, war sie eine hübsche Augenweide.«

Onkel Am drückte meinen Arm fester. Sein Griff besagte: »Ruhe, Junge.« Laut sagte er beiläufig: »War?«

»Sie ist ebenfalls tot«, erklärte Bassett. »Benny hat sie letzte Nacht umgebracht. Er ist am Tatort gefaßt worden. Es geschah im Zug, in Georgia. Heute morgen bekamen wir von dort einen Anruf. Benny hat ganz hübsch gesungen, als sie ihn mit 'nem Messer in der Lady erwischt haben.«

»Und der Text des Liedes?«

Bassett sagte: »Er ist ihr seit Chicago auf den Fersen gewesen. Er und Dutch, die beiden hatten den Verdacht, daß sie den Kies besaß und daß sie und Harry die anderen beiden reinlegen wollten. Benny muß Dutch umgelegt haben. Dann hat er die Leiche bei Harry gelassen, damit Harry Reynolds geschnappt würde. Nur hat er das noch nicht zugegeben.«

»Sie kommen vom Thema ab, Frank«, sagte Onkel Am. »Warum hat er diese Elsie Coleman-Redmont erstochen?«

»Er dachte, daß sie mit der Beute abhauen wollte. Vielleicht hatte er recht. Ich weiß es nicht. Jedenfalls folgte er ihr. Sie hatte ein Schlafwagenabteil. Irgendwann des Nachts kam er rein und suchte nach dem Zaster. Sie wachte auf und schrie. Da hat er zugestochen. Aber zufälligerweise waren einige Marshals im Zug. Sie nagelten ihn fest, ehe er entwischen konnte. Aber der Zaster war nicht da.«

Onkel Am sagte: »Reichen Sie mir mal die Flasche, Frank. Ich brauche einen weiteren Schluck dieses Morgentaus.«

Bassett gab sie ihm. »Morgentau, Himmel. Das ist bester Scotch.«

Onkel Am trank und gab ihm die Flasche zurück. Er sagte: »Also, was jetzt, Frank. Was wollen Sie jetzt tun?«

Bassett zuckte die Achseln. »Keine Ahnung. Den Fall zu den Akten legen. An eine neue Sache herangehen. Ist Ihnen je der Gedanke gekommen, Am, daß es sich hier um einen ganz normalen Überfall handeln könnte? Und daß wir den Kerl, der's getan hat, vielleicht nie erwischen?«

Onkel Am sagte: »Nein, Frank, der Gedanke ist mir nie gekommen.«

Bassett nahm noch einen Schluck aus der Flasche. Sie war schon halb leer. Er meinte: »Dann sind Sie verrückt, Am. Hören Sie, wenn es das nicht war, dann muß es Madge gewesen sein. Übrigens hält die Versicherung den Scheck zurück, bis ich grünes Licht gegeben habe. Aber ich glaube, ich zögere nur noch, weil ich diesen Wilson noch nicht gesprochen habe. Vielleicht knöpfe ich ihn mir jetzt vor und bring' die Sache zu Ende.«

Er erhob sich und ging zum Waschbecken. »Ich bin dreckig wie ein Schwein. Ich mach' mich besser etwas frisch, ehe ich unter die Leute gehe.«

Er drehte den Hahn auf und ließ das Wasser laufen.

Ich sagte leise zu Onkel Am: »Bunny hat eine Nachricht hinterlassen. Er fährt am Sonntag nach Springfield. Er meint . . . Hier.«

Endlich hatte ich den Zettel gefunden und gab ihn ihm. Er las ihn und reichte ihn mir wieder.

Ich fragte: »Wollen wir, daß er den Burschen aufsucht?«

Onkel Am schüttelte langsam den Kopf.

Er blickte zu Bassett hinüber und atmete tief durch. Bassett trocknete sich gerade die Hände am Handtuch ab. Er schob seine Brille in ein Etui und stopfte es in seine Tasche. Dann wischte er sich über die Augen.

»Nun . . .«, sagte er.

»Was die hundert Dollar betrifft«, sagte Onkel Am, »wie würde es Ihnen schmecken, die vierzig Riesen von Waupaca einzusacken? Würden Sie hundert Dollar dafür zahlen, daß ich Ihnen stecke, wo sie sind? Selbst wenn Sie deswegen außerhalb der Stadt arbeiten müßten?«

»Natürlich würde ich einen Hunderter für vier Riesen Belohnung springen lassen. Aber Sie wollen mich verarschen. Woher, zum Teufel, wollen Sie das wissen?«

»Erst die hundert Dollar«, sagte Onkel Am.

»Sie sind verrückt. Woher sollten Sie das wissen?«

»Ich weiß es nicht, aber ich kenn' einen Burschen, der's weiß. Und dafür garantiere ich.«

Bassett starrte ihn eine Weile an. Dann zog er langsam seine Brieftasche aus der Jacke. Er nahm fünf Zwanziger heraus und gab sie Onkel Am. Er sagte: »Wenn das ein Trick sein soll, Am . . .«

Onkel Am sagte: »Erzähl's ihm, Kid.«

Bessett heftete seine Augen auf mich. Ich erklärte: »Das Geld wurde gestern kurz nach elf in Chicago abgeschickt. Claire hat es vorausgeschickt. Es war an Elsie Cole adressiert. Postlagernd, Miami.«

Bassett bewegte die Lippen, aber er brachte kein Wort hervor. Ich hörte nichts.

Ich meinte: »Glaube, du hast die Wette gewonnen, Onkel Am.« Ich gab ihm die beiden Zwanziger, die ich hatte, und er steckte sie mit denen von Bassett in seine Brieftasche.

Onkel Am sagte: »Nehmen Sie's nicht so schwer, Frank. Wir werden Ihnen einen Gefallen tun. Wir kommen mit zu Bunny Wilson. Ich habe den Burschen noch gar nicht kennengelernt.«

Langsam setzte Bassett sich in Bewegung.

14

Es war heiß wie in der Sahara und wurde von Minute zu Minute heißer, als wir über die Grand Avenue marschierten. Ich zog mein Jackett aus und trug es über den Arm. Dann nahm ich den Hut ab und trug ihn ebenfalls. Ich warf Onkel Am einen Blick zu. Er ging neben mir und wirkte kein bißchen erhitzt. Er trug einen Anzug mit Weste und einen Hut. Ich dachte, es muß einen Trick geben, um so kühl auszusehen.

Wir überquerten die Brücke, und man spürte nicht mal den Hauch einer Brise vom Wasser her.

Wir gingen die Halsted anderthalb Block weit nach Süden und betraten dann Bunnys Pension. Wir stiegen die Treppe empor und klopften an seine Tür. Ich konnte hören, wie drinnen das Bett knarrte. Er kam an die Tür geschlurft und öffnete sie einen Spalt. Als er mich erkannte, machte er die Tür auf.

»Hallo, ich wollte gerade aufstehen. Komm rein.«

Wir gingen alle hinein.

Bassett lehnte sich von innen gegen die Tür. Onkel Am und ich nahmen auf dem Bett Platz. Im Zimmer war es heiß wie in einem Backofen. Ich lockerte meine Krawatte und öffnete den obersten Hemdknopf. Hoffentlich würde es nicht so lange dauern.

Onkel Am starrte Bunny mit einem merkwürdigen Gesichtsausdruck an. Er wirkte verblüfft, fast verwirrt.

Ich sagte: »Bunny, das hier ist Onkel Am. Und dies ist Mr. Bassett, der Police Detective, der an Pa's Fall arbeitet.«

Ich betrachtete Bunny und vermochte nichts Verwirrendes an ihm zu erkennen. Er trug einen verschlissenen Morgenmantel über seinem Nachtzeug, was immer das sein mochte, falls er überhaupt etwas darunter anhatte. Eine Rasur hätte ihm gutgetan, und sein Haar war zerzaust. Außerdem war nicht zu übersehen, daß er am Abend zuvor ganz schön gebechert hatte. Aber nicht so viel, daß er völlig verkatert gewesen wäre.

Bunny sagte: »Schön, Sie kennenzulernen, Bassett. Und Sie auch, Am; Ed hat mir viel von Ihnen erzählt.«

Ich meinte: »Mein Onkel ist ein bißchen verschroben, aber sonst ein guter Kerl.«

Bunny trat an den Kleiderschrank, und ich konnte darin eine Flasche und ein paar Gläser sehen.

Er fragte: »Möchten die Herren etwas –«

Bassett unterbrach ihn. »Später, Wilson. Setzen Sie sich erst mal hin. Ich bin gekommen, um das Alibi zu überprüfen, das sie Madge Hunter gegeben haben. Ich habe es wegen einer anderen Sache aufgeschoben. Aber jetzt möchte ich wissen, ob Sie beweisen können, um welche Zeit –«

Onkel Am sagte: »Halten Sie den Mund, Bassett.«

Bassett drehte sich nach ihm um. Seine Augen wurden dunkel vor Zorn. Er sagte: »Verdammt, Hunter, Sie halten sich da raus, oder ich werde . . .«

Er machte ein paar Schritte auf das Bett zu und blieb stehen, als er bemerkte, daß mein Onkel ihn überhaupt nicht beachtete, kein bißchen.

Onkel Am sah Bunny immer noch mit diesem seltsamen Gesichtsausdruck an.

Onkel Am sagte: »Ich versteh's einfach nicht, Bunny. Sie sind ganz anders, als ich erwartet hatte. Sie sehen überhaupt nicht wie ein Mörder aus. Aber Sie haben Wally umgebracht. Sie waren es doch?«

Das nachfolgende Schweigen hätte man in Scheiben schneiden können.

Ein langes Schweigen.

Gedehnt und anhaltend, bis es selbst die Antwort gab.

Leise fragte mein Onkel: »Haben Sie die Police hier?«

Bunny nickte. Er sagte: »Yeah. In der oberen Schublade dort.«

Bassett schien aus seiner Starre zu erwachen. Er ging zum Kleiderschrank und zog die Schublade heraus. Er griff unter ein paar Hemden und kramte herum. Dann tauchte seine Hand mit einem jener dicken Umschläge auf, in denen Versicherungspolicen aufbewahrt werden.

Bassett starrte auf den Umschlag. Er sagte. »Vielleicht bin ich blöde. Wie könnte *er* das Geld einsacken? Madge ist doch die Begünstigte, oder?«

Onkel Am erklärte: »Er hatte vor, Madge zu heiraten. Er wußte, daß sie ihn mochte und sich schon bald nach einem neuen Ehemann umsehen würde. Ihre Sorte heiratet immer wieder. – Sie hätte kaum Lust verspürt, wieder als Kellnerin zu arbeiten, wenn ein Mann mit gesicherter Stellung wie Bunny sie statt dessen unterhalten könnte. Und so jung ist sie ja auch nicht mehr.«

Bassett sagte: »Sie meinen, er wußte nichts von den Quittungen und dachte, daß Madge nichts von der Versicherung erführe, ehe er sie geheiratet hat? Aber was für eine

Ausrede wollte er vorbringen, weshalb er die Police versteckt hatte?«

Onkel Am meinte: »Das wäre nicht nötig gewesen. Nach ihrer Heirat hätte er behaupten können, die Police irgendwo zwischen altem Kram von Wally gefunden zu haben. Und Madge hätte ihm das Geld zur Gründung seiner eigenen Druckerei überlassen. Davon hätte er sie bestimmt überzeugen können, denn damit hätten sie ein sicheres Auskommen gehabt.«

Bunny nickte. »Sie wollte immer, daß Wally etwas ehrgeiziger in dieser Richtung gewesen wäre. Aber Wally hatte keine Lust.«

Onkel Am nahm den Hut ab und wischte sich den Schweiß von der Stirn. Jetzt sah er nicht mehr so kühl aus.

Er sagte: »Bunny, ich kapier's immer noch nicht. Es sei denn . . . Bunny, wessen Idee war das? Ihre – oder Wallys?«

Bunny sagte: »Seine. Ehrlich. Er wollte, daß ich ihn umbringe. Ich wäre nie auf den Gedanken gekommen. Er ließ einfach nicht locker. Nicht, daß er je geradeheraus gesagt hätte: Komm, Kumpel, kill mich, aber nachdem ich angefangen hatte, öfter mit ihm einen trinken zu gehen, und er herausfand, daß ich Geld für meinen Laden brauchte – und daß ich Madge mochte und sie mich –, ließ er mich nicht mehr in Ruhe.«

Bassett fragte: »Wie meinen Sie das?«

»Nun, er erzählte mir, wo er die Police aufbewahrt hatte – in seinem Spind – und sagte, daß sonst niemand davon wüßte. Er pflegte immer zu sagen: Madge mag dich, Bunny. Wenn mir jemals etwas zustoßen sollte . . . Himmel, er hat die ganze Sache geplant. Er sagte mir, *wenn* ihm etwas passieren würde, wär's besser für Madge, daß sie nichts von der Police wüßte. Daß sie, wenn sie das Geld gleich bekäme, irgendwohin nach Kalifornien oder so ginge und das Geld durchbrächte. Und daß er wünschte, er könnte es so drehen, daß sie von dem Geld erst erführe, wenn sie ordentlich mit einem Burschen verheiratet wäre, der das Geld für sie investiert.«

Bassett sagte: »Mensch, daß hieß doch nicht, daß Sie ihn *ermorden* sollten! Er meinte bloß, wenn er stürbe.«

Bunny schüttelte den Kopf. »Das hat er zwar gesagt, aber nicht gemeint. Er hat mir erzählt, er wünschte, er hätte den Mut, sich umzubringen, aber er schaffte es nicht. Daß man ihm einen Gefallen täte . . .«

Bassett fragte: »Was geschah in jener Nacht?«

»Das, was ich Ed schon erzählt habe, jedenfalls bis halb eins. Ich habe Madge um die Zeit nach Hause gebracht und nicht erst um halb zwei. Ich überlegte mir hinterher, daß sie sich wohl kaum an die Zeit erinnern würde und daß wir beide ein Alibi hätten, wenn ich sagte, daß es halb zwei gewesen wär'.

Ich hatte da schon aufgegeben, nach Wally zu suchen. Ich wußte, daß auf der Chicago Avenue ein Schuppen ist, wo man die ganze Nacht pokern kann.

Ich spazierte über die Orleans Street und war schon fast bei der Chicago, als mir Wally entgegenkam. Er war unterwegs nach Hause und hatte vier Flaschen Bier dabei. Er war ganz schön voll.

Er bestand darauf, daß ich mit ihm nach Hause käme. Er gab mir eine Flasche zum Tragen. Eine. Er entschied sich für die dunkelste Gasse, die es als Abkürzung gab. Die Laterne am anderen Ende brannte nicht. Er hörte auf zu reden, als wir in die Gasse einbogen. Er ging ein Stückchen voraus. Dann nahm er den Hut ab und hielt ihn in der Hand – und, nun, er *wollte,* daß ich es tat. Und wenn ich's tat, dann konnte ich Madge kriegen und mein eigenes Geschäft, wie ich es mir immer gewünscht hatte, und – nun, ich tat es.«

Bassett fragte: »Aber warum haben Sie –«

Mein Onkel sagte zu ihm: »Halten Sie die Schnauze, Bulle. Sie haben alles, was Sie brauchen. Lassen Sie den Mann jetzt in Ruhe. Jetzt verstehe ich die ganze Geschichte.«

Er trat an den Schrank und goß sich ein Glas aus der Flasche voll. Er blickte mich an, aber ich schüttelte den Kopf. Nachdem er drei Gläser vollgeschenkt hatte, reichte er Bunny den größten Drink.

Bunny stürzte ihn hinunter und steuerte dann auf die Badezimmertür zu. Er war fast da, als Bassett begriff, was sich abspielte. Er schrie: »He, nicht –«, und lief zur Tür, die sich gerade schloß, ehe Bunny sie von innen verriegeln konnte.

Mein Onkel prallte mit Bassett zusammen, und der Riegel der Badezimmertür rastete mit einem Klicken ein.

Bassett sagte: »Verdammt, er wird sich –«

»Sicher, Frank«, sagte mein Onkel. »Fällt Ihnen etwas Besseres ein? Komm, Ed, laß uns von hier verschwinden.«

Ich wollte auch so schnell wie möglich fort von dort.

Als wir unten auf der Straße waren, mußte ich geradezu rennen, um mit ihm Schritt zu halten.

In der glühenden Mittagshitze schritten wir zügig voran. Wir hatten bereits vier Blocks hinter uns, als ihm bewußt zu werden schien, daß ich bei ihm war.

Er verlangsamte das Tempo. Dann sah er mich an und grinste.

Er sagte: »Wir sind vielleicht Helden! Gehen auf Wolfsjagd und fangen ein Kaninchen.«

»Ich wünschte jetzt, wir wären nie auf Jagd gegangen.«

Er sagte: »Ich auch. Mein Fehler, Kid. Als ich vor einer Stunde diesen Zettel sah, wußte ich, es mußte Bunny gewesen sein. Aber ich kam einfach nicht auf das Motiv. Ich hatte ihn nie kennengelernt und . . . Himmel, warum soll ich mich entschuldigen? Ich hätte alleine zu ihm gehen sollen. Aber nein, ich mußte die ganz große Nummer abziehen und Bassett mitnehmen.«

Ich fragte: »Wieso hat dich der Zettel . . .? Oh, jetzt versteh' ich. Jetzt sehe ich es, wo ich weiß, daß da etwas zu sehen ist. Er hat den Namen richtig geschrieben! Das wolltest du sagen, nicht?«

Onkel Am nickte. »Anderz. Er hat ihn von dir per Telefon erfahren, und du hast ihm den Namen nicht buchstabiert. Wenn er ihn nicht auf der Police gelesen hat, müßte er eigentlich ›Anders‹ geschrieben haben. Und von der Police hat er ja angeblich nichts gewußt.«

Ich sagte: »Mir ist nichts aufgefallen, als ich den Zettel gelesen hab'.«

Mein Onkel schien mir gar nicht zuzuhören. Er sagte: »Ich

wußte, daß es kein Selbstmord war. Ich habe dir von diesem psychologischen Defekt erzählt, den Wally hatte – er *konnte* sich nicht selbst töten. Aber ich hätte mir niemals träumen lassen, daß er so weit sinken würde, einen Ersatzmann für diese Sache anzuheuern. Ich glaube – also, wenn das Leben das aus ihm gemacht hat, Ed, ist es wahrscheinlich gut so. Bunny derart mitzuspielen . . .«

»Er dachte, er täte Bunny einen Gefallen.«

»Das wollen wir mal hoffen. Aber er hätte es besser wissen müssen.«

Ich fragte: »Was glaubst du, wie lange er das schon vorhatte?«

»Er hat diese Versicherung vor fünf Jahren in Gary abgeschlossen. Er hat das Bestechungsgeld von Reynolds angenommen, um für dessen Freispruch zu sorgen, und ihn statt dessen schuldig gesprochen. Ihm muß klar gewesen sein, daß die Reynoldsbande ihm deswegen ans Leder gehen würde.

Aber entweder hat ihn irgend etwas damals umgestimmt, oder er hat einfach die Nerven verloren. Er ist aus Gary verduftet und hat seine Spuren verwischt. Er kann nicht gewußt haben, daß Reynolds hier in Chicago war, sonst hätte er sich nicht mit Bunny abgegeben. Er hätte sich Reynolds stellen können. Das wäre billiger gewesen.«

»Du glaubst, daß er seit fünf Jahren –?«

»Er muß es jedenfalls vorgehabt haben, Ed. Er hat die Police in Reserve gehalten. Vielleicht hat er sich überlegt, es noch so lange durchzustehen, bis du mit der Schule fertig warst und einen ordentlichen Beruf hattest. Vielleicht hat er angefangen, Bunny zu beharken, als du deine Stelle bei Elwood angetreten hast. Mein Gott.«

Wir warteten darauf, daß die Ampel auf Grün schaltete. Jetzt merkte ich erst, daß wir am Michigan Boulevard standen. Wir waren ganz schön weit gelaufen, weiter, als mir bewußt gewesen war.

Die Ampel schaltete um, und wir überquerten die Straße.

Mein Onkel fragte: »Wie wär's mit einem Bier, Kid?«

Ich sagte: »Für mich einen Martini. Bloß einen.«

»Dann spendier' ich dir einen, wo's Stil hat, Ed. Komm mit, ich werd' dir was zeigen.«

»Was?«

»Die Welt ohne einen kleinen roten Zaun drumherum.«

Wir gingen zwei Straßen weiter zum Allerton Hotel. Wir betraten die Lobby, wo es einen besonderen Fahrstuhl gab. Wir fuhren eine ganze Weile aufwärts, ich weiß nicht, wie viele Stockwerke hoch, denn das Allerton war ein richtiger Wolkenkratzer.

Im Obergeschoß befand sich eine höchst luxuriöse Cocktail-Bar. Die Fenster waren geöffnet, wodurch es angenehm kühl war. So hoch über der Stadt war der Wind eine kühlende Brise und nicht irgendein Gestank aus einem Hochofen.

Wir setzten uns an einen Tisch auf der Südseite, von wo man aus auf den Loop blicken konnte. Im hellen Sonnenlicht sah alles wunderschön aus. Die aufragenden, schmalen Häuser glichen Fingern, die nach dem Himmel griffen. Es kam mir wie etwas aus einem Science-Fiction-Roman vor. Man konnte es kaum glauben, auch wenn man es mit eigenen Augen sah.

»Na, ist das nichts, Kid.«

»Verteufelt schön«, sagte ich. »Aber es ist nur ein einziges Illusionstheater.«

Er grinste. Die kleinen Lachfältchen in seinen Augenwinkeln waren wieder da.

Er sagte: »Es ist ein wundervolles Illusionstheater, Junge. Es können die verrücktesten Dinge passieren, und nicht alles ist schlecht.«

Ich nickte und sagte: »Wie Claire.«

»Wie dein Bluff von Kaufmans Schlägern. Wie der Volltreffer, den du Bassett verpaßt hast, als du ihm erzählt hast, wo er das Waupaca-Geld finden kann. Er wird den Rest seines Lebens damit verbringen zu rätseln, woher du das wußtest.«

Er schmunzelte. »Junge, vor ein paar Tagen warst du noch etwas erstaunt, daß Wally in deinem Alter schon ein Duell und eine Affäre mit der Frau eines Verlegers hinter sich hatte. Du machst deine Sache auch nicht schlecht, Kid. Ich bin ein paar Jährchen älter, aber ich habe noch immer keinen Bankräuber mit einem Schürhaken von kaum zwölf Unzen umgebracht. Oder mit einem Gängsterliebchen geschlafen.«

»Aber das ist jetzt vorbei«, sagte ich. »Ich muß wieder an die Arbeit. Fährst du zum Jahrmarkt zurück?«

»Ja. Und du wirst Setzer?«

»Ich glaub' schon«, antwortete ich. »Warum nicht.«

»Oh, nichts gegen einzuwenden. Ist ein guter Beruf. Besser als Schausteller. Da hat man keine Sicherheiten. Manchmal verdient man ganz hübsch, aber man gibt's sofort wieder aus. Man lebt in Zelten wie die verdammten Beduinen. Man hat nie ein Zuhause. Das Essen ist lausig, und wenn es regnet, dreht man durch. Es ist die reine Hölle.«

Ich war enttäuscht.

Natürlich hatte ich nicht vor, mit ihm zu kommen, aber ich hätte gerne gehabt, daß er mich darum bäte. Es war albern, aber so war's nun mal.

Er sagte: »Yeah, es ist die reine Hölle, Kid. Aber wenn du verrückt genug bist, einen Versuch zu wagen, werde ich dir zeigen, wo's langgeht. Du könntest es schaffen. Du hast das Zeug dazu.«

»Danke«, sagte ich, »aber – nun.«

»Okay«, meinte er. »Ich will dich nicht beschwatzen. Ich werd' Hoagy ein Telegramm schicken und dann ins Wacker gehen, um meine Sachen zu packen.«

»Bis dann«, sagte ich.

Wir schüttelten einander die Hand. Er verließ die Bar, und ich setzte mich wieder an den Tisch und blickte aus dem Fenster.

Die Kellnerin kam und fragte, ob ich noch etwas wünsche, und ich verneinte.

Ich saß da, bis die monströsen Häuser lange Schatten warfen und der hellblaue Glanz auf dem See sich verdunkelte. Durch das offene Fenster wehte eine kalte Brise.

Dann stand ich auf und war ganz entsetzt, daß er ohne mich gegangen war. Ich fand ein Telefon und rief beim Wacker an. Ich wurde mit seinem Zimmer verbunden, und er war noch da.

»Hier ist Ed«, sagte ich. »Ich komme mit.«

»Ich habe auf dich gewartet. Du hast länger gebraucht, als ich dachte.«

»Ich lauf' schnell nach Hause und pack' meinen Koffer. Wann soll ich dich am Bahnhof treffen?«

»Kid, wir fahren mit dem Güterzug zurück«, sagte er. »Ich bin pleite. Ich habe gerade noch ein paar Dollar, um unterwegs was zu essen zu kaufen.«

»Pleite?« fragte ich. »Du kannst nicht pleite sein. Vor ein paar Stunden hattest du doch noch zweihundert Dollar!«

Er lachte. »Das ist eben die Kunst, Ed. Ich habe dir ja gesagt, daß das Geld eines Schaustellers nicht weit reicht. Hör zu, ich treff' dich in einer Stunde Ecke Clark und Grand. Wir nehmen die Straßenbahn aus der Stadt raus und suchen uns dann einen Güterzug.«

Ich eilte nach Hause und packte meine Sachen. Ich war gleichzeitig froh und traurig, daß Mom und Gardie nicht da waren. Ich hinterließ ihnen eine Nachricht.

Onkel Am wartete schon an der Ecke auf mich, als ich ankam. Er hatte seinen Koffer und einen Posaunenkasten bei sich, einen neuen.

Als er meinen Blick sah, schmunzelte er. Er sagte: »Ein Abschiedsgeschenk, Kid. Beim Jahrmarkt wirst du lernen, wie man darauf spielt. Beim Jahrmarkt heißt es, je mehr Lärm, desto bester. Und eines Tages wirst du dich vom Jahrmarkt freispielen. Harry James' erstes Engagement war bei einer Zirkusband.«

Er wollte mich nicht sofort den Kasten öffnen lassen. Wir erwischten unsere Straßenbahn und fuhren zur Stadt hinaus. Dann marschierten wir zum Güterbahnhof und überquerten die Gleise.

Mein Onkel sagte: »Jetzt sind wir Landstreicher, Kid. Hast du schon mal einen ordentlichen Eintopf gegessen? Morgen kochen wir einen. Morgen abend sind wir wieder beim Jahrmarkt.«

Ein Zug stand abfahrbereit da. Wir fanden einen leeren

Güterwagen und stiegen auf. Im Waggon war es staubig und dämmrig, aber trotzdem öffnete ich den Posaunenkasten.

Ich stieß einen leisen Pfiff aus, und irgend etwas schien mir die Kehle hochzukriechen und sich dort festzusetzen. Ich begriff, was mit Onkel Ams zweihundert Dollar passiert war.

Es war eine richtige Posaune für Profis, etwa die beste, die man kriegen konnte. Sie war vergoldet und so glänzend poliert, daß man sie auch als Spiegel benutzen konnte. Und es war ein federleichtes Modell. Es war die Art Posaune, die auch Teagarden oder Dorsey benutzt hätten.

Sie war nicht von dieser Welt.

Behutsam hob ich sie aus dem Kasten und setzte sie zusammen. Wie sie sich anfühlte und in der Hand lag, war wundervoll.

Aus der Zeit, in der ich in der Schule von Gary Posaune gespielt hatte, erinnerte ich mich noch an die Tonleiter C-Dur. Eins–sieben–vier–drei–

Ich setzte das Instrument an die Lippen und blies, bis ich die erste Note fand. Es klang unrein und schief, aber das lag an mir, nicht an der Posaune. Vorsichtig erarbeitete ich mir die Tonleiter.

Die Lokomotive begann zu stampfen, und die Schwingungen setzten sich bis zu uns in den Waggon fort. Langsam setzte sich der Zug in Bewegung.

Ich tastete mich den Weg die Tonleiter hinunter und wurde mit jeder Note sicherer. Es würde nicht lange dauern, bis ich die Posaune spielen konnte.

Dann brüllte jemand: »He!« und ich blickte auf und sah, daß mein Ständchen uns in Schwierigkeiten gebracht hatte. Ein Bremser schlenderte neben dem Waggon her.

»Los raus, ihr beiden, verdammt noch mal!« Er stützte sich mit den Händen auf den Boden des Waggons, um hineinzukriechen.

Mein Onkel sagte: »Gib mir mal das Horn, Junge«, und nahm es mir aus den Händen. Er trat an die Öffnung des Wagens, setzte das Instrument an die Lippen und blies ein gotterbärmliches Gekreische – ein schiefer, fürchterlich klingender Ton –, während er die Schiebetür gegen den Kopf des Bremsers gleiten ließ.

Der Mann fluchte und ließ los. Ein paar Meter rannte er noch neben dem Zug her, dann wurde es ihm zu schnell, er stolperte und fiel zurück.

Mein Onkel gab mir die Posaune zurück. Wir mußten beide lachen.

Ich schaffte es, mich wieder zu beruhigen, und setzte das Mundstück wieder an die Lippen.

Ich blies und erzielte einen Ton – so rein, himmlisch schön, klingend, ein wohlklingender Ton, bei dem man nur von Glück sprechen konnte, daß ich ihn ohne jahrelange Übung getroffen hatte.

Und dann zerriß der Ton und klang schrecklicher als der fürchterliche Mißklang, den Onkel Am soeben für den Bremser zum besten gegeben hatte.

Onkel Am begann zu lachen, und ich versuchte es wieder, konnte aber nicht mehr blasen, weil ich auch so fürchterlich lachen mußte.

Eine Minute oder mehr lachten wir über einander. Es wurde immer schlimmer. Wir konnten gar nicht aufhören.

So sind wir dann aus Chicago weggefahren. In einem Güterwaggon, lachend wie die Idioten.

ENDE

Der Autor

Der neue Krimi-Boom zeigt Folgen: Nicht nur immer mehr hochbegabte junge Autoren wenden sich dem Genre zu, sondern auch viele, lange Zeit zu Unrecht vergessene Autoren werden endlich wiederentdeckt. Es werden, besonders in England und in den USA, nicht nur *mehr* Kriminalromane veröffentlicht, sondern auch die wissenschaftliche und von Fans betriebene Beschäftigung mit dem Genre nimmt zu. Und dabei wird dann so mancher Autor neu entdeckt, dessen Qualitäten ihn aus heutiger Sicht zum Klassiker werden lassen können.

So auch Fredric Brown, über den Mickey Spillane sagte: »Er ist mir der liebste Schriftsteller aller Zeiten.« Allerdings sagte er dies bereits zu einem Zeitpunkt, als Brown noch ein Geheimtip war.

Fredric Brown gehört zu der großen Zahl amerikanischer Autoren, die den größten und wichtigsten Teil ihres Werkes in den 50er Jahren geschrieben haben. Die 50er Jahre, eine überaus fruchtbare, aber noch wenig erforschte Periode der amerikanischen Kriminalliteratur, standen bei Kritik und Forschung bisher immer im Schatten der 30er und 40er Jahre mit den Großmeistern Dashiell Hammett und Raymond Chandler. Dabei braucht sich dieses Jahrzehnt wahrlich nicht zu verstekken. Zu den Autoren, die in den 50er Jahren zu schreiben begannen oder große Werke vorlegten, gehören immerhin so illustre Namen wie Patricia Highsmith, Ross Macdonald, John D. MacDonald, Jim Thompson, Ed McBain, David Goodis usw. Und in ihrem Schatten eine große Anzahl bedeutender Autoren wie eben Fredric Brown!

Fredric William Brown wurde am 29. Oktober 1906 in Cincinnati, Ohio, geboren. Er studierte an der Universität von Cincinnati und am Hannover College in Indiana, ohne einen Abschluß zu machen. Von 1924 bis 1936 arbeitete er als Büroangestellter, dann wurde er Korrektor beim *Milwaukee Journal*. Gleichzeitig begann er zu schreiben, zuerst Kurzgeschichten, von denen er bis zu seinem Tod über 300 veröffentlichte. Seit 1947 auch Romane. In Milwaukee traf er auf eine Gruppe junger Schriftsteller, die tagsüber ihren Lebensunterhalt verdienten und nachts ihre ersten Schreibversuche machten. Diese Gruppe (die heute in anderer Besetzung immer noch existiert) nannte sich *The Allied Authors,* und zu den Mitgliedern gehörten u. a. der spätere Edgar-Allan-Poe-Preisträger William Campbell Gault und der spätere Agent von Brown und anderen Autoren, Harry Altshulter. Altshulter war es auch, der die Geschichten der jungen Autoren an die Pulp-Magazine verscherbelte.

Nachdem sein erster Roman, der hier vorliegende, ein Sensationserfolg geworden war und Brown dafür mit dem Edgar-Allen-Poe-Preis ausgezeichnet wurde und die Filmrechte an Hollywood verkaufen konnte, ging es finanziell stetig besser. Eine Halskrankheit veranlaßte ihn 1949 nach Taos, New Mexiko, zu übersiedeln, da das Wüstenklima ihm gut tat. Taos' wohl berühmtester Bürger war D. H. Lawrence. 1954 ließ er sich in Tucson, Arizona, nieder. Er ging für kurze Zeit nach Los Angeles, wo er für Alfred Hitchcocks Fernsehserie Drehbücher schrieb. Aber das nur für kurze Zeit, und aus gesundheitlichen Gründen kehrte er nach Tucson zurück, wo er bis zu seinem Tod am 11. März 1972 lebte.

Brown war ein echtes Original – richtig kauzig. In Taos lief er meistens in Jagdkleidung und einem schwarzen Homburg auf dem Kopf herum, wenn er in irgendeiner Kneipe mit seinen Schriftstellerfreunden billigen Wein trank (später liebte er härtere Drinks). Er arbeitete nachts und hatte ein Arbeitstagspensum von drei bis fünf druckreifen Seiten. Über sein Schreiben sagte er einmal: »Schreiben ist für mich eine bessere Therapie, als zum Psychiater zu gehen. Und verdammt viel billiger.« Seine Freunde schätzten seine Hilfsbereitschaft und seinen scharfen Humor, der besonders in seinen Kurzgeschichten zu finden ist. Als einmal ein Hollywoodstar in Taos zu Besuch war und ununterbrochen über das »Kaff« fluchte, fragte ihn Brown: »Warum ziehen Sie nicht hierher, wenn Sie den Ort so hassen?«

Berühmt wurde er auch als Science-fiction-Autor. Wie seine Kriminalliteratur glänzt auch seine SF durch ungewöhnliche Pointen und Humor. Seine erste SF-Story erschien 1941 unter dem Titel NOT YET THE END; sein erster SF-Roman war WHAT MAD UNIVERSE (1949). Das Buch ist eine gelungene Parodie auf die SF-Szene: Ein Redakteur wird in einem Paralleluniversum mit zahlreichen Klischees der Science-fiction als Realität konfrontiert. Sein berühmtester SF-Roman wurde MARTIANS, GO HOME (1954), in dem er humorvoll mit den Klischees von den kleinen grünen Männchen vom Mars spielt.

Außer der Ed-und-Am-Hunter-Serie schrieb Brown noch weitere Kriminalromane (etwa fünfzehn) ohne Serienhelden, sowie Kurzgeschichten. Berühmt wurde vor allem THE SCREAMING MIMI (bei Bastei-Lübbe in Vorbereitung), ein Psychothriller, der 1958 erfolgreich von Gerd Oswald mit Anita Ekberg und Phil Carey verfilmt wurde.

Die Hunter-Serie gehört zu den großen, klassischen Privatdetektivserien, die heute wiederentdeckt werden. Der erste Roman (HUNTERS ERSTE JAGD) des siebenbändigen Zyklus war Browns erster Roman überhaupt und revolutionierte im Erscheinungsjahr 1947 das Genre: Während vorher die Detektive durch Aufträge eines Klienten ins Geschehen gebracht wurden, ließ Brown seine Helden persönlich involviert sein. Damit brachte er eine neue, menschliche Dimension ins Genre. Und während der Großteil der damaligen Privatdetektive ihrer Tätigkeit an der Westküste oder in New York nachgingen, entdeckte Brown neben der Millionenstadt Chicago die Provinz als Handlungsschauplatz der *private-eye-novel*.

Er war damit ein Vorläufer des *Regionalismustrends*, der seit den 70er Jahren für die Wiedergeburt des Genres von größter Bedeutung ist.

Mit den weiteren Hunter-Romanen (die, bis auf eine Ausnahme aus verlagstechnischen Gründen, bei Bastei-Lübbe in chronologischer Reihenfolge als deutsche Erstveröffentlichungen erscheinen) erfüllte Brown die großen Erwartungen, die sich an ihn durch die Vergabe des *Edgar-Allan-Poe-Preises* der amerikanischen Kriminalschriftstellervereinigung knüpften.

Die Hunter-Serie gehört zu den wenigen Privatdetektiv-Serien, in denen die Helden Entwicklungen durchmachen und sich jedes Buch vom anderen grundlegend unterscheidet. Fredric Brown gehört nicht in die Klasse von Hammett und Chandler, aber neben James M. Cain, Cornell Woolrich, David Goodies, Jim Thompson, Micke Spillane und Ross Macdonald gehört er zu den stilbildenden Autoren der 40er und 50er Jahre. Kurzum: zum Besten, was die Kriminalliteratur zu bieten hat.

Martin Compart

Schwarze SERIE

In dieser Reihe erscheinen die Klassiker und besten jungen Autoren des modernen harten Kriminalromans. Die Reihe bietet einen Querschnitt durch die Spitzenleistungen des Krimis.

Band 19 104

Fredric Brown

In den Straßen von Chicago

Deutsche Erstveröffentlichung

Diesmal haben Ed und Ambrose Hunter eine besonders harte Nuß zu knacken: Mord auf dem Rummelplatz. Die unterschiedlichsten Schicksale, Menschen am Rande der bürgerlichen Existenz und tragische Lebensumstände kommen ans Licht, als die Hunters in ein Wespennest stechen.

Sie erhalten diesen Band im Buchhandel, bei Ihrem Zeitschriftenhändler sowie im Bahnhofsbuchhandel.

Schwarze SERIE

In dieser Reihe erscheinen die Klassiker und besten jungen Autoren des modernen harten Kriminalromans. Die Reihe bietet einen Querschnitt durch die Spitzenleistungen des Krimis.

Band 19 105
Max Allan Collins
Der Einäugige
Deutsche Erstveröffentlichung

Er schleuderte mich mit einem lässigen Rückhandschlag quer durch den Raum vor einen Getränkeautomaten. Ich erhob mich und sah, wie sein riesiger Körper langsam auf mich zukam – es erinnerte mich irgendwie an Frankensteins Monster. Ich duckte mich, und seine Dampfhammerfaust beulte den Automaten so tief ein, daß man in dem Loch eine Gartenparty hätte abhalten können.

Als der riesige einäugige Kerl die Blondine im Busbahnhof belästigt, muß sich Mallory einmischen. Und damit gerät der Vietnam-Veteran wieder voll ins Schlamassel.

BASTEI LÜBBE

Sie erhalten diesen Band im Buchhandel, bei Ihrem Zeitschriftenhändler sowie im Bahnhofsbuchhandel.

Bastei-Lübbe-Kriminal-Roman

In dieser Reihe erscheinen ausgesuchte Romane deutschsprachiger Krimiautoren. Spannung und Action mit Niveau.

Band 19 502

Heinz Werner Müller

Mord – made in Germany

In der Nacht vom siebten auf den achten März wurde in einer Stadt der Bundesrepublik Deutschland ein siebzehnjähriger Schüler ermordet. Die Täter wählten dazu die grauenvolle Zeremonie einer mittelalterlichen Hinrichtung. Aber sie war nur der Auftakt zu einer Serie von Bluttaten, deren Brutalität und Rätselhaftigkeit die Polizei zu überfordern schien . . .

BASTEI LÜBBE